दीवार में एक खिड़की रहती थी

(उपन्यास)

दीवार में एक खिड़की रहती थी

विनोद कुमार शुक्ल

हिन्द युग्म

ISBN: 978-93-92820-78-6

प्रकाशक :
हिंद युग्म
सी-31, सेक्टर-20, नोएडा (उ.प्र.)-201301
फ़ोन- +91-120-4374046

मुद्रक : थॉमसन प्रेस
आवरण-डिज़ाइन : मेघना भवालकर
लेखक की तस्वीर : शाश्वत गोपाल

पहला संस्करण : दिसंबर 2023
तेरहवाँ संस्करण : मई 2026
मूल्य : ₹299

Deewar Mein Ek Khidki Rahti Thi
A novel by *Vinod Kumar Shukla*

Published By
Hind Yugm
C-31, Sector-20, Noida (UP)-201301
Phone- +91-120-4374046
Email- sampadak@hindyugm.com
Website- www.hindyugm.com

First Edition: Dec 2023
Thirteen Edition: May 2026
Price: ₹299

पत्नी के लिए

उपन्यास में पहले एक कविता रहती थी

अनगिन से निकलकर एक तारा था।
एक तारा अनगिन से बाहर कैसे निकला था ?
अनगिन से अलग होकर
अकेला एक
पहला था कुछ देर।
हवा का झोंका जो आया था
वह भी था अनगिन हवा के झोंकों का
पहला झोंका कुछ देर।
अनगिन से निकलकर एक लहर भी
पहली, बस कुछ पल।
अनगिन का अकेला
अनगिन अकेले अनगिन।
अनगिन से अकेली एक—
संगिनी जीवन भर।

हाथी आगे-आगे निकलता जाता था और पीछे हाथी की ख़ाली जगह छूटती जाती थी।

आज की सुबह थी। सूर्योदय पूर्व की दिशा में था। दिशा वही रही आई थी, बदली नहीं थी। ऐसा नहीं था कि सूर्य धोखे से निकलता था, उसके निकलने पर सबको विश्वास था। किसी दिन सूर्य बादलों में छुपा हुआ निकला होता पर निकला हुआ ज़रूर होता था। उसका उदय और अस्त सत्य था। सूर्य के उदय होने के प्रमाण की तरह दिन था और सूर्यास्त के प्रमाण की तरह रात हो जाती थी। अभी रात काली थी। रात के काले में सब काला दिखता था। दिन ऐसा पारदर्शी गोरा था जिसमें जो जिस रंग का था वह रंग साफ़ दिखता था। रघुवर प्रसाद का रंग काला था। बचपन से सुबह उठने पर उन्हें लगता था कि रात उनके शरीर में लगी रह गई है और हाथ-मुँह धोकर, फिर नहाकर वह कुछ साफ़ और तरोताज़ा हो सकेंगे। बीच-बीच में महीनों सुबह उठने पर ऐसा लगना छूट जाता था। ऐसा नहीं था कि उन दिनों चाँदनी रात रही हो। महीनों चाँदनी रात नहीं होती थी। बरस भर उजली रात नहीं होती थी। अगर दो-तीन बरस चाँदनी रात होती तो उनका रंग उतना काला नहीं होता। रघुवर प्रसाद का रंग इतना काला नहीं था कि उनकी मूँछ उनके शरीर के रंग से मिली-जुली होकर स्पष्ट नहीं दिखती हो। रघुवर प्रसाद बाईस-तेईस बरस के थे। काले रंग के बाद भी और भी काली भौं और बड़ी-बड़ी काली आँखों के कारण वे सुंदर

लगते थे। आज के दिन आज की चिड़ियों की चहचहाहट सुनाई दे रही थी। खिड़की से जो पेड़ दिख रहे थे, वे आज के पेड़ की तरह दिख रहे थे। आम के पेड़ थे। आम के पेड़ों के बीच वही पुराना नीम का पेड़ आज का पेड़ था। आम के पेड़ों की पत्तियाँ आज हरी थीं। जैसे सब पेड़ों की थीं। आम में बौर आ गई थी। पेड़ बौर से लदे थे। बौर के गंध में साँस खींचने से मन को चक्कर आ जाता था। पेड़ों में इतनी बौर लगी थी कि जितनी बौर निकलनी थी सब निकल गई, जिन्हें अगले वर्ष निकलना था, धोखे से इसी वर्ष निकल गई थीं।

खिड़की से पड़ोस की छह-सात साल की लड़की ने झाँककर कहा, "एक आम का बौर तोड़ दो।" लड़की खिड़की के नीचे रखी ईंटों पर खड़ी थी। रघुवर प्रसाद के कमरे में झाँकने के लिए पड़ोस के छोटे-छोटे बच्चों ने वहाँ ईंटें जमाई थीं। वो बहुत छोटे बच्चे थे। तब भी झाँक नहीं पाते थे।

"काहे के लिए?"

"पूजा के लिए। बाई मँगाई है।" लड़की अपनी अम्मा को बाई कहती थी। लड़की सोकर अभी उठी होगी। उसके बाल उसी तरह बिखरे थे जैसे रात भर नींद सोने से होते थे। दोनों चोटियों में काले फीते थे। एक चोटी का फीता खुलकर लटका हुआ था।

"तुम्हारे पिता सो रहे हैं?"

"बाहर गए हैं। तीन दिन बाद आएँगे। तोड़ दो। बाई नहा ली है।"

"अच्छा रुको।"

रघुवर प्रसाद उस लड़की के साथ पीछे आम के पेड़ों तक गए। रघुवर प्रसाद को लगा लड़की देर से उनके उठने का रास्ता देख रही होगी।

"तुम मेरे उठने का रास्ता देख रही थीं?"

“हाँ, उठने का रास्ता झाँककर देख रही थी।”

“तुम पहले से उठ गई थीं?”

रघुवर प्रसाद का वह एक छोटा कमरा था जिसमें झाँककर छोटे-छोटे बच्चे अंदर अनेक रास्ते देखते थे। जैसे वे बैठे होते तो उनके खड़े होने का रास्ता। वे पढ़ रहे होते तो उनके सीटी बजाने का रास्ता। चहलक़दमी करते हुए उनके लेट जाने का रास्ता। ख़ाली कमरे में अचानक उनके दिख जाने का रास्ता। उनके चाय बनाने के रास्ते से लेकर हर क्षण का रास्ता। बच्चों के उस तरह देखने से रघुवर प्रसाद को फ़र्क़ नहीं पड़ता था। बच्चों के आने से उनके कमरे की चारदीवारी के अकेलेपन में एक खिड़की और खुल जाती थी। खिड़की से आने वाली हवा से उनको अच्छा लगता था।

रघुवर प्रसाद ऊँचे थे। उनका हाथ आसानी से खड़े-खड़े बौर तक पहुँच रहा था। फिर भी वे उस बौर की तरफ़ हाथ बढ़ा रहे थे जहाँ उनका हाथ नहीं पहुँच सकता था। वे उछले और बौर की डाली टूटकर उनके हाथ में आ गई। पर एक आँख भींचकर वे नीचे बैठ गए।

“क्या हुआ?” लड़की ने पूछा।

“बौर का फूल झरकर आँख में चला गया।”

“फुक्का मार दूँ?”

रघुवर प्रसाद ने कुछ नहीं कहा। लड़की ने फ्रॉक के छोर को उँगली में गुरमेटकर बाँधा और अपनी गरम साँस से फूँका फिर रघुवर प्रसाद के बिल्कुल पास जाकर साँस से गरम फ्रॉक के बाँधे छोर को आँख पर रखा। ऐसा दो-तीन बार किया।

“बस ठीक हो गया।” रघुवर प्रसाद ने कहा। उनकी आँख लाल हो गई थी और आँसू आ गए थे।

“ठीक हो गया?” लड़की ने पूछा।

"हाँ।" उन्होंने कहा।

रघुवर प्रसाद के हाथ से बौर की डाली लेकर लड़की भाग गई। लौटते समय रघुवर प्रसाद को एक जगह दो ईंटें दिखाई दीं। ईंटें मिट्‌टी से सनी थीं। हाथों में एक-एक ईंट उठाए रघुवर प्रसाद पीछे की खिड़की की तरफ़ गए। खिड़की के नीचे बच्चों ने ईंटें ठीक से जमाई नहीं थीं। आधी ईंट उठाते बनी होगी, इसलिए आधी ईंटें अधिक थीं। किनारे की ईंट के छोर पर पैर पड़ता तो ईंट पलट जाती और बच्चे गिर जाते। ईंटों को उन्होंने जमाया। ईंट के चौरस पर खड़े होकर उन्होंने कमरे में झाँका कि वे कमरे में नहीं थे। छोटे बच्चों के लिए तब भी नीचे होगा। वे ढूँढ़कर दो ईंट और लाए।

कमरे में आकर रघुवर प्रसाद को अपनी शादी का निमंत्रण-पत्र पढ़ने का मन हुआ। शादी हुए बारह दिन हो गए थे। निमंत्रण-पत्र खटिया के नीचे पेटी में था। पेटी निकालने के लिए वे नीचे झुके। उन्होंने सुना 'ग में छोटे उ की मात्रा गुड़िया'! खिड़की की तरफ़ उन्होंने देखा एक बच्चा और बच्ची दोनों की ऊँचाई बराबर थी। खिड़की के नीचे की चौखट तक दोनों की ठुड्डी थी। रघुवर प्रसाद ने उन्हें देखा तो दोनों मुस्कुराए। फिर दोनों हँसने लगे। उनकी हँसी सुनकर नीचे बैठी हुई गुड़िया नाम की लड़की भी खड़ी हो गई। रघुवर प्रसाद ने उसे देखकर कहा, "ब में छोटी उ की मात्रा बुढ़िया।"

"नहीं! ग में छोटी उ की मात्रा गुड़िया।"

"नहीं! ब में छोटी उ की मात्रा बुढ़िया। अच्छा! अब तुम लोग जाओ।" तभी तीनों बच्चे खिड़की से ग़ायब हो गए।

रघुवर प्रसाद को लग रहा था कि पिता छोटू के साथ पत्नी को विदा कराकर गाँव लिवा लाए होंगे। एक-दो दिन में यहाँ आ जाएँ। शादी के तीन दिन बाद पत्नी मायके चली गई थी। पिता ने पत्नी के जाने के छह दिन बाद रघुवर प्रसाद से विदा कराने के लिए कहा था। विभागाध्यक्ष ने

छुट्टी देने से मना कर दिया था।

रघुवर प्रसाद एक निजी महाविद्यालय में व्याख्याता थे। आठ सौ रुपए मिलते थे। महाविद्यालय, इस सत्तर हज़ार की आबादी वाली बस्ती से आठ किलोमीटर दूर था। इस बस्ती के सब तरफ़ के आख़िरी मकान से लगे हुए खेत थे। बीच की बस्ती सबसे पुरानी थी। सभी आख़िरी के मकान बाद के बने हुए थे। बस्ती के कुछ इधर-उधर आख़िरी के मकान भी पुरानी बस्ती के समय के बने हुए थे। यह ऐसा शहर नहीं था जिसके आख़िरी मकान के बाद गाँव की पहली झोंपड़ी शुरू होती। राष्ट्रीय राजमार्ग नंबर छह पर आठ किलोमीटर तक फैले खेतों के बाद सबसे नज़दीक जोरागाँव था। शहर फैलते-फूलते नज़दीक के गाँव तक पहुँचता तो गाँव शहर का मुहल्ला बन जाता था। गाँव का नाम मुहल्ले का नाम हो जाता था। जोरागाँव आठ किलोमीटर दूर था, इसलिए जोरागाँव नाम का मुहल्ला नहीं बना था। वहीं यह महाविद्यालय था। यह खपरैल की छतवाला लंबी बैरकनुमा दाऊ के बाड़े में था। लाइन से कमरे बने थे। मिट्टी की दो फुट मोटी दीवार थी। सामने एक लंबी दालान थी। दीवारें छुही मिट्टी से पुती थीं। बरामदे में बड़े-बड़े आले बने थे। महाविद्यालय राष्ट्रीय राजमार्ग नंबर छह पर था इसलिए ट्रकें, टैंपो, बसें आया-जाया करती थीं। महाविद्यालय के सामने तीन-चार बैलगाड़ियाँ खड़ी रहतीं। दो-एक बैलगाड़ियों में बैल जुते होते। ज़मीन से टिकी बैलगाड़ियों के खुले बैल घास चरते हुए इधर-उधर घूमते रहते।

रघुवर प्रसाद महाविद्यालय जाने के लिए आधा घंटा पहले राष्ट्रीय राजमार्ग पर खड़े हो जाते थे। उन्हें आजकल तीन-चार दिनों से महाविद्यालय की ओर जाता हुए एक हाथी दिखाई दे जाता था। लौटते समय भी एक-दो बार दिखा था। तब हाथी की पीठ पर पेड़ की डाल लदी होती। इसे हाथी ख़ुद सूँड़ से तोड़ता होगा। दाढ़ी और बड़े बालों वाला एक सुंदर युवा साधु हाथी पर बैठा रहता। साधु का रंग गेहुआँ था। हाथी के माथे, सूँड़ और

कान के कुछ हिस्से की खाल ललाई लिए हुए थी और उसमें काले छीटे सुंदर लगते थे। हाथी युवा होगा। ख़ूबसूरत था। काला हाथी था।

रघुवर प्रसाद ने मन-ही-मन अपने एक हाथ को आगे बढ़ाकर जाते हुए हाथी के रंग से अपने रंग की तुलना की। हाथी की तुलना में उनका रंग साफ़ था।

कभी-कभी दिख गए काले-साँवले मनुष्यों के पश्चात किसी एक दिन पेड़ों से उन्होंने तुलना की होगी कि आम के पेड़ के शरीर का रंग बिही के पेड़ के शरीर के रंग से बहुत काला था। बिही के पेड़ का रंग गेहुआँ चिकना था। आम के पेड़ के शरीर का रंग और नीम के पेड़ के शरीर का रंग एक जैसा काला था। इसी तरह पेड़ पर बैठने वाले पक्षियों से और उड़ते हुए पक्षियों से।

यह सच था कि धरती में पेड़ों की पत्तियों, घास के कारण हरा रंग सबसे अधिक था। आकाश में नीला रंग अधिक था। खुली धरती पर होने के कारण यह सुविधा थी कि एक मुश्त बहुत-सा आकाश दिख जाता था। सुबह-शाम आकाश के स्थिर रंगीन होने के बाद भी हरा उड़ता रंग उड़ते हुए तोतों के झुंड के कारण दिखाई देता था। आठ-दस कौवों से बड़ा झुंड आकाश में दिखाई नहीं देता था। तोते सटे हुए एक साथ उड़ते दिखाई देते थे। कौवे छितरे-छितरे उड़ते दिखाई देते थे। सफ़ेद बगुले भी छितरे-छितरे उड़ते थे। कोयल पेड़ की डाली में छुपी-छुपी दिखती थी। गिलहरी पेड़ पर अकेली नहीं दिखाई दी। आसपास दूसरी गिलहरी होती या चिड़िया ज़रूर होती। तब यह तय नहीं कर पाते थे कि टिट्-टिट् बोलती हुई गिलहरी है या चिड़िया। कभी लगता गिलहरी है, कभी लगता चिड़िया है। तालाब के किनारे के पेड़ पर बैठने वाली रंगीन लंबी चोंच वाली चिड़िया एक छोटी घंटी की तरह चहचहाती है या टुनटुनाती है।

रघुवर प्रसाद को ऑटो का इंतज़ार करते हुए जब देर हो जाती और सामने से हाथी निकल रहा होता तब उनका मन होता कि हाथी पर बैठकर महाविद्यालय जाते। हाथी पर बैठे साधु की नज़र रघुवर प्रसाद पर पड़ती थी। रघुवर प्रसाद कहते, 'मुझे ले चलोगे?' तो हो सकता है साधु हाथी रोक देता। साधु नहीं रोकता तो हाथी ख़ुद रुक जाता।

रघुवर प्रसाद जहाँ ऑटो के लिए खड़े होते थे, वहाँ चाय की एक टिपरिया दुकान थी। एक पान का ठेला था। साइकिल-पंक्चर सुधारने की दुकान थी। इस दुकान के सामने एक गँदला पानी भरा घमेला था और वहाँ रिम जकड़ने के स्टैंड से एक पंप टिका हुआ होता। चाय और पान की दुकान के सामने ज़मीन पर धँसी हुई लकड़ी की दो बेंचें थीं। बेंच इतनी प्राकृतिक थीं कि लगता था कि पेड़ पर बेंच की तरह उगी थीं और काटकर इनके पायों को ज़मीन पर गाड़ दिया गया।

रघुवर प्रसाद ऑटो का रास्ता देख रहे थे। दूर से रघुवर प्रसाद ने हाथी को आते देखा। रघुवर प्रसाद को लगा यहाँ खड़े होने से जैसे चार ताड़ के पेड़ दिखाई देते हैं। उसी तरह यहाँ खड़े होने से हाथी भी दिखाई देता है। फ़र्क़ इतना था कि ताड़ के पेड़ वहीं खड़े होते जबकि हाथी आता दिखाई देता था। आता हुआ हाथी सामने रुक गया। साधु हाथी की पीठ पर बँधी रस्सी के सहारे उतरा। रघुवर प्रसाद को लगा कि साधु पान की दुकान से तंबाकू-चूना लेने आया हो या चाय की दुकान पर चाय पीने। वह साइकिल की दुकान नहीं जाएगा। ऐसा नहीं था कि हाथी के पैर की हवा निकल गई हो। हवा भरवाने की उसकी मंशा नहीं होगी। साधु तंबाकू मलता हुआ रघुवर प्रसाद के पास खड़ा हो गया। धीरे-से उसने पूछा, "ऑटो नहीं मिली?"

"नहीं मिली।" रघुवर प्रसाद ने भी धीरे-से कहा।

"हाथी पर बैठेंगे? महाविद्यालय जाना है न?"

"हाथी पर! ऑटो तो आता होगा।" हड़बड़ाकर उन्होंने कहा।

रघुवर प्रसाद को आशा नहीं थी कि वह हाथी पर बैठने को कहेगा। आशा होती तो वे कुछ सोच लेते। सोचने के बाद शायद वे हाथी पर बैठने के लिए तैयार हो जाते। उसके जाने के बाद उन्होंने सोचा कि क्या उन्हें हाथी पर बैठ जाना चाहिए था! हाथी पर चढ़ने और उतरने का भय उन्हें हुआ जबकि वे चढ़े-उतरे नहीं थे।

उन्हें देर हो रही थी। इस देरी में बिना कारण वे पान खाना चाहते थे। शायद पान बनते और खाते तक ऑटो न मिलने की देरी ठहर जाती या बदल जाती। देरी नहीं जाती, देरी होने का थोड़ा एहसास चला जाता। एक काम के न होने का एहसास दूसरे काम के करने पर भुला दिया जाता है, चाहे दूसरा काम करने जैसा न भी हो। पान खाने के बदले, बैठ जाने का काम किया जा सकता था। बैठ जाना आत्म-समर्पण जैसा होता। जूझना जैसा नहीं होता। पैदल बढ़ जाना जूझना जैसा हो सकता था। पर यह बेकार था। पान खाने की आदत नहीं थी। ऑटो के इंतज़ार करने के समय में ऑटो नहीं आ रहा था। पान खाने के समय में ऑटो आ जाए। पान खाना ऑटो पाने का एक टोटका हो सकता था। जुआ खेलना भी हो सकता था। अभी पान के ठेले वाला आदमी रघुवर प्रसाद को इस नज़र से नहीं देख रहा था कि रघुवर प्रसाद पान खाएँगे। आज पान खा लेंगे तो कल से रोज़, रघुवर प्रसाद पान खाते हैं या नहीं की नज़र से देखेगा।

एक ऑटो रुका। बैठने की जगह नहीं थी। दो विद्यार्थी थे। गाँव की औरतें टोकनी लेकर बैठी थीं। झाँककर वे पीछे हट गए। नहीं बैठे। एक विद्यार्थी उनको देखकर उतरने-उतरने को हुआ पर नहीं उतरा। उसे भी समय पर महाविद्यालय पहुँचना था। देर बाद उन्हें ऑटो मिला। महाविद्यालय पहुँचते-पहुँचते उन्हें देर हो गई। आधे दिन की छुट्टी लेनी पड़ी।

रघुवर प्रसाद अच्छा पढ़ाते थे। गणित पढ़ाते थे। कक्षा में पढ़ाते समय अधिकांश समय उनकी पीठ विद्यार्थियों की तरफ़ रहती। पीठ घुमाए बोलते हुए तख़्ते पर लिखते जाते। गणित होने के कारण विद्यार्थी सन्न खाए से शांत रहते। रघुवर प्रसाद दोनों हाथ से लिखते थे। तख़्ते पर बाएँ हाथ से लिखना शुरू करते और मध्य तक पहुँचते-पहुँचते दाहिने हाथ से लिखना शुरू कर देते। वे दोनों हाथों से एक जैसा साफ़ लिखते थे। तख़्ते के भर जाने के बाद वे किनारे हट जाते थे ताकि विद्यार्थी सवाल कॉपी पर उतार लें। बाएँ हाथ की चॉक लिखते-लिखते घिस जाती या टूट जाती तो दाहिनी हाथ से हाथ में रखी सहगो चॉक से लिखना शुरू कर देते थे। यह तत्काल होता था। बाएँ हाथ के बाद दाहिने हाथ से उनका लिखना इस तरह होता कि हाथ का बदलना पता नहीं चलता था। नए विद्यार्थियों को तब पता चलता था, जब वे पुराने हो जाते थे। पुराने विद्यार्थी इतने आदी हो जाते थे कि नए को बतलाना भूल जाते थे।

विभागाध्यक्ष को भी बहुत बाद में पता चला था कि रघुवर प्रसाद दोनों हाथ से लिखते हैं। जबकि वे उनको बाएँ और दाहिने हाथ से लिखता हुआ कई बार देख चुके थे। जब वे रघुवर प्रसाद को बाएँ हाथ से लिखता हुआ देखते तो उसे ही सत्य समझते कि रघुवर प्रसाद डेरी हाथ हैं। जब दाहिने हाथ से लिखना देखते रघुवर प्रसाद के दोनों दाहिने हाथ थे। तो उनको यही हमेशा का सत्य लगता। पहले का सत्य वे भूल जाते थे। दरअसल रघुवर प्रसाद के दोनों दाहिने हाथ थे।

दूसरे दिन ऑटो के इंतज़ार में पिछले दिनों की तरह हाथी आते हुए दिखा। हाथी दिखने के बाद रघुवर प्रसाद ने ताड़ के पेड़ों को देखा कि वहीं हैं। हाथी पर बैठे युवा साधु ने रघुवर प्रसाद को कल उनसे बातचीत हो चुकी थी के परिचय की दृष्टि से देखा। साधु को रघुवर प्रसाद का नाम नहीं मालूम था। अगर मालूम होता तो देखने के परिचय में नाम मालूम है की भी दृष्टि होती। रघुवर प्रसाद को लगा कि आज वह उनसे नहीं पूछेगा।

हाथी पर बैठकर महाविद्यालय जाना ठीक नहीं था। हाथी एक सवारी थी जिसका चलन बंद हो गया इस तरह चल रही थी। एक सिक्का जिसका चलन बंद था, पर है। वह चाहते तो कल हाथी पर बैठ सकते थे। ऑटो के एक रुपए देने पड़ते हैं हाथी के अधिक देने पड़ें? आठ किलोमीटर हाथी पर बैठकर जाना होगा। पहले राजे-महाराजे बैठते थे। इस समय बैठें तो हास्यास्पद होगा। जैसे हाथी पर बैठा हुआ भूतपूर्व राजा सब्ज़ी ख़रीदने बाज़ार आया। सबने अपनी-अपनी सब्ज़ी की टोकनी पीछे खींचकर हाथी के आने का रास्ता चौड़ा किया। तब भी हाथी के लिए घूमकर पलटने की जगह नहीं थी। इस तितर-बितर में भूतपूर्व राजा ने एक सब्ज़ी वाली के पास झोला फेंका कि आधा किलो आलू, एक रुपए की पालक, एक पाव लहसुन और पचास पैसे की अदरक देना। झोले में सब्ज़ी भरकर सब्ज़ी वाली झोले को हाथी की सूँड़ को पकड़ा देगी। हाथी सूँड़ पलटाकर झोला महावत को दे देगा। भूतपूर्व राजा सब्ज़ी के पैसे पूछेगा, फिर एक पोटली में पैसे लपेटकर महावत को देगा। महावत हाथी को देगा। हाथी सब्ज़ी वाली को देगा। इस लेन-देन के बीच में बहुत बड़ा हाथी होगा और उसकी भूमिका होगी। घूमने-फिरने के लिए हाथी पर बैठना ठीक है। काम पर जाने के लिए नहीं। घोड़ा तो भी ठीक होगा।

टैंपो में हमेशा की तरह गाँव की औरतों और बूढ़ों की भीड़ थी। एक बूढ़ा डंडा लिए हुए बैठा था। विद्यार्थी नहीं थे इसलिए रघुवर प्रसाद ने अंदर घुसने की कोशिश की। टैंपो वाले ने जगह बनाने के लिए कहा। टैंपो में जगह होती तो मिलती। ऐसा नहीं था कि बाहर मैदान से थोड़ी जगह लेते और टैंपो में रख देते तो जगह बन जाती। बिना जगह के वे टैंपो में घुस गए। जब टैंपो चली तब उनको लगा कि दम नहीं घुटेगा। लड़कियों-औरतों के बीच बैठे हुए आगे उनको कोई विद्यार्थी देखेगा तो अटपटा नहीं लगेगा, क्योंकि विद्यार्थी सोचेगा कि रघुवर प्रसाद के बैठने के बाद औरतें बैठी होंगी। औरतों के बैठने के बाद रघुवर प्रसाद बैठे होंगे ऐसा विद्यार्थी

क्यों सोचेगा!

हाथी को निकले हुए समय हो चुका था तब भी हाथी इतने धीरे चल रहा था कि उनका टैंपो हाथी से आगे निकल गया। डंडे वाले बूढ़े के कंधे पर कंबल रखा था, जो रघुवर प्रसाद को गड़ रहा था। ठंड को गए हुए कुछ दिन बीत गए थे पर बीते दिनों की आदत की तरह कंबल कंधे पर रखा हुआ था।

विभागाध्यक्ष से रघुवर प्रसाद ने बात की–"महाविद्यालय आने में कठिनाई होती है सर! टैंपो, बस समय पर नहीं मिलती। देर होने पर आधे दिन की छुट्टी लेनी पड़ती है।"

"स्कूटर नहीं ख़रीद लेते!"

"सर, इतने पैसे कहाँ से लाऊँगा?"

"साइकिल से आया करो।"

"साइकिल से आने का मन नहीं करता। पिताजी की पुरानी साइकिल है, बिगड़ती रहती है।"

"चलाओगे तो उसकी देखभाल होगी। साइकिल ठीक रहेगी।"

"यही करना पड़ेगा। आपने स्कूटर कब ख़रीदी?"

"आठ साल हो गए।"

"आते-जाते आपको हाथी मिलता है?"

"हाँ! कुछ दिनों से तो रोज़ मिलता है।"

"स्कूटर का हॉर्न सुनकर हाथी हट जाता है?"

"हाथी सुनकर हटता है यह पता नहीं। महावत सुनकर हटा देता हो।"

"हाथी तो समझदार होता है। उसको अपने मन से हट जाना चाहिए।"

"सामने बस, ट्रक को आते देखकर हाथी किनारे हो जाता होगा।"

"हो तो जाना चाहिए।"

"हाथी के बाज़ू से स्कूटर निकालने में आपको डर नहीं लगता? मैं होता तो मुझको डर लगता।"

"डर लगता है। हाथी अपनी समझदारी और महावत की समझदारी के साथ-साथ चलता है। दोनों की समझदारी में फ़र्क़ पड़ जाए तब मुश्किल होगी।"

"यह भी हो सकता है कि महावत की ग़लती को हाथी सँभाल ले।"

"हाँ, और महावत सही हो तो हाथी से ग़लती हो जाए।"

"जी हाँ।"

"हाथी के पास से निकलते समय, मैं स्कूटर धीमी कर लेता हूँ। हाथी से दूर होकर निकलता हूँ कि अचानक वह घूम जाए तो उसकी सूँड़ की पहुँच की सीमा पर न रहूँ। हाथी से आगे होते ही तुरंत गति बढ़ा देता हूँ।"

"क्यों?"

"इसलिए कि हाथी इतना बड़ा होता है, सूँड़ लंबी होती है कि सूँड़ बढ़ाकर पकड़ न ले।" हँसते हुए विभागाध्यक्ष ने कहा।

"अच्छा बताइए, हाथी बैलगाड़ी से आगे निकल सकता है?"

"स्कूटर से जाते हुए यह कैसे पता चलेगा। या तो हाथी पर बैठे रहो या बैलगाड़ी पर तब पता चलेगा।"

"फिर भी आप क्या सोचते हैं?"

"हाथी बैलगाड़ी से आगे निकल जाएगा।"

"मुझे भी यही लगता है और साइकिल?"

"साइकिल हाथी से आगे निकल जाएगी।"

"यदि हाथी पैदल चले तो?"

"हाथी पैदल चले क्या मतलब!"

"यदि न चले तो घोड़े पर चलेगा?"

"नहीं सर। मैं कह रहा था, हाथी दौड़ेगा तो साइकिल आगे न निकल पाए।"

"हाँ, आख़िर हाथी दौड़ेगा तो पैदल ही। भैंस को भागते हुए देखे हो? तेज़ दौड़ती है।"

"नहीं सर! भैंस उतनी तेज़ नहीं दौड़ती जितनी तेज़ दौड़ते हुए दिखती है। भारी-भरकम होने के कारण उसका दौड़ना तेज़ दौड़ना लगता है।"

"हाथी दौड़ में भैंस से पिछड़ जाएगा।"

"हो सकता है।"

"पर साइकिल हाथी से आगे निकल जाएगी।"

"हाँ, साइकिल आगे निकल जाएगी।"

"एक कुत्ता तक तो हाथी से आगे निकल जाता है।"

"मालूम नहीं क्यों राजा-महाराजा हाथी पर बैठते थे।"

"ऊँचाई पर रहने और बैठने के कारण।"

"और कोई ऊँची सवारी तो नहीं थी।"

"ऊँट भी ऊँचा होता है।"

"हाथी से?"

"क्या पता।"

"जहाँ जो चीज़ होती है उसी का उपयोग होता है। धान होती है इसलिए भात खाते हैं।"

"किसान यहाँ गेहूँ भी पैदा करते हैं। पर हाथी और ऊँट यहाँ पैदा नहीं होते।"

"जी सर।" रघुवर प्रसाद ने कहा।

लौटते समय रघुवर प्रसाद विभागाध्यक्ष की स्कूटर पर पीछे बैठे। विभागाध्यक्ष ने ही स्कूटर में चलने के लिए कहा था। आज उन्होंने स्कूटर में हवा भरवाई थी।

"हवा ठीक है सर।" रघुवर प्रसाद ने बैठने से पहले पूछा था।

"हाँ।"

"बैठ जाऊँ?

"हाँ, बैठ जाओ। स्कूटर चालू किए खड़ा हूँ। तुमसे स्कूटर पर बैठने के लिए नहीं कहता तो तुम कल अपने लिए एक हाथी ख़रीद लेते।"

"पेट्रोल भी बहुत महँगा है।"

"यह पेट्रोल से चलने वाला हाथी है।"

रघुवर प्रसाद को आगे जाते हुए हाथी दिखा। वे विभागाध्यक्ष से कहना चाहते थे 'सर हाथी', पर नहीं कहा। विभागाध्यक्ष ने भी देखा होगा। उन्होंने स्कूटर धीमा कर हाथी से दूरी बनाते हुए स्कूटर को आगे निकाला। रघुवर प्रसाद ने सिर घमाकर बैठे हुए साधु को देखा। साधु ने हाथ उठाकर रघुवर प्रसाद को राम-राम कहा।

रघुवर प्रसाद वहीं उतर गए जहाँ वे ऑटो के लिए खड़े रहते थे। विभागाध्यक्ष सीधे निकल गए। रघुवर प्रसाद ने सोचा जब शुरू की दुनिया धीमे चलती थी तब हाथी दुनिया के साथ डगमग चलता था। अब भी हाथी पहले जैसा धीमे चल रहा था। दुनिया के साथ हाथी हो न हो पर हाथी के साथ दुनिया अभी भी थी। हाथी की इस दुनिया में रघुवर प्रसाद शामिल हो रहे थे।

मार्च का शुरू का दिन था। तब भी अचानक पानी ऐसा गिर रहा था कि अगस्त का महीना लगने लगा। पानी की तेज़ बौछार से आम के बौर

झर गए थे। बौर की ख़ुशबू में गीलापन था। ख़ाली समय में रघुवर प्रसाद विभागाध्यक्ष से बात करना चाहते थे। अगर पानी बंद नहीं हुआ तो बरसते पानी में कैसे लौटा जाएगा। ऑटो के लिए भीगते खड़ा रहना पड़ता। रघुवर प्रसाद के पास छत्ता-बरसाती नहीं था। स्कूटर के पीछे छत्ता लेकर बैठने से छत्ता उलटकर टूट जाता। दूसरे का छत्ता लेकर स्कूटर पर जाना ठीक नहीं था। बरसाती पहनकर स्कूटर पर बैठा जा सकता था। हाथी पर भी छत्ता लगाकर बैठा जा सकता था। झालरदार छत्ता, हौदे से बँधा हुआ इसलिए होता हो कि धूप बरसात से बचत हो।

"सर, एक बात पूछूँ?" रघुवर प्रसाद ने कहा। विभागाध्यक्ष काम कर रहे थे।

"पर हाथी के बारे में नहीं।" विभागाध्यक्ष ने कहा।

"जी हाँ!" रघुवर प्रसाद ने कहा। वे चुप हो गए।

गणित विभाग में दो शिक्षक थे। रघुवर प्रसाद और विभागाध्यक्ष। महाविद्यालय को खुले तीसरा साल था। तीनों साल के कुल अड़तीस विद्यार्थी थे। प्रथम वर्ष में अठारह विद्यार्थी भर्ती हुए थे। तीसरे वर्ष की कक्षा में केवल नौ विद्यार्थी थे।

"सर!"

"हाथी के बारे में तो नहीं पूछ रहे हो?"

"जी दूसरे जानवर के बारे में।"

"पूछिए।" विभागाध्यक्ष ने सोचा हाथी के बदले जानवर के बारे में पूछने से मना करना था। हाथी उसमें अपने-आप शामिल हो जाता।

"सर, काँजी हाउस में भालू को रख सकते हैं?" विभागाध्यक्ष को शक हुआ कि रघुवर प्रसाद को काले जानवरों से अधिक लगाव है। जैसे–हाथी, भालू, भैंस इत्यादि।

“आवारा गाय-गोरू को काँजी हाउस में रखते हैं। भालू को! भालू जंगल में रहता है।”

“जंगल का भालू आवारा भालू नहीं होगा। गाय-गोरू जिसको देखने-सुनने वाला कोई नहीं, खड़ी फसल चरने लगे, नुक़सान करे तो उसको काँजी हाउस में बंद कर सकते हैं। जिसकी गाय होती है वह दंड देकर छुड़ा ले जाता है।”

“जंगल से निकलकर भालू खेत में आ जाए तो भालू आवारा नहीं हो जाएगा?”

“खेत में आएगा तो भी आवारा नहीं होगा।”

“गाँव में आ जाएगा तो?”

“भालू कहीं भी आ जाए जंगली रहेगा।”

“आदमी लोगों को भालू नुक़सान पहुँचाए और पकड़ में आ जाए तो काँजी हाउस में दे सकते हैं?

“अरे! काँजी हाउस में भालू को खिलाएँगे क्या? उसको दंड देकर कौन छुड़ाएगा? भालू को जंगल विभाग को दे सकते हैं कि वापस जंगल में छोड़ दो या चिड़ियाघर में। जंगल विभाग भालू को दूर घने जंगल में छोड़ सकता है।”

“सर, काँजी हाउस में गाय-बैल को लेने कोई न आए तो क्या करेंगे?”

“नीलामी कर देंगे।”

“भालू की नीलामी करें तो सर्कस वाले, भालू नचाने वाले ख़रीद सकते हैं?”

“भालू को नचाने वाले कितने मिलेंगे?”

“आठ-दस तो इकट्ठे हो जाएँगे।”

"अच्छा कल किसी एक को तो ढूँढ़कर लाना। मुझको तो लगता है गिने-चुने दो-चार लोग घूम-घूमकर भालू नचाते फिरते हैं। दो-चार भी नहीं, एक होगा। वही एक सारी दुनिया में घूमता है।"

"अपनी बस्ती में भालू नचाने वाला एक भी आदमी नहीं है। अगर होगा तो वह भालू के साथ रहता होगा।"

"भालू पालतू जानवर नहीं है। जंगली जानवर है। पालतू जानवर की नीलामी करेंगे। जंगली जानवर को जंगल भेज देंगे, समझे।"

"समझ गया। पर सर, गाय एक समय पालतू नहीं रही होगी। वह भी जंगली जानवर होगी। मनुष्य जंगली था। भालू भी धीरे-धीरे पालतू हो जाता!"

"नहीं ऐसा नहीं है। भालू पालतू जानवर नहीं है।"

"सर, हाथी पालतू जानवर हो गया है।" रघुवर प्रसाद ने कहा।

"तुम छत्ता लाए हो?" विभागाध्यक्ष ने पूछा।

"छत्ता किसी से माँग लूँगा। पैदल जाऊँगा।"

"चपरासी से छत्ता माँग लेना। पैदल जाना। भीगते हुए चलना है तो मेरे साथ चलो। मैं भीगते जाऊँगा।"

"मैं पैदल जाऊँगा। मन हुआ तो छत्ता लिए तेज़ चलूँगा। छत्ता लेकर दौड़ूँगा।"

"पैदल दौड़ना!"

"जी सर! पिताजी कहते हैं जब पानी गिरता है तो चोरों को चोरी करने में आसानी होती है।"

"हाँ, मैं कुत्ते के बदले एक शेर पालने की बात सोच रहा हूँ। जब चोर आएगा तो वह भौंकेगा नहीं, दहाड़ेगा।"

प्राचार्य अपने स्कूटर में भीगते हुए चले गए। कुछ भीगते हुए विद्यार्थी साइकिल से, कुछ पैदल गए। विद्यार्थी साइकिल पर डबल सवारी भी गए। जो शिक्षक साइकिल में आते थे वे सब पानी रुकने का इंतज़ार किए बिना साइकिल से चले गए। विभागाध्यक्ष ने जाते समय रघुवर प्रसाद से पूछा, "भीगते चलोगे?"

"नहीं सर! मुझे छत्ता मिल गया है, पैदल जा रहा हूँ। रास्ते में टैंपो मिल जाएगा।"

"रास्ते में हाथी मिले तो छत्ता लगाकर हाथी पर मत बैठना रघुवर प्रसाद।"

"क्यों सर?"

"एक हाथ से तो छत्ता पकड़ोगे, सँभलकर बैठते नहीं बनेगा। शायद सड़क के नीचे की हवा से हाथी के ऊपर की हवा तेज़ हो। छत्ता उलट जाए। छत्ता सँभालने में ख़ुद मत गिरना। छत्ता को गिर जाने देना।"

"छत्ता मेरा नहीं है।"

"किसी का भी छत्ता हो।" झल्लाकर विभागाध्यक्ष ने कहा।

"जी हाँ!"

रघुवर प्रसाद पैदल निकल पड़े थे। पानी कम हुआ था, फिर भी तेज़ था। शहर की ओर से गाँव की सवारी से लदा टैंपो आकर चला गया। यही टैंपो लौटेगा तब शायद जगह मिल जाए। टैंपो नवागाँव तक जाता था। जोरागाँव से लगा महाविद्यालय था। इस गाँव में दाऊ की लंबी-चौड़ी देहरी थी, जो महाविद्यालय को दान दे दी गई थी। महाविद्यालय की दालान की दीवारों में बड़े-बड़े आले बने थे। कमरे की भी दीवारों में आले थे। दालान में छानी को सहारा देने लाइन से पत्थर पर लकड़ी के खंबे थे। लकड़ी के खंबे, बल्ली, दरवाज़े और खिड़की के पल्ले, अलसी के तेल से चिपुड़े काले और चमकदार थे। ज़माने से इनको अलसी का तेल

लगाकर चमकाया जाता था। तेल के कारण इनमें धूल की परत जमती थी। यह परत इतनी कड़ी हो जाती थी कि लकड़ी का हिस्सा लगती थी। धूल की जमी परत प्राकृतिक बारीक नक़्क़ाशी लगती थी। दरवाज़े में पीतल और लोहे के मोटे-मोटे फुल्ली खीला लगे थे। साथ में लगे पीतल के फूल लोहे के खीलों की तरह काले पड़ गए थे। सभी दरवाज़े नवबेड़िया थे। भारी और मज़बूत। बरामदे में दीवार के नीचे गेरू की डिज़ाइन की पट्टी बनी थी। प्राचार्य के दरवाज़े के आजू-बाज़ू की दीवार में नीले रंग के मोर बने थे। उसमें कहीं-कहीं लाल रंग के छींटे थे। कार्यालय के कमरे के दरवाज़े के पास गणेश जी बने थे। गणित विभाग के कमरे के अंदर एक पक्षी बना था। आश्चर्य था कि हाथी कहीं नहीं बना था। कक्षाओं के लिए अनेक कमरे ख़ाली थे। एक ख़ाली कमरे की दीवार में हाथ के अठारह छप्पे बने थे। खिड़कियाँ छोटी थीं। सलाख़ों की जगह बाँस ठोंक दिए गए थे। महाविद्यालय का फ़र्श गोबर से लिपा-पुता था। तीन कक्षाओं में बेंचें रखी थीं, और एक-एक टेबल। कुर्सी नहीं थी। कुर्सी की कमी थी। ग्यारह कमरे थे। तीन कमरों में पढ़ाई होती थी। एक कमरे में प्राचार्य बैठते थे। महाविद्यालय के सामने एक मैदान था। वहाँ झंडा फहराने के लिए एक मोटी बल्ली गड़ी थी। उसमें एक ऊँचा बाँस बँधा था। बाँस में झंडा फहराकर बल्ली में बाँध दिया जाता था। महाविद्यालय से लगी हुई एक झोंपड़ी में प्राथमिक शाला थी। माध्यमिक स्कूल गाँव में नहीं था। इस गाँव और पास के शहर के लिए यह एक अतिरिक्त महाविद्यालय था। शहर के अंदर भी एक महाविद्यालय था। वहाँ एक सौ पच्चीस लड़कों का जमघट था।

प्राथमिक स्कूल के शिक्षक महाविद्यालय के शिक्षक का बहुत आदर करते थे। गाँव वालों का कहना था कि महाविद्यालय के इतने कमरे ख़ाली हैं, उसी में प्राथमिक स्कूल लग जाता तो ठीक था। प्राचार्य और कमेटी के लोगों को एतराज़ नहीं था, परंतु एक दिक़्क़त थी, स्कूल के बच्चों का

हल्ला बहुत होता था। स्कूल के शिक्षकों का कहना था कि वे बिना हल्ला किए पढ़ाएँगे, और पढ़ाते समय खिड़की दरवाज़े बंद कर लेंगे।

स्कूल के बच्चों को जब ये मालूम पड़ा कि महाविद्यालय के कमरे उनके हल्ले-गुल्ले के कारण नहीं मिल पाएँगे तो छोटे-छोटे बच्चों ने हल्ला-गुल्ला करना, चिल्लाना क़रीब-क़रीब बंद कर दिया था। आपस में झगड़ा करते थे तो चुपचाप। केवल शिक्षक के पढ़ाने का हल्ला होता था। बच्चे आपस में फुसफुसाकर बात करते थे। छोटे-छोटे बच्चों के होंठ में चुप रहने के इशारे के रूप में एक उँगली आदत की तरह रहती थी। शिक्षक नहीं होते तो लगता था कि कक्षा में कोई नहीं है, ऐसी शांति होती थी। परंतु जाकर देखने से मालूम होता था कि चालीस लड़के-लड़कियों में आधे से अधिक, होंठ में उँगली रखे चुप हैं और बाक़ी बिना उँगली रखे। बच्चे मुँह में उँगली रखे आते-जाते दिखते थे।

महाविद्यालय के सामने एक हैंडपंप था। बीच में पानी पीने की छुट्टियों में बच्चे और लड़के ज़रूर पानी पीते थे। गिलास से पानी पीने के लिए स्कूल और महाविद्यालय दोनों जगह घड़े और चंबू रखे थे। घड़े से निकालकर गिलास से पानी पीना प्राचार्य और शिक्षकों से लेकर प्राथमिक स्कूल तक के बच्चों को अच्छा नहीं लगता था। महाविद्यालय के प्राचार्य पानी पीने हैंडपंप तक जाते थे। कभी उनके साथ शिक्षक होता, क्लर्क होता या चपरासी होता, जो हैंडपंप चलाता था।

शाला के पीछे तालाब था। तालाब के किनारे पेशाब करने की आड़ बना दी गई थी। आठ लड़के एक साथ पेशाब करते थे, फिर भी इतनी आबादी नहीं बढ़ी थी कि पेशाब करने के लिए तालाब बनाया जाता। जब महाविद्यालय के प्राचार्य अकेले बाहर आते तो सब समझ जाते कि पानी पीने नहीं पेशाब करने निकले हैं। प्राचार्य जब उठकर खड़े होते तो कहते, "बाहर चला जाए", तो यहाँ बैठे शिक्षक भी उठ जाते कि पानी पीने जा

रहे हैं। जब पेशाब करना होता तो प्राचार्य बतला देते, "पानी नहीं पीना है।" तब ये अकेले जाते थे।

तालाब को देखने से पता नहीं चलता था कि तालाब पहले बना था या दाऊ का बाड़ा। एक कच्चे तालाब की प्राचीनता पता लगाने का कोई तरीक़ा नहीं था। तालाब के किनारे कोई मंदिर नहीं था। मंदिर की प्राचीनता से तालाब की प्राचीनता का अंदाज़ होता। परंतु तालाब नया नहीं था। राहत कार्यों के बाद वह गहरा और बेडौल हो गया था। तालाब का पानी अनायास नहीं दिखता था। ऊँची मिट्टी की दीवार के अंदर पानी था। तालाब वही अच्छे लगते थे जिसकी ऊँचाई ज़मीन की सतह के बराबर होती थी। ज़मीन के समतल के बाद तालाब का समतल होता था। ज़मीन के समतल के बराबर पानी का समतल होता था। जितनी पुरानी मिट्टी और जल था तालाब उतना ही प्राचीन लगता था। यह इतना प्राकृतिक और प्राचीन लगता था कि वहाँ ज़मीन होते-होते पानी हो गया किनारे-किनारे घास फिर कमल की पत्तियाँ। यानी जितनी पुरानी घास-वनस्पति और कमल प्राचीन, उतना ही पुराना तालाब। इस तालाब में कमल नहीं था जबकि सड़क के ऊपर मिट्टी डालने के लिए सड़क के किनारे जो गड्ढे खोदे जाते थे वे पहली बरसात में डबरे हो जाते थे। दो-एक साल बाद उसमें कमल की एक छोटी गोल पत्ती दिख जाती थी। दो-एक और बरसात के बाद एक छोटा सफ़ेद कमल खिल जाता था।

रघुवर प्रसाद का एक कमरे का घर था। तीस रुपए महीना कमरे का देते थे। बिजली का मीटर अलग था। उनका कमरा बीच में था। आजू-बाज़ू एक-एक कमरे और थे। ये भी किराए से उठे थे। उन दोनों कमरों में परिवार था। रघुवर प्रसाद के माता-पिता और एक छोटा भाई, पचास किलोमीटर दूर धरमपुरा में रहते थे। बस से कम-से-कम डेढ़ घंटे का रास्ता था। रघुवर प्रसाद, पत्नी और गृहस्थी के हिसाब से चीज़ें इकट्ठी कर रहे थे। एक चारपाई थी। चारपाई चौड़ी थी, फिर भी उनको यह समझ

में नहीं आ रहा था कि उनको एक चारपाई और रखनी चाहिए या नहीं। पति-पत्नी एक ही चारपाई पर रातभर सोते हैं ये उनको ज़रूरी सत्य नहीं लगता था। रातभर का ज़रूरी सत्य न हो पर कुछ देर का सत्य तो था। फिर भी इस सत्य को आड़ में रखने के लिए उनके पास दूसरा कमरा नहीं था। यदि दो चारपाई होती तो यह सत्य दूसरी चारपाई की आड़ में होता।

रघुवर प्रसाद की बड़ी बहन इसी शहर में थी। जीजा एक ट्रांसपोर्ट ऑफ़िस में क्लर्क थे। बड़ी बहन ने शक्कर, चाय, पत्ती, जीरा, राई इत्यादि चौके की चीज़ों के लिए टिन के और प्लास्टिक के पुराने डिब्बा-डिब्बी दिए थे। आटा रखने के लिए टिन का सुंदर नया डिब्बा था। यह अस्पताल के पलस्तर का ख़ाली डिब्बा था। पता नहीं बड़ी बहन को कहाँ से मिला था! गोल बाज़ार के ख़ाली डिब्बों की दुकान से शायद ख़रीदा हो। जीजा के घर किसी का हाथ-पैर नहीं टूटा था। या जीजा के किसी कंपाउंडर दोस्त ने दिया हो। तेल एक बोतल में था। चावल, दाल के डिब्बे भी थे। चावल, दाल और आटा वे झोले में रखना चाहते थे। चूहों के कारण इरादा बदल दिया। कमरे के सामने उनके हिस्से की परछी में बैट्री के खोके में तीन गमले रखे थे। एक गमले में तुलसी लगी थी। दो गमलों में शोभा के पौधे लगे थे। बैट्री के खोके भी बड़ी बहन ने दिए थे। कमरे के दाहिने कोने को चौका बना दिया गया था। उसी तरफ़ दूसरे कोने में एक गुंडी और एक घड़ा रखा था। वहाँ दीवार से बाहर नाली के लिए एक मुहाना बना था। दीवार में दो आलमारी बनी थीं। पल्ले नहीं थे। लकड़ी के तख़्तों से आलमारी के खाने बने थे। पता नहीं कौन-सी लकड़ी थी, तख़्ते टेढ़े हो गए थे। उसमें अख़बार बिछाकर उन्होंने किताबें जमा दी थीं। फ़र्श काले पत्थर का था। यह फर्सी पत्थर कहलाता था। पास में एक बेलसोंडा नाम का गाँव था। वहाँ इस पत्थर की खदान थी। बैलगाड़ी और ट्रक में लदकर खदान से इधर-उधर पत्थर जाता। टट्टी मकान से कुछ दूर हटकर पीछे बनी थी। तीन कमरे के परिवार के लिए तीन टट्टियाँ लाइन से बनी थीं।

शादी के बाद रघुवर प्रसाद आठ रुपए महीने के हिसाब से एक टट्टी में ताला लगाने लगे थे। टट्टी का ताला एकदम नया था। टट्टी में बिजली नहीं थी। रात को टॉर्च या ढिबरी लेकर जाना पड़ता था। टट्टी का दरवाज़ा ज़मीन से छह-सात इंच ऊँचा था। बाहर ढिबरी रख दो तो भी बंद दरवाज़े के नीचे से उजाला जाता था। तीस रुपए का कमरा और आठ रुपए की टट्टी का अनुपात ठीक नहीं बैठता था। टट्टी का किराया और कम होना था। घर गृहस्थी के टट्टी के इंतज़ाम में वे ठगा गए थे। पर यह ज़रूरी था।

पैदल कुछ दूर निकल आने के बाद भी रघुवर प्रसाद को टैंपो नहीं मिला। टैंपो भरे आते थे। घुसने की जगह नहीं होती होगी इसलिए रोकने से नहीं रुकते थे। जब भी टैंपो की आवाज़ आती तो वे रुककर पीछे देखने लगते। रुककर उन्होंने पीछे देखा, एक टैंपो आ रहा था। टैंपो के पीछे उन्हें हाथी भी आता दिखा। पानी बूँद-बूँद गिर रहा था। उन्होंने निर्णय लिया कि इस टैंपो में जगह नहीं मिली तो वे हाथी पर बैठ जाएँगे। टैंपो को उन्होंने रोका। टैंपो रुका नहीं। उन्हें लगा टैंपो में जगह थी, टैंपो वाले ने उनपर ध्यान नहीं दिया। हाथी के आने में अभी समय लगेगा तब तक चार टैंपो निकल सकते हैं। किसी-न-किसी में जगह मिल जाएगी। टैंपो नहीं आ रहा था और हाथी आते-आते समीप आ गया।

"बाबू चलेंगे?" युवा साधु ने पूछा। छत्ते के नीचे से उन्होंने 'हाँ' कहा। ऊपर से साधु को छत्ते की आड़ में उनका सिर हिलाना नहीं दिखा होगा। पर हाँ कहना सुनाई दिया होगा। वे छत्ता ताने खड़े रहे। साधु ने हाथी से चिल्लाकर फिर प्यार से बुदबुदाकर कुछ कहा तो हाथी धीरे-से नीचे बैठ गया। साधु ने किसी मंत्र से हाथी को बैठाया हो। तब रघुवर प्रसाद भी मंत्रमुग्ध ख़ुद अपने हाथी पर चढ़ने का रास्ता वहीं खड़े-खड़े देख रहे थे। शायद उन्हें लगा हो कि अपने को हाथी पर बैठा हुआ पा लेंगे। नीचे हाथ बढ़ाकर साधु ने रघुवर प्रसाद से ऊपर चढ़ने के लिए कहा। छत्ता उन्होंने बंद कर दिया था। रस्सी पकड़कर किसी तरह ये ऊपर चढ़ गए।

हाथी का शरीर बहुत खुरदुरा था। 'सँभलना' कहकर हाथी को कुछ कहा तो हाथी खड़ा हो गया। हाथी इतना ऊँचा होगा इसका अंदाज़ा नहीं था। बूँदाबाँदी हो रही थी। बंद छत्ता हाथ में था। जिस हाथ में छत्ता था हाथ से भी वे रस्सी किसी तरह पकड़े हुए थे। कुछ डर या सँभलकर बैठे होने के कारण वे झुके हुए थे।

"घबराइए नहीं, गिरेंगे नहीं। हाथी आपको गिरने नहीं देगा समझदार है।"

हाथी की रीढ़ की हड्डी उन्हें गड़ रही थी। रीढ़ की हड्डी थी या रस्सी यह निश्चित करने के लिए थोड़ा खिसकना पड़ता। शुरुआत में तो वे ज़्यादा झुके रहे, कुछ देर बाद तनकर बैठ गए। हाथी पर बैठने का उनका संतुलन उन्हें मिल गया था। वे जूता पहने हुए हाथी पर चढ़े थे। जूते पहने हुए उन्हें हाथी पर चढ़ना था या नहीं, उन्हें नहीं मालूम था। साधु ने भी नहीं टोका था।

"घर किधर है?" ऑटो वाली जगह पहुँचकर साधु ने पूछा।

"इधर।" उन्होंने बताया।

घर उन्हें दिखने लगा था। उन्हें लगा घर के सामने कुछ चहल-पहल है। औरतें दिख रही थीं। पास-पड़ोस से आ-जा रही थीं। छोटे-छोटे बच्चे खेल रहे थे। ढोलक और मजीरे के साथ गवनई सुनाई दे रही थी। शायद उनके ही घर में। उनका दिल धड़कने लगा। दिल जितनी ज़ोर से धड़क रहा था हाथी के ऊपर नीचे के कारण उतना नहीं था।

कुछ देर पहले से पानी बंद हो गया था और हल्की-सी धूप निकल आई थी। वे हाथी पर बैठे-बैठे देख रहे थे कि एक औरत ने उनके कमरे से चारपाई निकाली और सामने के पेड़ के नीचे डाल दी। दूसरी ने दरी लाकर बिछा दी। शायद पिता थे, पड़ोस के कमरे से निकलकर वे चारपाई पर बैठे फिर लेट गए। उठकर उन्होंने खटिया पेड़ के नीचे से सरकाई,

फिर लेट गए। हवा चलने से पत्तियों से पानी टपकता होगा।

बच्चों को दूर से हाथी दिखा। वे चिल्लाने लगे। पिता उठकर बैठ गए। उन्हें यह थोड़ी समझ में आ रहा था कि हाथी पर उनका रघुवर प्रसाद बैठा है। सामने औरतें-बच्चे इकट्ठे हो गए थे।

"वही घर है।" उनके मुँह से निकला।

"कुछ उत्सव है क्या?"

"नहीं, गाँव से पिताजी आए हैं।" उसे घर नहीं बताना था, पहले उतर जाते तो अच्छा था। तमाशा हो जाएगा। उन्हें झेंप लग रही थी, हाथी से उतरते भी नहीं बनेगा। उतरते-उतरते गिर पड़े तो!

हाथी ठीक पिता की चारपाई के पास खड़ा हुआ। पिता ने तब भी नहीं पहचाना था। पिता चारपाई से उठकर हाथी से कुछ दूर जाकर खड़े हो गए थे। चारपाई को भी उन्होंने हटा लिया था। तब ही उन्होंने पहचाना कि हाथी पर उनका बेटा है। पड़ोस की औरतों-बच्चों ने भी पहचान लिया। एक औरत ने चिल्लाकर कहा, "अरे! रघुवर प्रसाद हाथी से आया है।" बच्चे हो-हो चिल्लाने लगे। अंदर पत्नी होगी तो उसने भी सुना होगा। शायद उस औरत ने पत्नी को सुनाने के लिए ही चिल्लाया हो। पत्नी का जी धक्क से किया होगा। एक क्षण को उसका भी मन रघुवर प्रसाद को हाथी से आया देख लेने का हुआ होगा। हाथी पर बैठकर आना ख़ुशी की बात तो होती होगी। थोड़ी-बहुत शान भी होती हो। साधु ने रघुवर प्रसाद के उतरने के लिए हाथी को नीचे बैठाया। रघुवर प्रसाद हाथी से सँभलकर उतरे। उन्होंने एक रुपए का सिक्का निकाला। तब तक हाथी खड़ा हो गया था। सिक्का देखकर साधु ने मुस्कुराकर कहा, "हाथी को दे दीजिए।" हाथी को सिक्का कैसे दें यह वे हथेली फैलाए ठीक से सोच भी नहीं पाए थे कि हाथी ने हथेली पर से सिक्के को सूँड़ से उठाकर साधु को दे दिया।

"अच्छा कल मिलेंगे।" मित्रवत हाथी सवार ने कहा।

"अच्छा।" धीरे-से रघुवर प्रसाद ने कहा।

हाथी के जाने से एक बड़ी-सी जगह निकल आई थी। यह तो था कि हाथी आगे-आगे निकलता जाता था और पीछे हाथी की ख़ाली जगह छूटती जाती थी। जाते हुए हाथी को उँगली से छूने का मन रघुवर प्रसाद को हुआ था। हाथी के हटते ही दरवाज़े के पास खड़ी औरतों में उन्होंने पत्नी को एक झलक ढूँढ़ा और पिता के पैर छुए। पत्नी उन्हें नहीं दिखी। पड़ोस की औरतें कमरे में थीं इसलिए विश्वास था कि कमरे में होगी। हो सकता है माँ हों। पत्नी न आई हो। माँ से मिलने औरतें आई हों। पर गवनई क्यों होगी! क्या पत्नी नहीं आई होगी! उनका मन स्थिर नहीं था। वे हाथी से उतर गए थे, पर मन अचानक घुड़सवारी करने लगा था जो पत्नी के आने और न आने की तरफ़ दौड़ता रहता था। कहीं रुकता नहीं था। न तो आने पर रुकता था और न नहीं आने पर।

पिता ने रघुवर प्रसाद को बहुत मन से आशीर्वाद दिया।

"हाथी वाले को चाय नहीं पिला देते!"

"याद नहीं रही।"

"कल पिला देना।" पिता ने सोचा होगा कि वह महाविद्यालय आना-जाना हाथी से करता है।

"कितनी देर हो गई आए हुए?" रघुवर प्रसाद ने पूछा।

"घंटा-दो घंटा हुआ होगा। पड़ोसियों को मालूम पड़ा तो ढोलक लेकर गवनई करने लगीं। बहू अंदर है। बहू को पहुँचाने आया था। तुमको छुट्टी तो मिलती नहीं। तुम्हारी माँ पीछे पड़ी थी, बहू को पहुँचा दो, बहू का मन नहीं लग रहा है। उदास रहती थी।"

"उसे अपने माता-पिता की याद आ रही होगी।" धीरे-से, संकोच से उन्होंने कहा। यह पिता ने नहीं सुना।

"घर पैसे थोड़ा ज़्यादा भेज दिया करो। छोटू की बीमारी में इस बार पैसे ख़र्च हो गए। बीस दिन बुख़ार में पड़ा रहा। आने पर बहू ने बहुत सेवा की। तब तक तो वह ठीक हो गया था। अब एकदम ठीक है। तुमको चिट्ठी लिखे तो थे।"

"चिट्ठी नहीं मिली।" आश्चर्य से रघुवर प्रसाद ने कहा। पत्नी ने भी लिखी हो और उसे न मिली हो। पत्नी क्यों लिखेगी। वह भी नहीं लिख सके जब।

"कितने दिन पहले लिखे थे?"

"कुछ दिन हो गए!"

"महाविद्यालय के पते से तो नहीं भेजे?"

"घर के पते से भेजे थे।"

"पोस्टमैन से पूछूँगा। पूछते रहने से वह चिट्ठी देना भूलेगा नहीं।"

"अच्छा मुँह-हाथ धो लो। चाय पी लो। थके होगे।" पिता ने कहा।

"अम्मा नहीं आई?"

"कैसे आती, वहाँ कौन देखता!"

"आपने चाय पी?"

"हाँ पी ली, देखो कप खटिया के नीचे धरा है। कप ले जाना। इसी में धो के पी लेना। ज़्यादा कप-बसी नहीं निकाला करो। टूट जाती है।"

"जी हाँ!" ज़्यादा कप-बसी नहीं थी। यही एक कप-बसी थी, जिसे रघुवर प्रसाद ने उठाया था। कप उठाते-उठाते रघुवर प्रसाद ने कमरे की तरफ़ देखा। कमरे के अंदर देहरी के पास उन्होंने कप रख दिया था। स्टोव जलने की गंध थी। उनके कप रखते ही एक लड़की ने कप उठाया और उसे धोने गुंडी की तरफ़ कोने में चली गई। रघुवर प्रसाद जूता उतारने सीढ़ी की तरफ़ इस तरह बैठ गए कि वे अंदर से नज़र आएँ। स्टोव पत्नी

के सामने रखा होगा। कोने से किसी औरत ने स्टोव उठाया होगा और कहा होगा–'अब रघुवर प्रसाद के लिए चाय बनाओ।' एक लड़की चाय के लिए गुंडी से पानी ले आई होगी। किसी ने छन्नी दिया होगा। किसी ने शक्कर, चायपत्ती पत्नी के पास सरका दी होगी। रघुवर प्रसाद जूता उतारकर पिता के पास बैठ गए।

"अम्मा ठीक है?"

"ठीक है, हर बार खाते समय एक बार ठसका ज़रूर लगता है। खाँसते-खाँसते बेदम हो जाती है।"

"डॉक्टर को बताए थे?"

"होम्योपैथी वाले को दिखाते रहते हैं। होम्योपैथी की दवा भी महँगी हो गई है। एक छोटी शीशी पाँच रुपए की। हफ़्ताभर दवाई चलती है।"

एक छोटी लड़की बहुत धीरे-धीरे क़दम रखते हुए कि चाय न छलके जैसे रस्सी पर चल रही हो, रघुवर प्रसाद को आते दिखी। उसी के लिए चाय होगी। वे आगे बढ़े और लड़की के हाथ से कप ले लिया। जिसके लिए ले जा रही हो देने के पहले वही छीनकर ले गए, इस तरह लड़की ने रघुवर प्रसाद को देखा और दुखी होकर लौट गई।

"चाय और पीएँगे?"

"नहीं।"

"जब आए होंगे तो कमरे में ताला बंद होगा?" रघुवर प्रसाद को चाय पीते-पीते याद आया कि ताला बंद था। ताला कैसे खुला होगा।

"तुम एक चाबी दे गए थे न।"

"अच्छा हुआ वही ताला लगाया था। दूसरा ताला लगता तो परेशानी होती।"

"क्या परेशानी होती, पड़ोसी अच्छे हैं। तुम्हारे आने तक वहीं रहते।

तुम्हारे पास तो एक ही ताला था?"

"एक नया ताला और लिया था।"

"काहे के लिए?"

"टट्टी के लिए।"

"टट्टी के लिए क्यों? वहाँ चोरी होने का कौन-सा डर था?"

"चोरी नहीं, टट्टी में भीड़ रहती है। समय पर ख़ाली नहीं मिलती।"

"अरे इतना बड़ा मैदान तो है। खेत हैं।"

"जी।"

"टट्टी का ताला तुम निकालकर रख लेना। एक ताला मैं ले जाऊँगा। पैरा कोठा में लगाऊँगा, पैरा चोरी चला जाता है। बड़ी मुश्किल से एक गाय का चारा जुट पाता है।"

"टट्टी किराए से ली है।"

"टट्टी किराए से! टट्टी तो थी। कोई मनाही थोड़ी थी। कल एक नहानी घर किराए से ले लेना, एक चौका किराए से ले लेना, सब गुज़ारा करना पड़ता है। तुम्हारी तनख़्वाह तो किराए में चली जाती है। घर क्या भेजोगे!"

रघुवर प्रसाद ने सोचा कि पिता टट्टी का किराया न पूछ लें इसलिए तुरंत कहा, "बस में कोई तकलीफ़ तो नहीं हुई थी?"

"नहीं।"

रघुवर प्रसाद को पिता कमज़ोर लग रहे थे। पिता से तबियत के बारे में पूछेंगे तो अपनी सब बीमारियाँ बतलाने लगेंगे। तब रघुवर प्रसाद को घबराहट होने लगती थी। उसका वेतन अच्छा होता तो वह बताता कि एक पुत्र अपनी पिता की किस तरह परवाह करता है। पिता की छोटी-छोटी अपेक्षाओं के सामने वह असहाय हो जाता था कि वह अच्छा पुत्र नहीं

समझा जा रहा है। अपनी असहायता से अब तक पिता साथ देते आए थे। पिता की असहायता में वह पिता का कैसे सहारा बने सकेगा। यही न कि पिता को दौ सो रुपए की ज़रूरत है तो बेटे की सहायता के लिए पिता ज़रूरत को किसी तरह डेढ़ सौ रुपए तक सीमित कर दें। महाविद्यालय के पास घर मिल जाए तो एक बड़ा घर ले लें। आने-जाने का पैसा बचेगा।

अब तक औरतें चली गईं।

"सब औरतें चली गईं?"

"हाँ?"

"मैं बताना भूल गया। हलवाई के यहाँ से बताशा ले आते और बाँट देते।"

"कल भिजवा दूँगा।"

"कैसे भिजवाओगे, जाने दो। ऐसे समय बड़े वाले बताशे बुलवा लिया करो। दो-दो बताशे बँटवा दिया करो। तीज-त्यौहार में पड़ोस में नाउन आती होगी। चाहो तो पता लगाकर बताशे भिजवा देना।"

"जी हाँ।"

"अब रहने दो। आगे चाहे ध्यान रखना।"

"अंदर नहीं बैठेंगे?" उसने पिता से पूछा। उसका भी अंदर जाने का मन था।

"यहाँ हवा में अच्छा लग रहा है। दीया-बत्ती का समय हो गया है। बहू से कह दे बत्ती जला दे। कुबेरी-बेरिया अँधेरा नहीं होना चाहिए।"

"जी!"

रघुवर प्रसाद अंदर गए। पत्नी एक कोने में बैठी थी, गुड़िया बैठी थी। रघुवर प्रसाद की पत्नी ने उसे अपने साथ के लिए रोक लिया था। गुड़िया को देखकर रघुवर प्रसाद का मन हुआ, उससे कहें ग में छोटी उ की मात्रा

गु, पर नहीं कहा कि पिता क्या सोचेंगे। रघुवर प्रसाद के आते ही पत्नी ने गुड़िया को फुसफुसाकर जाने को कहा होगा। वह भागती हुई चली गई। दिन के विदा होने का बाहर से कुछ अधिक अँधेरा कमरे में हो चुका था। रघुवर प्रसाद ने सोचा अभी बत्ती न जलाएँ। एक मिनिट बाद जलाएँ। वे पत्नी की ओर बढ़े। पिताजी दिख नहीं रहे थे। पड़ोस के बच्चे बाहर खेल रहे थे। पत्नी के पास जाकर वे धीरे-से बोले, "चाय पी थी?" पत्नी ने कुछ कहा नहीं। "चाय पी थी?" उन्होंने फिर पूछा। तब पिता के खाँसने की आवाज़ आई, उन्होंने तुरंत खटका दबाकर बत्ती जलाई। पत्नी की नायलोन की गुलाबी साड़ी का प्लास्टिक जरी का चमकीला काम बिजली के उजाले में फक्क से जगमगा गया था। उजाला होते ही पत्नी की चूड़ियों की आवाज़ हुई थी। वह दीवार की तरफ़ धीरे-से घूम गई थी। लाख और काँच की ढेर-सी चूड़ियाँ पहनी थी। आलता वाले पैर को उजाला होते ही साड़ी से छुपा लिया था। तभी पत्नी ने उसकी तरफ़ इसलिए देखा कि क्या वह भी उसकी तरफ़ देख रहा है। पत्नी देख रही है, देखकर वह मुस्कुराया तो वह भी मुस्कुराई।

एक कमरे का घर जानकर पिता जानबूझकर आठ बजे की बस से लौट जाना चाहते होंगे। रघुवर का मन था कि पिता रुक जाते।

"अंदर आ जाइए।" रघुवर प्रसाद ने दरवाज़े के पास जाकर कहा। पिता उठे और अंदर आ गए। कमरे में एक बोरा बिछा था। पिता थोड़ी देर बोरे पर बैठ रहे फिर उसी बोरे पर लेट गए। यह देख रघुवर प्रसाद बाहर पड़ी खटिया अंदर ले आए।

"खटिया पर लेट जाते!"

"नहीं ऐसे ही अच्छा लग रहा है।" पिता को थका जानकर उसने कहा, "आज रात रुक जाते। कल चले जाना।"

"चला जाता हूँ। घर से पूड़ी लाया था वही खाकर जाऊँगा।"

"बासी पूड़ी नुक़सान करेगी। रोटी खा लेना।"

"बासी पूड़ी दाल के साथ अच्छी लगती है। बहू से बोल देना जल्दी दाल-सब्ज़ी बना देगी, थोड़ा भात भी खाऊँगा।"

पत्नी खाना बनाने के लिए तैयार दिखी। उठकर चौके के डिब्बों को खोलकर दाल-चावल ढूँढ़ने लगी।

"जा बता दे दाल-चावल कहाँ रखा है।" पिता ने कहा।

रघुवर प्रसाद ने चावल दाल-आटा के डिब्बे बताए। सब्ज़ी की टोकनी को देते-देते, पत्नी के पास रख दी, टोकनी में आलू थे। पूड़ी बहुत थीं इसलिए पत्नी ने आटा नहीं छाना। खाना बनते तक पिता आँख बंद कर लेटे रहे। बेटे की गृहस्थी की खटर-पटर आँख मूँद सुनना उन्हें सुख दे रहा था। उनको लगता होगा चलो बेटे की गृहस्थी हो गई।

रघुवर प्रसाद कल की तैयारी में किताब खोलकर बैठ गए। पत्नी खाना बनाते-बनाते पति को देख लेती थी। हर बार देखने में उसे छूटा हुआ नया दिखता था। क्या देख लिया है यह पता नहीं चलता था। क्या देखना है यह भी नहीं मालूम था। देखने में इतना ही मालूम होता होगा कि यह नहीं देखा था।

पिता ने बहुत थोड़ा खाना खाया। सात बज गए थे। सड़क की बत्ती जल गई थी।

"आपकी तबियत ठीक है?" वह पूछ बैठा था।

"हाँ ठीक है। दिखना कम हो गया है। बायीं आँख से तो बहुत कम दिखता है। दाहिनी आँख में जोत बाक़ी है। मोतियाबिंद हो रहा है। घुटने में बहुत दर्द होता है। काम करने से थकावट लगती है। उठकर खड़े हो तो चक्कर आ जाता है।"

"कमज़ोरी है। डॉक्टर को दिखा देते।"

"होम्योपैथी वाले को?"

"नहीं अँग्रेज़ी डॉक्टर को।"

"अच्छा दिखा दूँगा।"

रघुवर प्रसाद उठे। टिन की पेटी खोलकर उन्होंने पहले एक पचास रुपया उठाया, फिर पचास रुपया और निकाला। पेटी में अब क़रीब दो सौ रुपया बचे होंगे। महीना पूरा बचा है। प्रबंध-मंडल ने केवल आठ सौ रुपया महीना स्वीकृत किया था। विभागाध्यक्ष को पंद्रह सौ रुपए मिलते थे। इसके पहले डागा महाविद्यालय धमतरी में उनको बारह सौ रुपए मिलते थे।

"ये रुपए ख़र्च के लिए रख लीजिए।"

"कितने हैं?"

"सौ रुपए हैं।"

"समझ लो बस से आने-जाने में पचास रुपए ख़र्च हो गए।"

"बीस रुपया और रख लीजिए।"

"नहीं तुम्हारा भी ख़र्च है। पहले भी रुपया दिए थे।"

"रख लीजिए मेरे पास और हैं।"

रघुवर प्रसाद रिक्शा बुला लाए थे। बहू ने पैर छुए तो पिता ने आशीर्वाद दिया। आजू-बाज़ू के कमरों से औरत-बच्चे झाँक रहे थे। पिता के बैठने के बाद पिता का झोला लेकर रघुवर प्रसाद भी रिक्शे में बैठ गए।

"बहू से बोल दो अंदर से दरवाज़ा बंद कर ले। तुम्हारा घर बस्ती के एकदम बाहर है, सन्नाटा हो रहा है।"

'जी' कहकर वे रिक्शे से फिर उतरे। कमरे के अंदर जाकर पत्नी से कहा–"दरवाज़ा बंद कर लेना, मैं पिताजी को छोड़कर जल्दी आऊँगा।" मैं पिताजी को छोड़कर जल्दी आऊँगा—यह उन्होंने अपने मन से कहा

था। पिता ने जितना कहने के लिए कहा था यह उससे ज़्यादा था। दरवाज़े के पल्ले की आड़ में पत्नी खड़ी थी। सिर पर पल्लू था। सिर झुकाए पत्नी ने सुना और धीरे-से 'हाँ' कहा। रघुवर प्रसाद को पत्नी का हाँ सुनना बहुत अच्छा लगा।

पिता को छोड़ने गए तब से रात को क़रीब साढ़े नौ बजे पैदल लौटे। सड़क की बत्तियों का उजाला घर के सामने था। उन्होंने दरवाज़े की साँकल को बहुत धीरे-से खटखटाया ताकि केवल पत्नी सुने पास-पड़ोस न सुने। पत्नी की, दरवाज़े के पास तक आने की आहट हुई। चूड़ियों की खनखनाहट हुई तो लगा कि दरवाज़ा खोल रही है। जब दरवाज़ा नहीं खुला तो उन्होंने साँकल फिर खटखटाया। दाहिने पड़ोसी के कमरे का दरवाज़ा खुलने की आहट हुई। पड़ोस की औरत बाहर निकली। रघुवर प्रसाद को खड़ा देखकर उसने कहा, "दुल्हिन सो गई होगी। ज़ोर से खटखटाओ।"

"जी हाँ।" रघुवर प्रसाद ने कहा। उन्होंने सोचा, पड़ोसन अपना दरवाज़ा बंद कर ले तो वे फिर खटखटाएँ। पड़ोसन अंदर नहीं जा रही थी। उसने फिर कहा, "खटखटाओ।" साँकल खटखटाने से पहले उनका हल्का धक्का दरवाज़े को लगा तो दरवाज़ा खुल गया। पत्नी ने बहुत धीरे-से इस बीच सिटकनी खोल दी होगी और उनको पता नहीं चला। दरवाज़ा खुलने के बाद उनकी नज़र पड़ोसन की तरफ़ फिर गई। "जाओ", पड़ोसन ने कहा। पर वे अंदर अप्रत्याशित से ऐसे चले गए जैसे अपने आप गए। जिस क्षण जाना था उस क्षण नहीं गए। प्रतिक्रिया में उनसे देर होती थी, और उन्हें लगता था कि उन्होंने तत्काल काम किया है। उन्होंने दरवाज़ा बंद किया। पड़ोस से दरवाज़ा बंद होने की आवाज़ नहीं आ रही थी। वे दरवाज़े से दूर चारपाई पर बैठ गए। पत्नी एक कोने में खड़ी थी।

"सो गई थी?"

"नहीं।" पत्नी ने सिर हिलाया बस।

कुछ देर चुप बैठे रहने के बाद उन्होंने कहा, "छूकर देखो मुझको बुख़ार है क्या?" पत्नी को पास बुलाने का और कोई तरीक़ा उन्हें नहीं सूझा। पत्नी उनके पास आकर खड़ी हो गई।

"शरीर गर्म हो तो बाएँ गर्म हाथ से दाहिने गर्म हाथ को छुओ तो पता नहीं चलता कि बुख़ार है।" उन्होंने बाएँ हाथ से अपने दाहिने हाथ को छूते हुए कहा। उन्हें लगा कि पत्नी उनका माथा, हाथ छुएगी, पर नहीं छुई। पास आकर खड़ी रही। उन्होंने अपना हाथ बढ़ाया तो भी पत्नी ने नहीं छुआ। उन्होंने हाथ बढ़ाकर कोहनी के पास पत्नी को पकड़ा। चूड़िया इतनी थीं कि हाथ पकड़ने की और जगह नहीं थी।

"तुम्हारा हाथ तो मेरे हाथ से ज़्यादा गर्म है।" और उन्होंने पत्नी का हाथ छोड़ दिया। पत्नी का हाथ सचमुच गर्म था।

"नहीं है।" पत्नी ने इस तरह कहा कि उसका हाथ फिर पकड़ लें और छोड़ें नहीं।

"है, सच में है।"

"खाना खा ली हो?" उन्होंने फिर पत्नी से पूछा। पत्नी ने कुछ नहीं कहा।

वे पिता के साथ पेट भर खा चुके थे। पिता ने केवल दो पूड़ी खाई थी और थोड़ा भात। पूड़ी ज़्यादा थीं। अम्मा ने सोचकर भेजा होगा कि बहू को आटा सानना न पड़े। रघुवर प्रसाद ने ज़्यादा खा लिया था। थाली में बचा छोड़ना अच्छा नहीं लगता था, इस आदत के कारण वे ज़्यादा खा जाते थे। पत्नी उनकी थाली में चुपके से पूड़ी डाल देती थी। पूछती नहीं थी इसलिए वे मना नहीं कर पाते थे। आख़िर खाते-खाते वे पानी का गिलास और थाली लेकर खड़े हो गए। पानी उन्होंने खड़े-खड़े पिया। "पानी बैठकर पियो।" तब पिता ने कहा था।

"खाना खा ली?" पत्नी को जस-का-तस खड़े देखकर रघुवर प्रसाद ने फिर पूछा। पत्नी ने कुछ नहीं कहा।

"क्या बात है? अच्छा नहीं लग रहा है?" रघुवर प्रसाद ने धीरे-से पूछा। अबकी बार रघुवर प्रसाद का दिल धड़कने लगा था।

"बुख़ार नहीं है।" पत्नी ने कहा।

"हाथ तप रहा है।" अटकते-अटकते उन्होंने कहा।

"नाड़ी देख लो।" पत्नी ने कहा। रघुवर प्रसाद को नाड़ी देखना नहीं आता था। उन्होंने पत्नी का हाथ पकड़ा।

"चूड़ी इतनी हैं कि नाड़ी नहीं मिलेगी।"

"इसमें कम हैं।" पत्नी ने अपना दाहिना हाथ बढ़ाया।

"उतनी ही लगती हैं।"

"एक बस में टूट गई थी। एक यहाँ काम करते-करते टूट गई।"

"केवल दो कम हैं।"

"हाँ।"

"बैठ जाओ।" पत्नी बैठ गई।

"दाहिने हाथ की चूड़ी टूट जाती है। बाएँ हाथ की कम टूटती है।" पत्नी कह रही थी। और रघुवर प्रसाद नाड़ी टटोल रहे थे। नाड़ी केवल वहाँ नहीं थी। वहाँ न मिलने पर उसे कहाँ ढूँढें! छाती से धकधक टटोला जा सकता था। रघुवर प्रसाद को लगा कि हाथी के ऊपर उनकी पत्नी गोद में बैठी है। रात का काला हाथी था उसकी सूँड़ धरती तक झूल रही थी। रात हाथी की चाल की तरह ऊपर नीचे डोलते हुए जा रही थी। वे पत्नी को सँभालकर पकड़े हुए थे। अँधेरे में काई की तरह फिसलन होती है ऐसा रघुवर प्रसाद को लगा। पत्नी फिसल जाती थी।

इसके बाद अँधेरे में पत्नी ने पूछा, "बस स्टैंड से रिक्शे में आए थे?"

"नहीं पैदल आया था।" पत्नी ने सुना कि रघुवर प्रसाद घोड़े पर आए थे।

"हाथी नहीं मिला?" पत्नी ने पूछा। रघुवर प्रसाद ने सुना कि पत्नी पूछ रही है–रिक्शा नहीं मिला था?

"मिला था पर पैदल आया। पैदल आने से पैसे बच गए थे। पास ही बस स्टैंड है।"

पत्नी ने सुना–घोड़े के पैसे नहीं देने पड़े थे। बस स्टैंड पास है।

"घोड़े पर आने से कितना समय लगा?" पत्नी ने पूछा।

"जल्दी आ जाता पर रास्ते में एक दोस्त मिल गया।" रघुवर प्रसाद ने कहा।

पत्नी ने सुना–रास्ते में एक घुड़सवार और मिल गया था।

"फिर इधर-उधर घूमते रहे।"

इधर-उधर घोड़ा दौड़ाते घूमते रहे–पत्नी ने सुना।

"थक गए तो एक टिपरिया चाय की दुकान में चाय पी।"

थक गए तो एक खंडहर जैसी पुरानी सराय में केसरिया दूध पिया–पत्नी ने सुना।

"अच्छी गरम चाय थी।" गाढ़ा गरम दूध था–पत्नी ने सुना।

"मैं भी तुम्हारे साथ घूमने चलूँगी।" पत्नी ने कहा।

मैं भी तुम्हारे साथ घुड़सवारी करूँगी–अबकी बार रघुवर प्रसाद ने सुना।

"घुड़सवारी क्यों खटिया में लेटे-लेटे उड़ जाएँगे।" रघुवर प्रसाद ने कहा।

पक्षी बनकर उड़ जाएँगे–पत्नी ने सुना।

"हाँ।" पत्नी ने कहा।

"उड़कर सबसे पहले कहाँ जाएँगे?"

"जहाँ छह महीने की रात होती हो।" रघुवर प्रसाद ने कहा। पत्नी ने भी यही सुना।

"छह महीने की रात में इस खटिया पर लेटे रहेंगे।" पत्नी ने कहा। रघुवर प्रसाद ने भी यही सुना।

"छह महीने की रात ख़त्म होते-होते फिर यहाँ बारह घंटे की रात में आ जाएँगे। आकर सो जाएँगे।" पत्नी ने भी यही सुना।

"हमारे उठने का रास्ता सुबह देखेगी।" रघुवर प्रसाद ने कहा।

"सुबह किस तरह रास्ता देखेगी?"

"जैसे ही हमारी नींद खुले सुबह हो जाए।"

"ज़्यादा देर सो गए तो ज़्यादा देर बाद सुबह होगी।" रघुवर प्रसाद ने सुना–ज़्यादा देर सो गए तो ज़्यादा देर रात रहेगी।

"चिड़िया रास्ता देखेगी कि हम उठे जिससे सुबह हो और वे चहचहाना शुरू कर दें।"

"सुबह सबसे पहले छोटी-छोटी चिड़ियों की चहचहाहट होती है। इसके बाद कोयल के बोलने की आवाज़ आती है।"

दृष्टि के जल से बुझकर सूर्य चंद्रमा हो गया था।
और अल्पना का बना हुआ कमल पानी में तैर रहा था।

कुछ याद आने से अचानक रघुवर प्रसाद उठे। उन्हें चिड़ियों की चहचहाहट और कोयल के कूकने की आवाज़ के बाद ग में छोटी उ की मात्रा गुड़िया भी सुनाई दिया था। वे उठकर खड़े हो गए। पत्नी के घुटने के ऊपर तक खिंची साड़ी के ऊपर उन्होंने चादर डाल दिया था।

"उठो!" उन्होंने पत्नी को प्यार से ऐसे उठाया जैसे यह कई वर्ष रोज़ सुबह का सिलसिला था। रघुवर प्रसाद ने खिड़की से नीचे झाँककर देखा गुड़िया स्लेट-पट्टी लेकर खिड़की के नीचे बैठे पढ़ रही थी। जब वे सो रहे होंगे तब गुड़िया ने ईंटों के ऊपर खड़े होकर झाँका होगा। खिड़की में सलाख़ें नहीं थीं। कमरे में कूदकर कोई न आए इसके लिए बस पल्ले को बंद किया जा सकता था। पल्ले को बंद करने से कोई न आए में हवा, उजाला, बाहर का दिखना भी नहीं आता। खिड़की के पल्ले खुले होने से उनके उठने के पहले से कमरे में सुबह थी। रात को उन्होंने सोचा था कि पत्नी से कहेंगे कि वह खिड़की पर ढिबरी लेकर खड़ी हो जाए ताकि वे ईंटें वहाँ से हटा दें, फिर उन्होंने सोचा कि ईंटें हटाने के बदले खिड़की का पल्ला बंद कर दें, पर वे भूल गए थे।

वे टट्टी के ताले की चाबी ढूँढ़ रहे थे। उन्हें नहीं मिली। जिस जगह

रसोई का सामान था वहाँ एक चुकिया में उन्होंने चाबी रख दी थी। चुकिया वहाँ नहीं दिख रही थी। पत्नी ने खटपट में अपने स्वप्न के संसार को नींद से जागकर देखा। "टट्टी की चाबी नहीं मिल रही है।" उन्होंने पत्नी से पूछा। पत्नी ने सबसे अलग एक ईंट के ऊपर रखी उस चुकिया को बताया। उसे लगा होगा कि चौके के सामान के साथ टट्टी की चाबी को नहीं होना चाहिए। अपने मन से उसने अपनी गृहस्थी को जमाने का काम यही किया था। जब रघुवर प्रसाद बस स्टैंड गए थे तब पड़ोसनों से उसे यह कुछ गृहस्थी की जानकारी मिल गई थी। चुकिया की चाबी टट्टी की चाबी है, इसका उसने अनुमान लगाया था। थोड़ी देर में घर की चीज़ें अपनी-अपनी जगह से हटकर पत्नी की इच्छा से जगह लेने लगीं। चीज़ों के इधर-उधर होने के सम्मोहन से रघुवर प्रसाद को लगा कि नींद पूरी नहीं हुई। छोटे-छोटे बच्चे खिड़की की ईंट पर खड़े होने के लिए धक्का-मुक्की कर रहे थे। दोनों बच्चों से निर्लिप्त अपने काम में थे और बच्चे बायस्कोप की तरह खिड़की से देख रहे थे। खा-पीकर रघुवर प्रसाद किताब लेकर खटिया पर बैठ गए। थोड़ी देर बाद खिड़की के पीछे बच्चों के ख़ुशी से चिल्लाने की आवाज़ उन्होंने सुनी। रघुवर प्रसाद से रहा नहीं गया, किताब लिए-लिए खिड़की के पास आए। एक लड़का खड़ा था, बाक़ी सब भाग गए थे। "क्या है?" उन्होंने उस लड़के से पूछा।

"बकरी का बच्चा।" उसने कहा। हवा अच्छी चल रही थी।

"कौन-से रंग का है?" उन्होंने पूछा।

"काले रंग का।" बच्चे ने कहा। रघुवर प्रसाद मुस्कुराए।

"बकरी के बच्चे को देखने चलोगी?" रघुवर प्रसाद ने पत्नी से पूछा।

"चलो।" पत्नी तुरंत तैयार हो गई।

"इधर खिड़की से चलेंगे।" उन्होंने कहा।

अप्रैल का पहला सप्ताह था। सुबह की हवा में यहाँ थोड़ी ठंडक थी।

हवा तेज़ चल रही थी। खिड़की से बाहर पैर लटकाकर रघुवर प्रसाद कूदे फिर उन्होंने पत्नी की सहायता की।

वहाँ एक बहुत बड़ा पीपल का पेड़ था। पेड़ के नीचे लंबी रस्सी से बकरी का एक काला बच्चा बँधा था। हवा चलने से पीपल के पत्ते इधर-उधर झरते तो बकरी का बच्चा दौड़ते हुए पत्ते की तरफ़ लपकता। एक पत्ते की तरफ़ जाते-जाते फिर दूसरे पत्ते की तरफ़ दौड़ पड़ता। हवा चलने से एक साथ कई पत्ते खड़-खड़ झरते। पत्नी का साड़ी का पल्लू हवा में उड़ रहा था। उड़ते हुए पल्लू में एक पत्ता आकर अटक गया। सब पत्ते का झरना देख रहे थे। नीचे ढेर से पत्ते इकट्ठे हो गए। बच्चे गिरते हुए पत्तों को पैर से दबाने के लिए दौड़ते थे। पत्नी के पास एक पत्ता झरा। उसने पैर से दबाना चाहा तो निशाना चूक गया। रघुवर प्रसाद, पत्नी और बच्चे गिरते हुए पत्तों को पकड़ने, पैर से दबाने, इधर-उधर दौड़ रहे थे। उनके खेल को देखकर लगने लगा कि पत्ते जानबूझकर खेलते हुए झर रहे हैं। पेड़ अपने पत्ते झराता खेलते हुए खड़ा था। पत्नी के बालों में एक पत्ता फँस गया। रघुवर प्रसाद ने कहा, "तुम्हारे बालों में एक पत्ता अटका है।" पत्नी ने बालों में पत्ते को उँगलियों से टटोला तो पत्ता नीचे गिर गया। "गिर गया।" रघुवर प्रसाद ने कहा।

पड़ोसन अपनी खुली खिड़की से चिल्लाई–"हाथी आया।" बकरी के बच्चे के साथ खेलना छोड़ सारे बच्चे हाथी की तरफ़ दौड़ पड़े। रघुवर प्रसाद को लगा कि हाथी कुछ पहले आ गया है। वे पत्नी का हाथ पकड़े-पकड़े खिड़की तक आए। पहले उन्होंने पत्नी को चढ़ाया फिर वे कमरे में कूद गए। 'हाथी आया' से प्रफुल्लित पत्नी दरवाज़े खोलने लगी। पत्नी ने दरवाज़े को पूरा खोला जैसे हाथी को घर के अंदर आना हो। पल्ले की आड़ से उसने देखा भारी भरकम हाथी था। फिर वह अंदर आ गई। रघुवर प्रसाद तैयार होते-होते देख रहे थे कि हाथी सड़क के किनारे नग्न होकर पेशाब कर रहा था। हाथी पर बैठा साधु बीड़ी पी रहा था। हाथी देखकर

पत्नी एक छोटी लड़की की तरह ख़ुश थी। रघुवर प्रसाद आज साधु से कहना चाहते होंगे, "हाथी पर बैठकर जाना अच्छा नहीं लग रहा है। मैं टैंपो से चला जाऊँगा।"

तब साधु कहेगा, "मैं आपको टैंपो स्टैंड में देख रहा था। आप आए नहीं तो आपको लेने घर आ गया।"

"आज देर हो गई।" रघुवर प्रसाद कहेंगे।

"टैंपो देखने में और देर होगी। हाथी से चले चलिए। हाथी को तेज़ ले चलेंगे।"

"अच्छा।" कहकर रघुवर प्रसाद हाथी पर बैठने के लिए तैयार होंगे।

कंधे से लटकने वाले झोले में तीन किताबें थीं। पत्नी से जाते-जाते उन्होंने कहा–"मैं जल्दी आ जाऊँगा। जाने का मन नहीं हो रहा।" रघुवर प्रसाद के बाहर आते ही साधु ने हाथी को ज़मीन पर बैठाया। कार का दरवाज़ा साहब के आते ही ड्राइवर खोलता है। उसी तरह रघुवर प्रसाद को देखकर साधु ने हाथी से बैठने को कहा होगा। हाथी का बैठना, कार का दरवाज़ा खुलना जैसा था। हाथी रघुवर प्रसाद को देखकर नहीं बैठा होगा। बार-बार ऐसा होने पर रघुवर प्रसाद को देखकर हाथी की बैठने की आदत हो जाए। पत्नी समझी थी कि हाथी रघुवर प्रसाद को देखकर बैठा है। वह रघुवर प्रसाद को हाथी पर चढ़ते हुए देख रही थी और सुखी थी। झोला अगर लटकाने वाला नहीं होता तो कठिनाई होती। चपरासी का छत्ता लौटाने की उन्हें याद नहीं थी।

"चलें?" साधु ने पूछा।

"चलो।" रघुवर प्रसाद ने कहा। अबकी बार उन्होंने हाथी पर बैठे पत्नी को, पड़ोस की औरतों-बच्चों के साथ खड़े देखा। रघुवर प्रसाद को जाते हुए पत्नी कुछ देर देखती रही। फिर घर का काम करने अंदर चली गई।

हाथी पर बैठे हुए रघुवर प्रसाद ने देखा कि एक साइकिल हाथी से आगे निकल गई। एक छोटे क़द के भूरे रंग के घोड़े पर, गाँव का एक बूढ़ा आगे-आगे चला जा रहा था। जब हाथी चलते-चलते घोड़े के बराबर आया तो घोड़ा चौंक गया। घोड़ा का बूढ़ा सवार लगाम छोड़े तब ऊँघता हुआ बैठा था। जैसे-तैसे लगाम पकड़कर घोड़े को उसने क़ाबू में किया। बूढ़ा सवार तब हाथी के पीछे हो गया था और धीरे-धीरे उसी तरह घोड़े पर बैठे जा रहा था जैसे पहले आगे जा रहा था। जाने की वही उसकी लय हो गई जो पहले थी। यह लय धीरे-धीरे समय बीतने की लय थी। गर्मी की दोपहर जैसे धीरे-धीरे बीतती है। दोपहर अभी हुई नहीं थी पर घोड़े की चाल देखकर लगता था कि उसका गाँव कितना भी समीप हो उसे रास्ते पर दोपहर ज़रूर मिलेगी। आगे कहीं दोपहर घोड़े के आने का रास्ता खड़े-खड़े देख रही होगी। घोड़ा जैसे ही उसके पास आएगा, दोपहर होकर उसके साथ चलने लगेगी। चलते-चलते वह बीत जाएगी और आगे रात मिलेगी और यह सिलसिला कई रात कई सुबह तक चलता रहेगा।

थोड़ी देर बाद देवारों का जाता हुआ डेरा मिला। औरतें सिर पर टट्टा कमचिल बोहे थीं। तीन सुअर तीन साइकिलों के कैरियर में बँधे थे। चौथी साइकिल के कैरियर में एक टोकनी में छोटा बकरा बँधा था। बकरा ले जाने वाला देवार डेरे का आदमी नहीं लगता था। सभी साइकिलों को पैदल ले जाया जा रहा था। एक बूढ़े देवार के पीछे एक मरियल कुत्ता निश्चित दूरी बनाए हुए साथ जा रहा था। यह कुत्ता बँधा नहीं था पर अदृश्य रस्सी से बँधा जा रहा था। अदृश्य रस्सी पालतू होने की नियति थी। दूसरा कुत्ता जो सचमुच रस्सी से बँधा हुआ था हाथी के पास पहुँचते ही भौंकने लगा। मरियल कुत्ता भी डरा-डरा भौंकने लगा। थोड़ा आगे जाने पर एक ठेले पर जाती हुई नाव मिली। नाव एक तालाब से दूसरे तालाब की ओर जा रही होगी। नाव से टिका हुआ ठेले पर एक बच्चा सो रहा था। एक औरत और उसका पति नाव ठेल रहे थे। उनका बच्चा होगा। नाव सीधी रखी थी। उसे

बाँधा गया था, फिर भी हाथी के ऊपर से देखने पर लगता था कि नाव तैरते-तैरते छूट रही है, और हाथी भी ऊपर-नीचे होता हुआ हिचकोले खाता आगे बढ़ रहा है। नाव के साथ-साथ चलने में कुछ समय तक चलना तैरने के समान लगता होगा। सड़क पर चलते हुए डूबने का डर कतई नहीं लगेगा यह निश्चित था। पर हाथी के ऊपर बैठे हुए रघुवर प्रसाद को नीचे गिर जाने का डर था।

स्कूटर का हॉर्न सुनकर रघुवर प्रसाद ने देखा कि विभागाध्यक्ष साइकिलों के बीच से होकर हाथी से आगे निकलना चाहते हैं। एक सुअर बुरी तरह चीख़ा। विभागाध्यक्ष का ध्यान सुअर के चीख़ने से बँट गया, नहीं तो वे रघुवर प्रसाद के नमस्ते को देखते, जो उनके लिए था। एक ट्रक आ रहा था। ट्रक में रेत भरी थी। नदी की चमकती रेत थी। बरसात में नदी भरने लगती तब रेत निकालना मुश्किल हो जाता। तब खदान की रेत निकाली जाती थी। खदान की रेत साफ़-सुथरी नहीं होती थी। अधिक बरसात में रेत बहुत महँगी हो जाती। बरसात आने में अभी डेढ़ महीना था। ट्रक को आते देख साधु ने हाथी को जितना सड़क के किनारे करना चाहा हाथी उससे ज़्यादा किनारे हो गया। शीशम के पेड़ की डाली से बचने के लिए दोनों को झुकना पड़ा। शीशम की एक कोमल डाल रघुवर प्रसाद ने झुके हुए तोड़ लिया था।

महाविद्यालय से कुछ दूर रघुवर प्रसाद उतरना चाहते थे। पर साधु ने हाथी को झंडा लगाने की बल्ली के पास रोका। हाथी के बैठते ही इस तरह उतरे कि वे हाथी से नहीं उतरे वहाँ पहले से खड़े थे, और हाथी उनके पास आ गया। शीशम की डाल उनके पास थी। डाल में छोटी-छोटी कली लगी थी। विभागाध्यक्ष थोड़ी देर पहले आकर बैठे थे।

"शीशम की डाल?" उन्होंने पूछा।

"जी हाँ।"

"शीशम में फूल आ गए?"

"हाँ! आम में बौर बहुत आए।"

"आम के बौर और महुआ के फूल की गंध मुझको एक जैसी लगती है।"

"जी सर, चक्कर आता है।"

"आपको?"

"नहीं मन को।"

"अच्छा मैं ध्यान दूँगा कि मन को चक्कर आता है या मुझको।"

"बाँस की पत्तियाँ पीली पड़कर झरने लगी हैं।" रघुवर प्रसाद हाथी की बात कहने से अपने को बचा रहे थे। यही हाल विभागाध्यक्ष का था। विभागाध्यक्ष ने रघुवर प्रसाद को हाथी पर बैठे हुए देख लिया था।

"आम के पेड़ के शरीर का रंग और नीम के पेड़ के शरीर का रंग एक जैसा है।" रघुवर प्रसाद ने क्लास लेने जाते समय विभागाध्यक्ष से कहा था। पढ़ाकर जब वे लौटे तब विभागाध्यक्ष ने उनसे कहा, "आपके दोनों हाथ में चॉक लगी रहती है। कक्षा से आते हैं तो हाथों के साथ-साथ चेहरे पर भी सफ़ेदी लगी रहती है।"

"आपको मालूम तो है सर, मैं दोनों हाथों से लिखता हूँ।"

"हाँ! पर चेहरे से तो नहीं लिखते?"

"जी हाँ।"

चलने से दोनों पैर एक साथ चलते हैं। रुको तो दोनों पैर एक साथ रुक जाते हैं। दोनों पैर एक साथ आराम करते हैं। रघुवर प्रसाद बिना रुके लिख सकते थे। बायाँ हाथ थक जाए तो दाहिने हाथ से। तब तक बायाँ हाथ सुस्ता लेता। बाएँ हाथ के सुस्ताने के बाद बाएँ हाथ से लिखते और दाहिना हाथ सुस्ताता रहता। यदि वे ऐसा करते रहे तो एक समय बहुत

जल्दी आ जाएगा जब लिखने के लिए उनके पास कुछ भी नहीं बचेगा और हाथ थके हुए नहीं होंगे।

पत्नी को जब ये मालूम हुआ कि रघुवर प्रसाद दोनों हाथ से लिख सकते हैं तो उसने एक बारगी पति से पूछा, "क्या तुम्हारे हाथ में छह उँगलियाँ हैं?"

"नहीं, पर तुमने ये कैसे सोचा कि मेरी छह उँगलियाँ हैं।"

"तुम दोनों हाथ से लिखते हो इसलिए पूछा।"

"दोनों हाथ से लिखने वाले के हाथों में छह-छह उँगलियाँ होनी चाहिए?"

"नहीं, पर मुझको लगा।" पत्नी ने रघुवर प्रसाद की दोनों हथेलियों को अपने गालों पर रखते हुए कहा।

"मेरे पैर की उँगलियों को देखो।" पत्नी ने कहा।

"क्या छह उँगलियाँ हैं?"

"देखो तो!"

"ठीक तो है।" पत्नी के नन्हे-नन्हे सुंदर पैर थे। अँगूठे के पास एक उँगली लायक़ और जगह थी।

"क्या एक उँगली और थी, जो कटवा ली?"

"जगह है पर उँगली नहीं निकली।"

"पाँच तो ठीक हैं। मेरी पाँच उँगलियों के बाद कितनी जगह है पर छठवीं नहीं निकली।" कहकर रघुवर प्रसाद ने अपने हाथ की एक उँगली अँगूठे की ख़ाली जगह के पास रख दी।

पत्नी ने पैर की उँगली से रघुवर प्रसाद की हाथ की उँगली को ज़ोर से पकड़ा।

"अच्छा छोड़ दो।" रघुवर प्रसाद ने कहा। पत्नी ने छोड़ दिया। 'अरे' कहकर पत्नी ने रघुवर प्रसाद के पैर छुए। "क्या हुआ?" उन्होंने पूछा।

"तुमको पैर लग गया था।" रघुवर प्रसाद मुस्कुराए। "ऐसे कितनी बार तुम्हारा पैर मुझको लगता होगा तब तो तुम पैर नहीं छुई।"

"कई दिन बाद भी एक बार पैर छू लो तो पहले का हिसाब पूरा हो जाता है।" शरमाकर पत्नी ने कहा।

"क्या तुमको मालूम है जामुन में भी फूल आते हैं?" रघुवर प्रसाद ने पूछा।

"मुझको मालूम नहीं था। मैं सोचता था जामुन में सीधे फल लगते हैं।"

"क्या तुमने इस साल जामुन के फूल को देखा है?"

"हाँ तुम्हारे आने के दो-तीन दिन पहले। अब छोटे-छोटे फल आ गए हैं।"

"मैं नहीं देखी।"

"किसी पेड़ में ढूँढ़कर देखेंगे, शायद अभी फूल फल नहीं बने हों। जामुन के सीधे फल पर ध्यान जाता है, फूल पर नहीं।"

परीक्षा में स्याही या पेन बदलते समय निरीक्षक से अनुमति लेनी पड़ती थी। यह कड़ा नियम था। तब निरीक्षक को उत्तर-पुस्तिका में लिखना पड़ता था कि स्याही या पेन बदलने की अनुमति दी गई है। परीक्षार्थी बाएँ हाथ से लिखे या दाहिने हाथ से, इसकी स्वतंत्रता थी। रघुवर प्रसाद के बाएँ हाथ के अक्षर और दाहिने हाथ के अक्षर में अंतर नहीं था। बहुत ध्यान से देखने पर अंतर मालूम होता था। यह अंतर उसी तरह था जैसे गणेशजी की फ़ोटो को बाईं तरफ़ से देखो फिर दाहिने तरफ़ जाकर देखो। या किसी रखी कुर्सी को बाईं तरफ़ से देखो या दाहिने तरफ़ से कुर्सी

में अंतर नहीं होता था। रघुवर प्रसाद जब पढ़ते थे तब उनको परीक्षा के समय हाथ बदलने की अनुमति लेनी पड़ती थी। तब वे खड़े हो जाते होंगे!

"कहिए!"

"सर अब मैं दाहिने हाथ से लिखना चाहता हूँ।"

"पहले क्या बाएँ हाथ से लिख रहे थे?"

"जी सर।"

"क्या बायाँ हाथ टूट गया?"

"नहीं सर हाथ ठीक है, पर थक गया है।" निरीक्षक को कुछ समझ में नहीं आया होगा।

"आप दाहिने हाथ से भी लिख सकते हैं?"

"जी सर।" अधिक बात करने से परीक्षा का समय ज़ाया होता है, इसलिए वहाँ उनसे अधिक बहस नहीं की थी।

"अभी आप कुछ देर बाएँ हाथ से लिखिए। मैं मुख्य निरीक्षक से पूछकर बताता हूँ।" कहकर वे साथी निरीक्षक से अनुमति लेकर मुख्य निरीक्षक के पास जाएँगे।

"एक परीक्षार्थी बाएँ हाथ से लिखते-लिखते अब दाहिने हाथ से लिखने की अनुमति माँग रहा है। अनुमति दे दें?"

"बाएँ हाथ से लिखते-लिखते दाहिने हाथ से क्यों लिखना चाहता है?"

"कहता है बायाँ हाथ थक गया है, इसलिए दाहिने हाथ से लिखेगा।"

"जो दाहिने हाथ से लिखते हैं, वे तो दाहिने हाथ से ही लिखते रहते हैं। हाथ थक जाता है तब भी दाहिने हाथ से लिखते रहते हैं। मैं तो वर्षों से दाहिने हाथ से ही लिख रहा हूँ।"

"मैं भी दाहिने हाथ से लिखता हूँ। दाहिने हाथ में चोट लग जाए तो

भी दाहिने हाथ से ही लिखना पड़ेगा, नहीं तो परीक्षा दे नहीं पाते। बाएँ हाथ के बाद दाहिने हाथ से कैसे लिखा जा सकता है?"

"जिनके हाथ नहीं होते वे पैर से लिख लेते हैं।"

"हाथ से लिखने और पैर से लिखने में यह पहचान में आता होगा सर कि यह हाथ से लिखा है और यह पैर से। जैसे हाथ पहचान में आ जाता है कि हाथ है। और पैर पहचान में आ जाता है कि पैर है।"

"मुँह से ब्रश पकड़कर चित्र बनाने के बारे में मैंने पढ़ा है। मुँह से बनाई कोई और झोंपड़ी हो तो झोंपड़ी देखकर यह कैसे पता चलेगा कि यह मुँह से बनी झोंपड़ी है और यह हाथ से।"

"शायद मुँह से अच्छी न बनती हो।"

"हाथ से भी ख़राब बनती है।"

"सचमुच की झोंपड़ी मुँह से अच्छी नहीं बनेगी। विद्यार्थी तो वही है चाहे वह बाएँ हाथ से लिखे या दाहिने हाथ से, चाहे न लिखे। उसे अनुमति दे दीजिए।" और रघुवर प्रसाद को परीक्षाओं में दोनों हाथ से लिखने की अनुमति मिल जाती होगी। रघुवर प्रसाद दूसरे लड़कों से अधिक लिखते होंगे। वे पढ़ने में होशियार थे और अच्छे नंबरों से पास हुए होंगे।

रघुवर प्रसाद ने साधु से कहा, "मेरा छोटा भाई आने वाला है क्या उसे एक दिन हाथी पर बैठाकर घुमा दोगे?" रघुवर प्रसाद की पत्नी का भी मन था कि वह हाथी पर बैठकर घूमे। उन्होंने पत्नी का नाम नहीं लिया।

"मैं अचानक एक दिन चला जाऊँगा।" साधु कहेगा।

"क्या हाथी पर जाओगे?"

"हाथी अचानक एक दिन नहीं जा सकता, वह जिस दिन जाएगा, रोज़ की तरह जाएगा।"

"यह तब कैसे होगा! तुम हाथी पर सवार होगे। रोज़ की तरह जाते हाथी पर सवार तुम अकेले अचानक कैसे जाओगे, हाथी के साथ तुम भी रोज़ की तरह चले जाओगे।"

"हाँ मैं हाथी पर सवार होकर अचानक नहीं जा सकता।"

"घोड़े पर अचानक जा सकते हैं?"

"घोड़े पर थोड़ा अचानक जाया जा सकता है। पूरा अचानक नहीं। रात के अँधेरे में या दिन के सुनसान में कुछ अचानक हुआ जा सकता है। पर आजकल अँधेरा एकदम अँधेरा नहीं होता और दिन का सुनसान एकदम सुनसान नहीं। मैं घोड़े पर जाता हुआ दिख जाऊँगा। घोड़े की टाप की आवाज़ खड़-बड़ दूर तक सुनाई देगी, जितना सुनसान दिन और रात में होगा खड़-बड़ उतनी दूर तक सुनाई देगी। फिर जाना दिख जाएगा।"

"हाथी तो दबे पाँव चलता है, दौड़ेगा तो दबे पाँव। उसके गले में घंटी नहीं है। उसके जाने की आवाज़ नहीं होगी।"

"वह इतना बड़ा है कि छुप नहीं सकता। वह दिख जाएगा। घोड़े को कुछ छुपाया जा सकता है। हाथी को बिल्कुल नहीं। पर घोड़े की आवाज़ आड़ में नहीं छुपती। आड़ में खड़े रहेंगे तो कब तक रहेंगे और जाना कैसे होगा।"

"वेश बदलकर अचानक नहीं जा सकते! कोई नहीं पहचानेगा और लगेगा कि तुम अचानक चले गए।"

"मैं अपना वेश बदल लूँगा पर घोड़े और हाथी का वेश कैसे बदलूँगा?"

"हाँ, घोड़े का वेश नहीं बदल सकते, हाथी का भी नहीं। आदमी दाढ़ी मुड़ाकर बदल जाएगा। कपड़े बदल लेता है तो वेश बदल लेता है। युवा बूढ़ा हो सकता है। लंगड़ा, लूला, अंधा बनकर वेश बदल सकते हैं।"

"अच्छा होता कि हाथी को ऊँट बनाकर कुछ दूर तक जाते, फिर बैल बनाकर बैलगाड़ी में चले जाते। हाथी को बहुत छोटा हाथी बनाकर झोला के अंदर रखकर रेलगाड़ी बस से अचानक चले जाते।"

"घने जंगल में वे छुप सकते हैं।"

"हाँ, पर मुझे छुपकर बनारस जाना है तो मैं जंगल में हाथी समेत छुप जाऊँगा। जंगल में बनारस की तरफ़ चलता रहूँगा। जंगल तो थोड़ी दूर इतना बड़ा है। बनारस तक इतना बड़ा नहीं है। जंगल के बाद गाँव, शहर या खुला मैदान होगा तब नहीं छुप सकूँगा। जंगल में छुपकर बनारस जाने का एक ही तरीक़ा है कि जंगल भी साथ-साथ बनारस चले और जंगल के अंदर हाथी चलता रहे।"

"तुम वेश बदल लो, फिर हाथी पर बैठकर चले जाना। लोग सोचेंगे कि हाथी पर कोई दूसरा चला गया।"

पत्नी खाना बनाने की तैयारी कर रही थी। रघुवर प्रसाद दरवाज़ा खोलकर बाहर खड़े थे।

विभागाध्यक्ष कुर्ता-धोती पहने स्कूटर हाथ से ठेलते हुए आ रहे थे। यह देख रघुवर प्रसाद उनके पास गए।

"क्या हुआ सर?"

"चालू करते-करते थक गया, चालू नहीं हुई। आगे मिस्त्री की दुकान है?"

"हाँ, है न। आइए पहले चाय पी लीजिए।"

"चाय नहीं। पानी पियूँगा।"

"अच्छा आइए।"

विभागाध्यक्ष सामने बरामदे में खड़े रहे। रघुवर प्रसाद ने पत्नी को आवाज़ दी। पत्नी कमरे में नहीं थी। कहाँ गई! लगता है खिड़की से उस पार चली गई।

"आइए सर, उधर चलिए।"

"किधर?"

"खिड़की के उस तरफ़। चप्पल उतार दीजिए।"

विभागाध्यक्ष चप्पल उतारकर रघुवर प्रसाद के पीछे-पीछे कमरे में आए। रघुवर प्रसाद फुर्ती से खिड़की से कूदे। विभागाध्यक्ष ने खिड़की से आती हुई ठंडी हवा को महसूस किया। जंगली फूलों की आती गंध थी। विभागाध्यक्ष जैसे ही नीचे उतरे चिड़ियों के कलरव को उन्होंने सुना। आकाश साफ़ था। सूर्य था, पर इतनी गर्मी नहीं थी। दोनों नंगे पैर थे। पगडंडी थी। पगडंडी को गोबर से लीप दिया गया था।

"आइए सर।" कहते हुए वे गोबर से लिपी पगडंडी पर चलने लगे। विभागाध्यक्ष को लगा कि उन्होंने लंबी पूँछ वाली शाह बुलबुल को देखा है।

"बड़ी अच्छी जगह है रघुवर प्रसाद।" विभागाध्यक्ष बहुत ख़ुश हुए।

"जी सर उस तरफ़ कुछ दूरी पर तहसील ऑफ़िस है। और इस तरफ़ एकदम पास बस स्टैंड है।" रघुवर प्रसाद ने हाथ के इशारे से उनको बताया। छोटे-छोटे लड़के-लड़कियाँ छुपा-छुपाई खेल रहे थे। फटी कमीज़ पहने एक छोटा बच्चा जामुन के पेड़ के पीछे छुपा था। बच्चे इधर-उधर दिख जाते थे। तीन पेड़ों की आड़ में छुपे तीन बच्चे थे। चलते-चलते एक पतली छोटी नदी मिली। नदी का पानी एकदम छिछला था, पर स्वच्छ और ठंडा। छोटे से छोटा बच्चा उसमें डूब नहीं सकता था। पानी इतना साफ़ था कि पानी के नीचे छोटे-बड़े पानी के तराशे हुए तरह-तरह के गोल पत्थर दिख रहे थे।

"आप पानी पीना चाहें तो यहाँ से पी लें, साफ़ पानी है।" नदी में

एक बहुत छोटी बच्ची केवल चड्डी पहने खड़ी थी। उसके हाथ में एक पत्थर था। विभागाध्यक्ष पानी पीने उतरे। तेज़ बहते ठंडे पानी का स्पर्श पैरों को हुआ। वे अघा गए। झुककर चुल्लू से पानी लेकर उन्होंने भर पेट पानी पिया।

एक आम का पेड़ जिसमें बौर पहले आ गई थी, उसकी डालों की फुनगियों में गुच्छे-गुच्छे में आम लटके हुए थे। उस पेड़ के नीचे पत्नी आम बीन रही थी और आँचल में रखती जा रही थी।

"क्या कर रही हो?"

"चटनी के लिए आम बीन रही थी।"

"विभागाध्यक्ष आए हैं।" तब तक विभागाध्यक्ष पानी पीकर उनके पास आ गए थे। आँचल में रखे आमों को कमर में खोसकर उसने विभागाध्यक्ष को नमस्कार किया। विभागाध्यक्ष ने मन में सोचा–रघुवर प्रसाद की पत्नी कितनी सुंदर है!

"तुम जाकर खाना बनाओ, हम लोग चाय यहाँ बूढ़ी अम्मा की दुकान से पी लेते हैं।"

"आइए सर।" रघुवर प्रसाद दूसरी पगडंडी की तरफ़ बढ़ गए। यह पगडंडी भी गोबर से लिपी थी। पगडंडी में कहीं-कहीं गोबर की पपड़ी के नीचे से हरी दूब के गुच्छे निकल आए थे। ये दूब के गुच्छे पूरी पगडंडी पर पैर रखने के लिए हरे मखमल के टुकड़े की तरह लग रहे थे। इस तरफ़ हवा में गीलापन था। पगडंडी के बाईं तरफ़ पगडंडी के साथ-साथ चट्टानें थीं। इन्हीं चट्टानों के बीच से ऊपर से कहीं पानी फूटकर बह रहा था। इसकी तेज़ आवाज़ आ रही थी। आगे एक बरगद के पेड़ की छाया के नीचे चार बल्ली गाड़कर बाँस की छप्पर पर बोरा डाल दिया गया था। बरगद में छोटे छोटे लाल फल लगे थे। ज़मीन पर फल बिखरे पड़े थे। एक बड़ा काले मुँह का बंदर पेड़ पर बैठा हुआ चुन-चुनकर बरगद

के फल खा रहा था। जब ये लोग चाय की दुकान पर पहुँचे तो कोने में छुपा हुआ काले मुँह का एक बड़ा बंदर विभागाध्यक्ष के पास से अपनी लंबी पूँछ उठाए तेज़ी से निकला और भागता हुआ बरगद के पेड़ पर चढ़ गया। छोटी-सी चाय की दुकान थी। चूल्हे पर चाय बनती थी। बूढ़ी अम्मा चावल पछोर रही थी।

"बूढ़ी अम्मा, दो चाय बना दो।" सामने बड़े-बड़े पत्थर रखे थे उसी पत्थर पर दोनों बैठ गए। बूढ़ी अम्मा ने चूल्हे में लकड़ी-छेना डालकर आग को परचाया और एक छोटी एल्यूमिनियम की पतीली में चंबू से पानी डालकर चूल्हे पर चढ़ाया। बूढ़ी अम्मा काले रंग की थी। पूरे सफ़ेद बाल थे। चेहरा गहरी झुर्रियों से भरा था। झुर्रियाँ लकीरों जैसी थीं। दो कप-बसी में अम्मा ने चाय दी। एक कप की डंडी टूटी थी। इस टूटे कप को रघुवर प्रसाद ने अपने लिए रखा। चाय में धुआँइन-धुआँइन गंध थी। पर चाय अच्छी थी। विभागाध्यक्ष को चाय बहुत अच्छी लगी।

रघुवर प्रसाद की खिड़की के नीचे तीन पगडंडियाँ आकर मिली थीं। खिड़की से कमरे के अंदर पहले रघुवर प्रसाद घुसे। इसके बाद विभागाध्यक्ष। विभागाध्यक्ष पलटकर खिड़की से सिर निकालकर गहरी साँस खींचे और कमरे के अंदर हो गए।

"बड़ी सुंदर जगह है रघुवर प्रसाद। यह जगह मुझे मालूम नहीं थी।"

"जी सर, मैं भी नहीं जानता था। शादी के बाद यहाँ आया तब थोड़ा मालूम हुआ। सोनसी के आने के बाद ठीक से मालूम हुआ।"

"सोनसी कौन?" विभागाध्यक्ष ने पूछा। सुनकर पत्नी मुस्कुराई।

"मेरी पत्नी सर।" रघुवर प्रसाद ने कहा।

"मैं जाता हूँ स्कूटर बनवाना है। तुम तो हाथी से जाओगे?"

"आप भी चले चलिए। दो आदमी उसपर अच्छे से बैठ सकते हैं।"

"मैं क्यों जाऊँगा!" विभागाध्यक्ष ने जवाब दिया। सुनकर पत्नी ने सोचा कि विभागाध्यक्ष का आशय होगा–'आपका हाथी है। आप जाइए। मेरा जाना उचित नहीं होगा।'

"स्कूटर यहीं खड़े रहने दीजिए। मैं मिस्त्री को बुला लाता हूँ।"

"नहीं, मैं बुला लाता हूँ।"

विभागाध्यक्ष बाहर आकर इधर-उधर देखते रहे। सड़क पर आकर रघुवर प्रसाद के घर के पीछे का अंदाज़ लगाने लगे। घने पेड़ दिखाई दे रहे थे। स्कूटर उन्होंने चालू की तो चालू हो गई, मिस्त्री बुलाने की आवश्यकता नहीं पड़ी। स्कूटर से जाते हुए भी वे रघुवर प्रसाद के घर के पीछे की तरफ़ देखते रहे कि शायद उन्हें पेड़ों में बरगद, पीपल दिख जाए। बरगद के नीचे की बूढ़ी अम्मा की चाय की दुकान दिख जाए। बहती हुई पतली सुंदर नदी दिख जाए। ऐसा कुछ नहीं दिखा और एक गंदा नाला उन्हें दिखाई दिया, जो उन्होंने पहली बार देखा था। उन्होंने सोचा कि आज शाम पत्नी-बच्चों के साथ इस तरफ़ आएँगे।

दूसरे दिन छुट्टी थी। शाम को विभागाध्यक्ष रघुवर प्रसाद का दरवाज़ा खटखटाते रहे, पर कोई नहीं सुन रहा था। विभागाध्यक्ष अपने बच्चों और पत्नी के साथ थे। दोनों बच्चे स्कूल में थे। लड़की दस-ग्यारह साल की थी और लड़का आठ साल का। पत्नी सिर पर पल्लू डाले विभागाध्यक्ष के साथ खड़ी थी। दरवाज़े के खटखटाने से एक के बाद एक आजू-बाज़ू के दोनों दरवाज़े खुले। दाहिने हाथ की तरफ़ की पड़ोसन ने पूछा, "नहीं सुन रहे हैं?"

"हाँ।" विभागाध्यक्ष ने कहा। विभागाध्यक्ष थके-से थे जैसे बहुत देर तक पैदल घूमते रहे हों। पूरा परिवार थका हुआ लग रहा था। विभागाध्यक्ष की पत्नी बहुत दुबली पतली थी। शायद अधिक थक गई थी। छोटी लड़की थाली पर चार गिलास पानी लेकर आई। दूसरे बाज़ू की पड़ोसन

स्त्री भी हाथ में दो गिलास पानी लेकर आई गई थी। लड़की को पानी लाते देख हँसकर वह अपने दरवाज़े के पास खड़ी हो गई। चारों ने गिलास ख़ाली कर दिया तो बच्चों से पूछा, "और पानी पियोगे?"

"नहीं।" दोनों बच्चों ने कहा। गिलास लिए वह मुस्कुराते हुए चली गई। ख़ाली गिलास थाली पर इकट्ठा करते हुए लड़की ने कहा, "खिड़की से पीछे चले गए होंगे। इसलिए नहीं सुन रहे हैं।"

विभागाध्यक्ष ने अपनी पत्नी की तरफ़ इस तरह देखा जैसे वे झूठ नहीं कह रहे थे। पत्नी ने विभागाध्यक्ष से लड़की की तरफ़ इशारा करते हुए कहा, "इनकी खिड़की से पीछे की तरफ़ जा सकते हैं क्या, ज़रा पूछकर तो देखो।"

"मैं नहीं पूछता।" विभागाध्यक्ष ने कहा। फिर उन्होंने बच्चों से कहा, "चलो कल छुट्टी है, कल फिर आएँगे।"

'रुको!' कहकर विभागाध्यक्ष दाहिने तरफ़ से मकान के पीछे की ओर गए तो उन्हें एक तरफ़ तीन टट्टियाँ दिखीं फिर दूसरी तरफ़ गए। वहाँ पीछे झाँका तो घूरा था।

विभागाध्यक्ष जब स्कूटर पर बैठ रहे थे तो उन्होंने पत्नी से कहा, "नदी का पानी मीठा और ठंडा था।"

"गिलास का पानी भी ठंडा था।" लड़की ने कहा।

"हाँ, नदी का पानी होगा।" लड़के ने कहा।

स्कूटर पर जब विभागाध्यक्ष बैठ रहे थे तो लड़की ने पिता से पूछा, "काले मुँह का बंदर था या लाल मुँह का?"

"काले मुँह का। इस तरफ़ लाल मुँह के बंदर नहीं होते।"

"बंदर नचाने वाले लाल मुँह के बंदर नचाते हैं।"

"लाल मुँह के बंदर छोटे और होशियार होते होंगे इसलिए लाल मुँह के बंदर नचाते हैं।"

विभागाध्यक्ष दूसरे दिन सुबह अकेले गोबर से लिपी पगडंडी ढूँढ़ने निकले। वे तहसील ऑफ़िस की तरफ़ गए। वहाँ जिधर अधिक पेड़ दिखाई दे रहे थे, उधर गए। फिर बस स्टैंड गए। बस स्टैंड के आसपास इतनी गंदगी थी कि वहाँ जगह को ढूँढ़ने का मन नहीं हुआ। लौटकर वे रघुवर प्रसाद के घर गए। दरवाज़ा अंदर से बंद था। वे दरवाज़ा खटखटाते रहे। आसपास कोई नहीं दिख रहा था। छुट्टी का दिन है, हो सकता है सभी अपनी-अपनी खिड़की से कूदकर पीछे छुट्टी मनाने चले गए हों। बाएँ तरफ़ के कमरे से एक आदमी निकला। उसने विभागाध्यक्ष को परेशानी से देखा।

"क्या है?" उसने पूछा। वह अपनी खिड़की से कूदकर पीछे जाने वाला होगा कि उसे साँकल की आवाज़ सुनाई दी होगी और लौटना पड़ा होगा, इसलिए चिढ़ गया।

"रघुवर प्रसाद कहाँ है?"

"मालूम नहीं।"

"दरवाज़ा अंदर से बंद है।"

"अंदर होंगे।"

"कोई जवाब नहीं देता।"

"गहरी नींद सो रहे होंगे।" उसने कहा और दरवाज़ा बंद कर लिया। दाहिने ओर के कमरे से भी वही छोटी लड़की आ गई जो थाली में पानी का गिलास लाई थी। विभागाध्यक्ष को देखकर लड़की अंदर जाने के लिए पलटी तो विभागाध्यक्ष ने उसे रोका, "कहाँ जा रही हो?"

"पानी लाने।"

"मैं पानी नहीं पियूँगा। तुम रघुवर प्रसाद को बुला दो।" विभागाध्यक्ष चाहते थे कि लड़की अपने घर की खिड़की से बाहर निकले और यदि रघुवर प्रसाद कमरे में सो रहे हों तो उनकी खिड़की से आवाज़ देकर उठा दे।

"वो तो नहीं हैं।" लड़की ने जवाब दिया।

"दरवाज़ा तो अंदर से बंद है। कहाँ चले गए?"

"खिड़की से पीछे चले गए।"

"अच्छा पीछे चले जाते हैं!" विभागाध्यक्ष बड़बड़ाए।

वे स्कूटर की तरफ़ बढ़े तभी उन्हें ध्यान आया कि लड़की से कहें कि उन्हें भी पीछे रघुवर प्रसाद के पास जाना है। कहने के लिए वे पलटे तो दरवाज़ा बंद था। तीनों दरवाज़े बंद थे। दरवाज़ा खटखटाने की अब उनकी इच्छा नहीं हुई। वे बहुत निराश लौटे। पीछे के सौंदर्य को उन्हें बच्चों और पत्नी के सामने इतना नहीं बखानना था। बच्चे उनसे जाते ही पूछेंगे, 'बरगद का पेड़ मिला? नदी मिली? बंदर मिला? बूढ़ी अम्मा की चाय पी? पगडंडी गोबर से लिपी थी? बच्चे फुगड़ी खेल रहे थे?'

पत्नी पूछेगी 'झरे हुए आम बीनकर ले आते तो चटनी बन जाती।' तब वे कहेंगे कि बहुत ढूँढ़ा और वह जगह नहीं मिली। तहसील ऑफ़िस की तरफ़ से, बस स्टैंड की तरफ़ से ढूँढ़ा, वह जगह कहीं नहीं मिली। उधर बहुत गंदगी थी। मकान के पिछवाड़े और गंदे थे। बच्चे फिर और कुछ पूछेंगे तो वे चिड़चिड़ा जाएँगे। 'अच्छा अब तुम लोग अपना काम करो। किसी के घर की खिड़की को रास्ता बनाना ठीक नहीं है। रास्ता मिल जाएगा तो ले जाएँगे। ज़्यादा बग़ीचा घूमने का मन है तो म्युनिसपेल्टी का बग़ीचा शाम को चले जाना।'

छुट्टी का दिन था। सबेरे से रघुवर प्रसाद और सोनसी खिड़की से कूदकर पीछे गए। रघुवर प्रसाद के हाथ में एक लोहे की बाल्टी थी, जिसमें धोने के कपड़े थे। सबसे ऊपर साबुन की एक नई बट्टी थी। दोनों नंगे पैर थे। गंगा इमली के पेड़ के थोड़ी दूर से होकर पगडंडी बनी थी। पेड़ के नीचे काँटे झरते थे इसलिए। गंगा इमली लाल पक गई थी। बहुत से तोते डालों से ऊपर-नीचे लटके उसे खा रहे थे। खाते-खाते चोंच से फल टपक जाता था, जिसे बच्चे बीन लेते थे। पत्नी ने ज़मीन से उठाकर कच्चा फल खाया। एक टुकड़ा उसने रघुवर प्रसाद को दिया। इधर महुआ के पेड़ों की क़तार थी। महुआ के सफ़ेद फूल नीचे टपके पड़े थे। महुआ की क़तार के साथ-साथ गहरी मादक गंध की हवा में क़तार थी। पगडंडी पर चलते हुए उसी मादक गंध की गहरी साँस लेते हुए दोनों जा रहे थे।

"बूढ़ी अम्मा की चाय पीओगी?"

"कपड़े धो लूँ।"

नदी में कपड़े धोते, नहाते नहीं बनता था। कम गहरी, बहते हुए तल की नदी थी। कई तलों की सतहों से नदी गहरी होती है। इस नदी का तल सबसे नीचे का तल था। केवल यही तल और ऊपर कोई तल नहीं। यह गहराई का तल था, पर तल गहरा नहीं था। बरसात में भी इसमें बाढ़ नहीं आती थी और नदी का पानी बरसात में भी मटमैला नहीं होता था। सभी तालाबों का जल धरती के समतल था। पर तालाब गहरे थे। यह सारी जगह रघुवर प्रसाद के मन की जगह थी। गोबर से लिपी पगडंडी मन की पगडंडी थी। साफ़-सुथरा आकाश, उड़ने के लिए मन का आकाश था। एक तालाब के पत्थर के ऊपर पत्नी जाकर खड़ी हो गई। वह तनकर इस तरह खड़ी थी कि उसके पुष्ट कूल्हे और छोटे लग रहे थे। स्थिर जल में केवल स्तनों की परछाई में कंपन था। या जल में कंपन था। यह पता नहीं चल रहा था। हो सकता है स्तनों में कंपन हो तो जल में स्तनों की

परछाई में कंपन हुआ हो और परछाई के कंपन से जल में। पत्थर पर खड़ी वह इतनी मांसल और ठोस थी कि लगता था कि एक भी क़दम आगे बढ़ाएगी तो तालाब का सारा पानी एक उछाल लेगा। तत्काल हृदय में हुए उल्कापात के पत्थर की गढ़ी प्रतिमा का ठोसपन और दूर से गर्म लगता था। जब उसने साड़ी को जाँघ तक खोंसा तो लगा कि पत्थर चंद्रमा का होगा या वृहस्पति का। अगर चंद्रमा का होगा तो रंग पत्थर का ऐसा ही था जैसे चंद्रमा दूर से दिखता है सुबह। तभी रघुवर प्रसाद ज़ोर-से चिल्लाए– "सोनसी! देखो तो मेरे कंधे पर कोई चिड़िया बैठी है क्या?" पत्नी ने मुड़कर देखा, एक छोटी-सी गहरे नीले रंग की चमकीली फुलचुक्की चिड़िया थी—शकरख़ोर।

"फुलचुक्की है।" सोनसी ने कहा।

"मेरे कंधे पर क्यों बैठी है?"

"तुम जानो।"

"अब यह चिड़िया तुम्हारे पास आ रही है।" रघुवर प्रसाद ने कहा।

"अच्छा!" सोनसी ने कहा और रास्ता देखने लगी। रघुवर प्रसाद ने सोचा था कि चिड़िया पत्नी के पास चली जाएगी। चिड़िया नहीं गई। क्षण भर रुककर ये धीरे-धीरे ख़ुद पत्नी के पास जाने लगे। इस तरह उनके कंधे पर बैठी चिड़िया भी उनके साथ-साथ पत्नी के पास जाने लगी। पत्नी ने चहककर रघुवर प्रसाद से कहा, "तुम्हारा रंग फुलचुक्की के समान है।"

रघुवर प्रसाद जैसे-जैसे पत्नी के पास बढ़ते जाते थे, चिड़ियों का कलरव बढ़ता जाता था। बंदरों का कहीं दूर हुप! हुप! हुप! सुनाई दे रहा था। कहीं बिलकुल पास हाथी के चिंघाड़ने की आवाज़ भी सुनाई दी। रघुवर प्रसाद के पैर के हल्के धक्के से कपड़े से भरी बाल्टी लुढ़क गई और साबुन की नई बट्टी रैपर से लिपटी तालाब के अंदर चली गई। रघुवर प्रसाद को लगा कि उन्होंने साबुन की बट्टी को पानी के अंदर जाते देखा

है। पर वे भूल गए। पत्नी को पकड़े हुए पास एक ऊँची सूखी जगह पर वे आ गए। एक चारपाई इतनी जगह गोबर से लिपी थी। सफ़ेद छूही मिट्टी की धूल से इधर-उधर रंगोली डाली गई थी। जहाँ पत्नी का सिर था वहाँ स्वस्तिक था। जहाँ दोनों हाथ थे वहाँ चक्र था। जहाँ पैर थे वहाँ शंख बना था। कमल के फूल का अल्पना पत्नी के लेटने से छुप गया था। थोड़ी दूर पर एक मछली बनी थी। सन्नाटा था। शकरख़ोर चिड़िया रघुवर प्रसाद की पीठ पर ऊपर नीचे फड़फड़ाते बैठी रही थी। पत्नी की दृष्टि सामने सुबह के सूर्य पर से फिसल गई तब भी उसकी आँख में आँसू आ गए। जब उसने दुबारा आँख खोली तो दृष्टि के जल से सूर्य बुझकर चंद्रमा हो गया था। और शाम हो गई थी। फिर रात हो गई। वे उठे तो ऐसे उठे जैसे दूसरे दिन की सुबह थी। शकरख़ोर चिड़िया उड़ गई थी।

पत्नी ने कहा, "देर हो गई, मुझे कपड़े धोना है।

"साबुन तो तालाब में गिर गया है।"

"अरे!" कहकर पत्नी तालाब की ओर दौड़ी, बाल्टी को उसने सीधा किया। रघुवर प्रसाद की कमीज़ बाहर निकलकर पत्थर पर पड़ी थी। वहीं किनारे साबुन की बट्टी थी। एकदम गीली हो गई थी।

"साबुन है।" पत्नी ने कहा। पत्नी ने स्थिर पानी में देखा, उस पानी में अल्पना के स्वस्तिक, शंख, चक्र, मछली दिखी। छूही मिट्टी की धूल की रंगोली-मछली तैर रही थी। उसी ने तैरते हुए सावन की बट्टी को निकाला होगा। साबुन देखकर रघुवर प्रसाद आश्चर्यचकित हो गए थे। "शायद एक बड़ी मछली ने खाने की चीज़ समझकर साबुन को पकड़ा होगा फिर यहीं किनारे छोड़ दिया होगा।"

"हाँ, रंगोली की मछली ने साबुन को निकाला होगा। अल्पना की मछली को मैंने जल में तैरते देखा है।"

"अच्छा!" आश्चर्य से रघुवर प्रसाद ने कहा। उन्होंने तालाब के जल को एकटक देखा। उन्हें अल्पना का बना हुआ कमल दिखा। "मुझे कमल दिख रहा है।" रघुवर प्रसाद ने कहा।

"मुझे भी दिख रहा है।" पत्नी ढेर-से खिले हुए कमल को देखकर कह रही थी।

"यह सचमुच का कमल नहीं है!" रघुवर प्रसाद ने कहा।

"कौन-सा कमल?" पत्नी ने पूछा।

"यह कमल उस जगह गोबर से लिपी जगह पर बना था।"

"मछली भी वही थी?"

"हाँ।" रघुवर प्रसाद ने कहा। वे तालाब में घुसकर नहाने लगे। नहाने की पानी की हलचल में तालाब के खिले हुए कमल धीरे-धीरे दोनों के चारों तरफ़ इकट्ठा हो गए। पर लगता था कि जैसे उनके नहाने से सफ़ेद कमल के फूलों की संख्या बढ़ रही थी। और फूलों की बाढ़ उनके समीप आने लगी थी। इतने में बूढ़ी अम्मा चाय के दो कप लेकर आई और गोबर से लिपी उस जगह पर लाकर धर दी जहाँ अल्पना मिट गई थी। उसने वहाँ से आवाज़ दी, "बाहर आ जाओ कमल में फँस जाओगे।"

दोनों बाहर आ गए। पत्नी ने बाल्टी से गिरी रघुवर प्रसाद की कमीज़ से अपनी देह को पोछा। रघुवर प्रसाद ने बाल्टी में रखी पत्नी की साड़ी से देह को पोछा। टूटे कप को रघुवर प्रसाद ने लिया। चाय पीकर पत्नी कपड़े धोने लगी। रघुवर प्रसाद कप लेकर चले गए। फिर वे बच्चों के साथ गंगा इमली तोड़ने लगे।

उसी दिन दोपहर को रघुवर प्रसाद ने ख़ुशी से चिल्लाते बच्चों की आवाज़ सुनी फिर उन्हें लगा कि बच्चे आपस में झगड़ भी रहे हैं। उन्होंने खिड़की से झाँका, चार छोटी-छोटी लड़कियाँ थीं, जिसमें एक गुड़िया थी। दो लड़कियाँ ईंट से ईंट रगड़कर ईंट का लाल चूरा बिछे अख़बार पर

इकट्ठा कर रही थीं। गुड़िया और लड़की ईंट पर छूही मिट्टी का ढेला रगड़कर सफ़ेद चूरा बना रही थी। रघुवर प्रसाद ने पूछा, "ब में छोटी उ की मात्रा या ग में?"

"रंगोली किसी ने बिगाड़ दी।" गुड़िया ने कहा।

"कौन-सी रंगोली?"

"तालाब के किनारे वाली।"

"मैंने नहीं बिगाड़ी। सोनसी! इधर आओ।"

"क्या है?"

"इनकी तालाब वाली रंगोली किसी ने बिगाड़ दी है।" रघुवर प्रसाद ने कहा।

"मैंने नहीं बिगाड़ी।" सोनसी ने कहा।

"मैंने भी नहीं बिगाड़ी।" रघुवर प्रसाद ने कहा।

"बूढ़ी अम्मा के बंदर ने बिगाड़ी होगी।" एक लड़की ने कहा, जो एक लाल रंग का फटा लहँगा और हरे रंग का पोल्का पहने थी।

"हाँ! उसने बिगाड़ी है।" सोनसी ने कहा।

"मैं फिर बना लूँगी।" गुड़िया ने कहा।

"हाँ।" सोनसी ने कहा।

"हम फिर बिगाड़ देंगे।" धीरे-से रघुवर प्रसाद ने पत्नी से कहा।

पत्नी ने रघुवर प्रसाद से कहा, "आज छुट्टी है। क्या हाथी की भी छुट्टी होगी, वह महाविद्यालय जाएगा?" रघुवर प्रसाद ने सुना, "खिड़की से उस तरफ़ हमारा हाथी कैसे जाएगा?"

उन्होंने कहा, "जाएगा नहीं तो काम कैसे चलेगा!"

पत्नी ने कहा, "खिड़की से हाथी नहीं जा सकेगा।"

"हाँ।" रघुवर प्रसाद ने कहा।

पत्नी ने सुना, "मन की खिड़की है। हाथी क्यों नहीं जाएगा!"

पत्नी ने कहा, "मन की खिड़की और बड़ी होती तो ठीक था। मन का हाथी बड़ा है।"

"तुम उसकी चिंता मत करो।"

"मैं चाहती थी कि वहाँ हाथी होता। तुम उसपर सवारी करते। आम पक जाएँगे तो मैं हाथी पर बैठ जाऊँगी। हाथी पर खड़े होकर आम आसानी से तोड़ सकेंगे।"

"तुमको आम की पड़ी है!"

"क्या हुआ! मुफ़्त में आम मिल जाएँगे। हाथी भी पेटभर आम खा लेगा।"

"एक ही तो आम का पेड़ है।"

"बहुत-से पेड़ होंगे। केले का जंगल होगा। दरवाज़ा खोल देंगे तो हाथी केले के जंगल को खिड़की की हवा से सूँघ लेगा और खिड़की से चला जाएगा।"

"कैसे जा सकेगा? खिड़की की दीवार तोड़ के जा सकेगा?"

"महावत से कहेंगे कि वह तहसील ऑफ़िस की तरफ़ से या बस स्टैंड की तरफ़ से हाथी को ले चले।" रघुवर प्रसाद ने फिर कहा। पर पत्नी ने नहीं सुना। उसे लगा रघुवर प्रसाद ने कुछ नहीं कहा।

रघुवर प्रसाद हाथी का रास्ता देखते बैठे थे। महाविद्यालय जाने का समय हो रहा था। हाथी आया नहीं था। उन्होंने सड़क के दोनों तरफ़ देखा। हाथी दूर तक नहीं दिखा। शायद साधु बीमार हो। या साधु हाथी पर बैठकर कहीं चला गया हो। अचानक नहीं गया होगा। अचानक नहीं गया

तो बताकर जाना था। वे कमरे के अंदर गए और पत्नी से कहा, "हाथी नहीं आया अब मैं टैंपो से जाऊँगा।"

"टैंपो से तो जल्दी पहुँच जाओगे। थोड़ा रुक जाओ।"

"कल जो कपड़े धोए थे वही सूखने के लिए झाड़ियों पर डाल दिए थे। लाना भूल गए। जाकर ले आओ।"

"अरे! कोई लेकर तो नहीं जाएगा!"

"वहाँ कौन उठाएगा?"

"बंदर! अपने पहनने के लिए मेरी कमीज़ और पैंट ले जाएँगे।"

"उनके नाप का नहीं है, जाओ।" पत्नी ने रघुवर प्रसाद को खिड़की की तरफ़ धक्का दिया।

जूते उतारकर रघुवर प्रसाद कूदे और नंगे पैर दौड़ते गए। झाड़ियों में फँसे कपड़े सूख गए थे। हवा से इधर-उधर हो गए थे। कपड़े समेटकर वे लौटे। बूढ़ी अम्मा बाहर चारपाई पर कपड़ा डाले बरी चुआ रही थी। अच्छी धूप निकली थी।

"बूढ़ी अम्मा, कपड़ा लेने आया था।" चिल्लाते हुए रघुवर प्रसाद ने कहा।

बूढ़ी अम्मा ने सुना, "बरी चुआने सोनसी को भी बुला लेती।"

यह वाक्य रघुवर प्रसाद कहना चाहते थे, पर दौड़ते हुए कहना भूल गए थे। जिसे बूढ़ी अम्मा ने सुन लिया था।

रघुवर प्रसाद जब खिड़की से अंदर आए तो पत्नी ने रघुवर प्रसाद से कहा, "हाथी आ गया है!"

"अरे!" रघुवर प्रसाद ने कहा। उन्होंने जल्दी जूते पहने। रबर सोल के जूते थे, परंतु साधु ने पता नहीं क्यों जूता उतारकर हाथी पर बैठने को कहा। वे जल्दी-जल्दी जूता उतारने लगे। मोजा पहने हुए थे। एक हाथ

में जूता पकड़े हुए वे हाथी के पास गए। हाथी उनको देखकर बैठ गया था। हाथी पर चढ़कर उन्होंने साधु से पूछा, "क्या मुझको देखकर हाथी बैठ गया था?"

"नहीं, मैंने बैठाया था।" साधु ने कहा। हाथी महाविद्यालय की तरफ़ जा रहा था। पत्नी को देखना वह भूल गए थे।

"पहले तो मैं जूते पहनकर बैठता था।" रघुवर प्रसाद ने कहा।

"मैं टोकना भूल गया था।"

"जूते पहनकर नहीं बैठना चाहिए। पर मेरे जूते में नाल नहीं है।" साधु ने तब कुछ नहीं कहा। थोड़ी देर बाद उसने कहा, "हाथी का सम्मान करना चाहिए।"

"हाँ, हाथी का सम्मान करना चाहिए। तुम कुछ उदास लग रहे हो।" रघुवर प्रसाद ने पूछा।

"हाँ, मुझे जाना है इसलिए उदास हूँ।"

"कितने दिन के लिए जाओगे?"

"कुछ दिन के लिए। इसके बाद मैं आ जाऊँगा।"

"कहाँ जाओगे?"

"घर जाऊँगा।"

"घर में कौन है?"

"सब हैं, पत्नी है।"

"कब जाओगे?"

"अचानक कभी-भी। पर मैं घर लौट नहीं रहा हूँ। मैं यहाँ लौटूँगा।"

खिड़की से आकाश दिखता था, इसलिए खिड़की से झाँकते हुए बच्चे आकाश से झाँकते हुए लगते थे। वे छोटे-छोटे देवता की तरह खिड़की से कूदकर अंदर आना चाहते थे। ईंटों का चबूतरा ऊँचा नहीं था। बच्चे इतने बड़े नहीं हुए थे।

पत्नी सूती लाल रंग की साड़ी पहनी हुई थी। साड़ी में खोंचा लग गया था। नीचे की चौखट का एक खीला थोड़ा उभरा था। खिड़की से कूदते समय साड़ी फट गई।

"साड़ी फट गई।" रघुवर प्रसाद ने बताया।

"हाँ, आज सी लूँगी।"

रघुवर प्रसाद खिड़की के पास आए। उभरा हुआ खीला देखकर उन्होंने उस तरफ़ खड़े बच्चे के सिर पर प्यार से हाथ फेरते हुए कहा, "क्या खीला ठोंकने के लिए एक पत्थर दोगे?"

"हाँ।" लड़के ने ख़ुश होकर कहा। लड़का एक छोटा गोटा उठा रहा था।

"उसे नहीं। उसके पास जो गोल बड़ा पत्थर है उसे।" रघुवर प्रसाद ने बताया। दोनों हाथ से पत्थर उठाकर लड़का खिड़की के पास आया। बाहर झुककर रघुवर प्रसाद ने लड़के के हाथ से पत्थर लिया। जब रघुवर प्रसाद खीला ठोंक रहे थे तब लड़का खिड़की से अलग हट गया था।

"उसी जगह रख देना जहाँ से उठाए थे।" रघुवर प्रसाद ने लड़के को पत्थर दिया। उसी जगह लड़के ने पत्थर रख दिया।

"ठीक है।" रघुवर प्रसाद ने कहा। 'ठीक है' की शाबाशी से लड़का ख़ुश हो गया।

बेमौसम की बरसात नहीं हुई थी। पर खिड़की से दूर तक पेड़ धुले हुए चमकीले हरे लग रहे थे। वातावरण नहाया हुआ लग रहा था। दरवाज़ा बंद था। दरवाज़े के पास खड़े होकर लग रहा था कि दरवाज़े के पास आँधी चल रही है। तेज़ हवा से दरवाज़ा हिल रहा था।

"क्या बाहर आँधी चल रही है?" रघुवर प्रसाद ने पूछा। पत्नी ने खिड़की की तरफ़ देखकर कहा, "नहीं तो!"

खिड़की से आकाश साफ़ दिखता था। पेड़ धीरे-धीरे हिलते-डुलते दिख रहे थे।

"दरवाज़ा खोलकर देखता हूँ।" रघुवर प्रसाद ने दरवाज़ा खोला तो दरवाज़ा झटके से खुल गया। ज़ोर की हवा ने धक्का दिया था। ज़मीन पर रखा हुआ गिलास हवा से लुढ़क गया। दीवार में लगा कैलेंडर खीला समेत उखड़ गया। कमरे में धूल भर गई। इतना सब हुआ जबकि रघुवर प्रसाद ने तत्काल दरवाज़ा बंद कर दिया था। खिड़की बंद करने की किसी को याद नहीं थी। ज़रूरत भी नहीं थी। खिड़की से धीरे-धीरे अच्छी हवा आ रही थी। खिड़की से बाहर शांत था।

कमरे के अंदर धूल से खिसकन बढ़ गई थी। पत्नी झाड़ू लगाने लगी। ढेर-सी धूल कोने में झाड़ू से इकट्ठी हुई थी। थाली में गूँधा हुआ आटा था। गीले फरिया के टुकड़े से ढँका था। इसलिए लगता था कि रेत-धूल आटे में चिपकी नहीं होगी। फिर भी फरिया को झटकार कर थाली को पत्नी ने पोछा। थोड़ा आटा उँगली में लेकर उसने चखा। शायद आटा किरकिरा रहा था। "अब?" पत्नी ने पूछा। "ऊपर का परत भर आटा निकालकर रोटी बनाना।" रघुवर प्रसाद ने कहा। जब लगा कि आँधी थम गई तब कमरे की धूल को बाहर झाड़ा गया। तीन दिन तक झटकारना-पोछना चला तब कमरे की हालत ठीक हुई।

पत्नी कंघा करते-करते थक गई थी। उसके बाल लंबे और घने थे। बाल सुलझ नहीं रहे थे। शादी के पहले उसकी माँ कंघी करती थी, अब उसे ख़ुद करना पड़ रहा था। आधे घंटे से ज़्यादा हो गए। लकड़ी का चौड़ा कंघा था।

"इतना बड़ा कंघा?" पत्नी ने कहा।

"लाओ मैं कंघा कर दूँ।" रघुवर प्रसाद ने कहा।

"तुमसे नहीं बनेगा।"

"बन जाएगा।" रघुवर प्रसाद पत्नी के पीछे बैठ गए। उन्होंने पत्नी के बालों को अपनी गोद में रख लिया। ये ऊपर से बालों को सुलझा रहे थे। धीरे-धीरे कंघी कर रहे थे तब भी बाल खिंच आते थे। सोनसी बालों को सिर के पास हाथ से दबाए हुए थी। उसकी आँख में आँसू आ गए।

"लगता है।" पत्नी ने कहा।

"रहने दो, तुम्हीं कंघी करो।" रघुवर प्रसाद ने कहा।

"तुम तालाब में डुबकी लगाकर जैसे ही सिर ऊपर निकाला करो तो बालों को पीछे झटकार लिया करो। फिर समेटकर जूड़ा बना लिया करो। इससे बाल अरझेंगे नहीं।" रघुवर प्रसाद ने फिर कहा।

"कौन बताया?"

"किसी ने नहीं। पानी के अंदर बाल सुलझकर तिरा जाते हैं।"

"बहुत बाल टूट गए।" कंघी से बाल निकालते हुए पत्नी ने कहा।

बड़े फज्जर नहाने के लिए तालाब जाते समय पत्नी ने कहा, "मैं दो-तीन दिन बाल गीले नहीं करूँगी। चोटी नहीं खोलूँगी।" वह कंघी करने से बचना चाहती थी।

"नहीं, तुम डुबकी लगाकर नहाना। बूढ़ी अम्मा कंघी कर देगी। उसके बंदर लीख-जुँआँ भी देख लेंगे।" हँसते हुए रघुवर प्रसाद ने कहा।

“मेरे जुँआँ नहीं हैं। बंदर से मैं जुँआँ नहीं दिखवाऊँगी। बाल गीले नहीं करूँगी।”

“जुँआँ बंदरिया से दिखवा लेना।” रघुवर प्रसाद ने कहा।

नहाने जाने के लिए रघुवर प्रसाद अँगोछा, चड्ढी और साबुन की बट्टी लेकर खिड़की से कूदे। पत्नी रघुवर प्रसाद की धुली कमीज़, अपनी धुली साड़ी और पोलका लेकर खिड़की से कूदी। अच्छी हवा चल रही थी। “तुम बाल खोल लो, हवा में बाल उड़ेंगे।” सुनकर सोनसी ने मुस्कुराते हुए चलते-चलते अपने बाल खोलकर छितरा दिए। तेज़ हवा से बाल और छितराए हुए उड़ रहे थे।

“तुम मेरा हाथ पकड़ लो, कहीं मैं बाल के उड़ने से उड़ न जाऊँ।” पत्नी ने उड़ते आँचल को खोंस लिया था।

“आँचल क्यों खोंस ली?”

“ऐसे में तो मैं उड़ जाऊँगी।”

“कैसे उड़ोगी?” रघुवर प्रसाद ने कहा।

उड़ते हुए बाल और उड़ता हुआ आँचल पंख की तरह पत्नी को सचमुच उड़ा न ले जाएँ, सोचकर रघुवर प्रसाद ने पत्नी का हाथ ज़ोर से पकड़ लिया। हवा इतनी अच्छी और तेज़ चल रही थी कि धूल नहीं उड़ रही थी। परंतु कहीं गोबर से लीपी जगह पर अट्ठारह बिंदी डालकर चौक पूरा गया होगा। वह सुंदर मांगलिक आकृति हवा के द्वारा जस-का-तस उठा ली गई थी। वह आकृति पतंग की तरह उड़ रही थी। फिर और भी छोटे-छोटे आटे से पूरी गई आकृतियाँ इधर-से-उधर उड़ते दिखाई दीं। हवा उनके स्वरूप को बिगाड़ नहीं रही थी। तभी रघुवर प्रसाद के हाथ से सोनसी का हाथ छूट गया। सोनसी दौड़ती हुई आगे निकल गई। रघुवर प्रसाद ने जैसे सोनसी के दौड़ने को ही पकड़ा हुआ था। पकड़ा हुआ

दौड़ना छूटकर दौड़ गया था। दौड़ती हुई सोनसी के बाल हवा में तिरा गए थे, जिससे एक बारगी लगा कि क्या वह खड़े-खड़े उड़ गई। रघुवर प्रसाद ने सुना कि सोनसी ने ओझल होने के पहले कहा है कि पीछे आओ। ओझल हो गए के पीछे-पीछे ओझल होकर ही जाया जा सकता था। दूसरे का ओझल होना पता चल जाता था। ख़ुद का ओझल होना ख़ुद को पता नहीं चलता हो, दूसरे को पता चल जाता हो। हो सकता है रघुवर प्रसाद भी ओझल हो गए हों। जिस दिशा में सोनसी गई थी, उसी दिशा में रघुवर प्रसाद गए। हवा भी उसी दिशा में जा रही थी। इस समय सारी स्थापना उसी दिशा की थी। और दोनों के इर्द-गिर्द थी। रघुवर प्रसाद पेड़ों के बीच से जा रहे थे, वे सोनसी-सोनसी की आवाज़ लगा रहे थे।

आगे रघुवर प्रसाद को क्षणभर के लिए सोनसी दिखी। सोनसी की साड़ी लगता है हवा उड़ा ले गई थी, पर वह नग्न नहीं थी। हवा में उड़कर जाती हुई रंगोली ने उसे ढाँक लिया था। वह रंगोली की साड़ी पहनी हुई थी। हवा जब थम गई तो पेड़ों, फूलों, दूबों की गंध जो फैल गई थी वह पेड़ों, फूलों, दूबों के आसपास सिमटने लगी। यह सिमटना इस तरह का था कि पेड़ों के पास फूलों की गंध सिमट गई। दूबों के पास पेड़ों की गंध थी। एक पेड़ के पास जो बरगद का पेड़ था वहाँ तीज-त्योहारों के दिन की पूजा स्थल की सुगंध थी। उसी के पास एक पेड़ का तना एकदम काला चिकना था, यह शिवलिंग की तरह पेड़ था। गोबर से लिपी-पुती जगह पर उस पेड़ के नीचे आँख मूँदे सोनसी लेटी हुई थी। सोनसी को जानबूझकर रघुवर प्रसाद का पास आना मालूम नहीं पड़ रहा था। सोनसी को जानबूझकर रघुवर प्रसाद का वहाँ खड़े-खड़े उसे निहारना मालूम नहीं पड़ रहा था। सोनसी को जानबूझकर रघुवर प्रसाद का कुछ भी करना मालूम नहीं पड़ रहा था। सोनसी को ढाँके हुए जो रंगोली का आवरण था वह गोबर से लिपी जगह पर पूर्ववत् चौक पूरे हुए जैसा अंकित था। तभी सोनसी की बाईं बाँह पर टॉय-टॉय करता एक पक्षी आकर बैठा।

"देखो तो मेरे कंधे पर कोई पक्षी बैठा है?" पत्नी ने पूछा। उसके अपने भूले अस्तित्व से उसकी आवाज़ आ रही थी। सोनसी के हिलने-डुलने से पक्षी सरकता तो उसके पंजे के नाख़ून कंधे पर गड़ते।

"हाँ, एक सुंदर हरा तोता है। पहाड़ीकरन। इसका कंठ फूट गया है।"

"तोता गहरी साँस और फुसफुसाहट को याद कर लेगा।" सोनसी ने गहरी साँस लेकर और फुसफुसाकर कहा।

"मैं उसे बता दूँगा कि हम पति-पत्नी हैं।" रघुवर प्रसाद ने कहा।

सोनसी ने देखा कि कहीं आटे से जो चौक पूरा गया था वह पतंग की तरह उड़ा आ रहा था। हवा ने इसके स्वरूप को भी बिगाड़ा नहीं था। फिर दूसरी ओर से चौक पूरा हुआ आकर साथ-साथ उड़ गया।

तालाब के किनारे पत्थर पर सोनसी बैठी हुई थी। रघुवर प्रसाद नहाने के लिए चिकनी मिट्टी का ढेला लकड़ी से खोदकर ले आए थे। तालाब से डुबकी लगाकर दोनों निकले और अपने-अपने शरीर में और फिर एक-दूसरे के शरीर में मिट्टी को मला। दोनों तालाब में पैर डालकर कुछ देर बैठे रहे। गीली मिट्टी को लपेटे हुए वे मनुष्य जाति का आदिम जोड़ा लग रहे थे। जब मिट्टी सूखने लगी तो दोनों तालाब में कूद गए।

एकदम सुबह का सूर्य बाईं तरफ़ तालाब में था। सूर्य के बाद तालाब में रघुवर प्रसाद थे, फिर सोनसी थी। सोनसी डुबकी से निकलते ही बालों को पीछे झटकारती तो एक अर्धचक्र बनाती बूँदें बालों से उड़ती तब रघुवर प्रसाद को उन बूंदों की तरफ़ इंद्रधनुष दिखाई देता। सोनसी के गीले बालों को झटकारने से क्षणभर को इंद्रधनुष बन जाता था।

बूढ़ी अम्मा चाय लिए हुए धीरे-धीरे आ रही थी। बूढ़ी अम्मा के आगे आता हुआ एक बड़ा बंदर तालाब के किनारे के एक पेड़ पर चढ़ गया।

"सोनसी, चलो।" रघुवर प्रसाद ने बूढ़ी अम्मा को आते देखकर कहा। सोनसी आख़िरी डुबकी लगाकर निकली और बालों को पीछे झटकारकर समेटा, जूड़ा बनाया।

"अब बाल आसानी से सुलझ जाएँगे?" सोनसी ने पूछा।

"हाँ, अब बाल आसानी से सुलझ जाएगा।" रघुवर प्रसाद ने कहा। चाय रखकर बूढ़ी अम्मा चली गई। एक-दूसरे के उतरे कपड़ों से दोनों ने अपने शरीर को पोछा, फिर धुले कपड़े पहनकर चाय पी।

दोनों जागे थे। और सबकुछ नींद में झूम रहा था।
तालाब नींद में तालाब था। आकाश नींद का आकाश था।

बूढ़ी अम्मा सोनसी के लिए एक टोकनी में केसरवा काँदा और दूसरी में तेंदू फल बंदरों से बचाकर रखी थी। सोनसी ने आँचल में थोड़े केसरवा काँदा और तेंदू फल को खोंस लिया था। रास्ते भर दोनों केसरवा काँदा दाँतों से छीलते खाते आए। कमरे की खिड़की के पास दोनों खड़े हो गए। दोनों छोटे-छोटे बच्चों की तरह अपना कमरा झाँकने लगे। कमरे में वे नहीं थे।

"मैं कहाँ हूँ?" रघुवर प्रसाद ने कमरा झाँकते हुए सोनसी से पूछा, जैसे कमरे से पूछा।

"तुम मेरे पास हो।" कमरा झाँकते हुए सोनसी ने कहा, जैसे कमरे से कहा।

"और मैं?" ख़ाली कमरा देखती हुई सोनसी ने आश्चर्य से कहा।

"तुम यहाँ मेरे पास हो।" रघुवर प्रसाद ने कहा। इसके बाद दोनों कमरे में कूद गए।

"रघुवर प्रसाद! ओ! रघुवर प्रसाद।" कोई पुकार रहा था।

"लगता है विभागाध्यक्ष हैं।"

रघुवर प्रसाद ने सोनसी से कहा। रघुवर प्रसाद ने दरवाज़ा खोला। विभागाध्यक्ष थे। बदहवास लग रहे थे। सुबह बिस्तर से उठते ही आ गए थे। विभागाध्यक्ष बिना किसी की तरफ़ देखे खिड़की के पास गए और खिड़की से बाहर देखने लगे। उनका और कहीं ध्यान नहीं था।

"बैठिए सर, पानी पी लीजिए।" रघुवर प्रसाद ने कहा। सोनसी ने बिस्तर उठाकर पैताने तहा दिया था। चारपाई पर केवल दरी बिछी थी।

"नहीं, मैं यहीं ठीक हूँ।" खिड़की से बाहर देखते हुए उन्होंने कहा। सोनसी ने गिलास में पानी लाकर रघुवर प्रसाद को पकड़ाया। "लीजिए सर।" रघुवर प्रसाद ने कहा। पानी पीते-पीते भी विभागाध्यक्ष खिड़की से बाहर देख रहे थे।

"रघुवर प्रसाद, मैं कहने आया था कि मैं अपने बच्चों को लेकर आता हूँ। हम लोग खिड़की से उस तरफ़ जाएँगे।"

"जी सर। पर महाविद्यालय का समय हो रहा है।"

"आज दशहरा की छुट्टी है। पंद्रह-बीस मिनट में आता हूँ, या तो नहा-धोकर आऊँगा। नहाने में देर हो जाएगी तो खिड़की के तालाब में नहा लूँगा। खिड़की के पेड़ों में आज के दिन नीलकंठ देख लेंगे।"

"जी सर।"

विभागाध्यक्ष जब चले गए तब रघुवर प्रसाद ने सोनसी से पूछा।

"आज नहाने गए थे तब तुमको नीलकंठ दिखा था?"

"याद नहीं है, दिखा हो। तुमको दिखा था?"

"नहीं मुझे भी याद नहीं है, शायद दिखा हो।"

"हम दोनों को दिखा हो और हम दोनों ने ध्यान नहीं दिया हो।"

"दिख तो गया ध्यान नहीं दिया तो क्या हुआ।" रघुवर प्रसाद ने फिर कहा।

"मालूम होना चाहिए कि हमने नीलकंठ देखा है, चलो नीलकंठ देखने चलें।"

"कैसे जा सकते हैं, विभागाध्यक्ष आने वाले हैं।"

"क्या आज हाथी आएगा?" पत्नी ने पूछा।

"यदि साधु को मालूम होगा कि छुट्टी का दिन है तो न आए। हो सकता है साधु आज रावणभाटा चला जाए।"

"हो सकता है राम-सीता की झाँकी हाथी पर निकले। उसी की तैयारी वह कर रहा हो। चलो! अभी नीलकंठ देख लें फिर शाम को झाँकी देखने चलेंगे।"

"विभागाध्यक्ष आने वाले हैं।" रघुवर प्रसाद ने फिर कहा।

"हाँ, विभागाध्यक्ष आने वाले हैं।" पत्नी ने कुछ उदास होकर कहा। उसे अच्छा नहीं लग रहा था।

देर तक दोनों कमरे में विभागाध्यक्ष का रास्ता देखते रहे। विभागाध्यक्ष नहीं आए। हाथी नहीं आया। पत्नी थककर ज़मीन पर लेट गई।

"लगता है विभागाध्यक्ष को नीलकंठ दिख गया है, चलो हम भी चलें।"

"चलो।" रघुवर प्रसाद ने कहा।

"सुनो मेरे कंधे पर पक्षी तोता था या नीलकंठ?" पत्नी ने बहुत ख़ुशी से पूछा।

"तोता था।" रघुवर प्रसाद ने भी बहुत ख़ुशी से कहा।

"हो सकता है नीलकंठ हो!" पत्नी ने बहुत धीरे-से कहा।

दोनों नीलकंठ देखने निकले। घर से दो क़दम निकलने के बाद पत्नी ने कहा "मुझे अच्छा नहीं लग रहा है।" रघुवर प्रसाद ने पत्नी की हथेली

को छुआ, गरम थी।

"तुमको तो बुख़ार है। रहने दो नहीं जाते। कमरे में रहेंगे। नीलकंठ को दिखना होगा तो वह खिड़की पर आकर बैठ जाएगा।"

"नहीं चलो, मुझे कुछ नहीं हुआ है।"

"देर तक तालाब में नहीं डूबे रहना चाहिए। हो सकता है हमने नीलकंठ देख लिया हो।"

"तुमने देख लिया हो तो लौट चलते हैं।"

"पक्का नहीं है। चलो रिक्शा में चलते हैं। मुनिसपल के अस्पताल चलेंगे, रास्ते में नीलकंठ दिख जाएगा।"

घर के सामने नीम के पेड़ के नीचे वे खड़े हो गए। रघुवर प्रसाद रिक्शा देख रहे थे। पत्नी दूर क्षितिज की तरफ़ देख रही थी।

"क्या देख रही हो?" रघुवर प्रसाद ने पत्नी को सहारा देने के लिए सटा लिया था।

"नीलकंठ देख रही हूँ।"

"क्षितिज में नीलकंठ होगा भी तो दिखाई नहीं देगा।"

"क्यों?"

"बहुत छोटा होगा।"

"दिखाई तो देगा।"

"इतना छोटा होगा कि दिखाई नहीं देगा।"

"मुझे अपनी तरह से देखने दो। तुम अपनी तरह से आसपास देखो।" पत्नी ने कहा।

रघुवर प्रसाद ने एक जाते हुए ख़ाली रिक्शे को रोका। "कहाँ जाना है?" रिक्शेवाले ने पूछा।

"नीलकंठ देखने।" पत्नी ने कहा।

"मुनिसपल अस्पताल चलो, रास्ते में नीलकंठ देख लेंगे।" रघुवर प्रसाद ने कहा।

"लखोली गाँव चलूँ? वहाँ बहुत नीलकंठ हैं।"

"पहले अस्पताल चलो फिर लखोली चले चलेंगे।" पत्नी रघुवर प्रसाद के कंधे पर सिर रखे आँख मूँदे थी।

"सो गई! अच्छा नहीं लग रहा है?"

"नहीं सो रही हूँ। दिखेगा तो मुझे बता देना।" फिर उसने रिक्शेवाले से कहा, "रिक्शेवाले! रास्ते में नीलकंठ दिखे तो इनको बता देना।" जब-जब वह आँख मूँदती थी तो कहती थी कि देखते रहना, और देखते ही बताना। देर करोगे तो उड़ जाएगा।

"उड़ जाएगा तो उड़कर जाते हुए दिख जाएगा। रिक्शेवाले से उसके पीछे चलने के लिए कहेंगे।"

"नीलकंठ के पीछे-पीछे रिक्शेवाले को कहाँ तक ले जाया जा सकेगा! मान लो उड़कर दूर उस पीपल के पेड़ पर बैठ गया। पीपल के पेड़ तक पहुँचने में देर लगेगी, वहाँ बैठा तो नहीं रहेगा। वहाँ से भी उड़कर आकाश की ओर ओझल हो गया तो?"

रघुवर प्रसाद रिक्शेवाले से कहेंगे–'आकाश की तरफ़ ले चलो।' फिर सोचेंगे आकाश की तरफ़ बहुत चढ़ाई चढ़नी पड़ेगी। तब वे रिक्शेवाले से कहेंगे–'तुम रहने दो यही हमारा रास्ता देखना। मैं रिक्शा ले जाता हूँ।' अपनी पत्नी को रिक्शा चलाते हुए वे आकाश की ओर ले जाएँगे। पैडल मारेंगे और ऊँचे चढ़ जाएँगे। ऊपर बादल के टुकड़े रिक्शे पर लद जाएँगे। बादल का कोई वज़न नहीं होता। किसी बादल में लोगों को न दिखने के लिए दशहरा के दिन नीलकंठ बैठा हुआ दिख जाएगा। पत्नी को दिखाएँगे–'सोनसी, देखो नीलकंठ पेड़ पर दिख जाएगा इसलिए यहाँ भूरे

बादल पर आकर बैठ गया। तुम भी देखो।'

यह भी हो सकता था कि नीलकंठ, देखने की उत्कट इच्छा और उसके न दिखने से ऊब जाएगा। उड़ते हुए सामने आए कि दोनों एक साथ उसे देख लें फिर चला जाए। जाने के बाद भी नीलकंठ को ज़रूर लगेगा कि दोनों ने उसे देखा है या नहीं। शायद किसी एक ने देखा हो तो वह दुबारा आए। सामने-सामने अपने नीले पंख फैलाए उड़ता रहे। फिर दोनों कहेंगे–'हमने तुमको देख लिया।' तब वह उड़कर चला जाएगा।

अस्पताल में पर्ची कटाने की भीड़ थी। सोनसी बेंच पर बैठी थी। बहुत देर बाद डॉक्टर ने सोनसी को देखा। पुड़िया में उसने चार गोली दी। दो-दो घंटे में एक गोली खाने को कहा। एक गोली अभी खा लेने के लिए कहा था। सोनसी अस्पताल के नल के पास गई और गोली खाकर पानी पिया। "चलो..." सोनसी ने कहा। वही रिक्शावाला अस्पताल के सामने खड़ा दिख गया।

"चलोगे?" रघुवर प्रसाद ने रिक्शेवाले से पूछा।

"हाँ।" दोनों रिक्शा में बैठ गए।

"कहाँ ले जा रहे हो?" रघुवर प्रसाद ने कहा।

"नीलकंठ देखने।" रिक्शेवाले ने कहा।

"जहाँ से आए थे, वहीं चलो।"

जब घर आए तो देखा छोटू वहाँ बाहर साफ़ इस्त्री की हुई कुरता-धोती पहने खड़ा था। रिक्शे से भैया को उतरते देख छोटू रिक्शे की तरफ़ दौड़ा और चिल्लाता गया, "अम्मा! भैया-भाभी आए।" और छोटू ने भैया-भाभी के पैर छुए।

"कितनी देर हो गई आए तुम लोगों को?" भाभी ने पूछा।

"बहुत देर हो गई।"

पिताजी चारपाई पर लेटे थे। वहीं बोरे पर बैठी अम्मा गाँव से लाई बरबट्टी काट रही थी। सोनसी और रघुवर प्रसाद ने अम्मा के पैर छुए। रघुवर प्रसाद पिता का पैर छूने वाले थे तो पिता ने कहा, "रुक जाओ उठकर बैठ जाने दो।" वे पैर लटकाकर नीचे बैठ गए। रघुवर प्रसाद ने पैर छुए फिर सोनसी ने उनके पैर छुए। सोनसी अम्मा के पास बरबट्टी काटने बैठने वाली थी तो माँ ने कहा, "जाओ, पहले दोनों हाथ-मुँह धो लो।"

दोनों हाथ-मुँह धोने गए तो अम्मा उनके आज्ञा पालन से ख़ुश होकर रघुवर प्रसाद के पिता की तरफ़ देखा। रघुवर प्रसाद के पिता मुस्कुराए।

"भैया, आज हाथी आया था?" छोटू ने पूछा।

"नहीं।" रघुवर प्रसाद ने कहा।

"आएगा?"

"क्या मालूम।"

"आए तो उसे हाथी पर बैठकर घुमा देना।" पिता ने कहा।

रघुवर प्रसाद ने देखा कि पत्नी एक कोने में बैठी बरबट्टी काटने लगी थी। उसे बुख़ार था। लेट जाती तो अच्छा था। छोटू बाहर खड़ा था। शायद वह हाथी का आना देखना चाहता था।

अम्मा अपने साथ दो काँसे की थाली, एक टठुलिया और अदरक कूटने के लिए एक काला गोल पत्थर लाई थी। सूपा, चलनी लाना वह भूल गई थी। पूड़ी थी। रघुवर प्रसाद के पिता को लगता था कि काला पत्थर, कसौटी का पत्थर है। पिता एक सोने की ताँबई अँगूठी पहने थे। सोने में ताँबा अधिक मिला था। इस अँगूठी को उन्होंने पत्थर पर घिसकर देखा था तो एक हल्की सुनहरी ताँबई लकीर खिंच गई थी। यह लकीर भी पत्थर के साथ-साथ आ गई थी।

रघुवर प्रसाद छोटू के पास गए। साफ़ कपड़े गंदे न हो जाएँ इसलिए वह गोटा पत्थर और पेड़ पर चढ़ने का खेल नहीं खेल रहा था। वह हाथी पर सवार होकर घूमने के कपड़े पहने था। उन्होंने छोटू से कहा, "आज घूमने नहीं जाएँगे, तुम्हारी भाभी को बहुत बुख़ार है।"

"भाभी को बुख़ार है ?" छोटू ने पूछा।

"हाँ।" वह अंदर गया और कहा, "अम्मा! भैया कहते हैं भाभी को बुख़ार है।" सुनकर रघुवर प्रसाद परेशान हो गए। होता यह कि छोटू पहले कहता, "घूमने नहीं जाएँगे।" तब अम्मा पूछतीं, "क्या हाथी नहीं आएगा ?"

"शायद न आए, दशहरा का दिन है।" पिता कहते।

"हाथी आएगा तो भी सब लोग कैसे जाएँगे, भाभी को तो बुख़ार है।" छोटू कहता। इस तरह बात होती तो अच्छा होता। रघुवर प्रसाद झेंप गए कि अम्मा-पिता क्या सोचेंगे।

अम्मा ने सोनसी से पूछा, "बहू, तुमको बुख़ार है ?"

सोनसी ने बरबट्टी काटते सिर हिलाकर 'नहीं' कहा। अम्मा उठकर सोनसी के पास गई। माथा छुआ, "है तो! बहुत बुख़ार है।" सुनकर पिता उठकर बैठ गए। सोनसी की आँख छलछला आई थी। शायद उसे मायके की याद आई हो। अम्मा ने उसके सिर को छाती से चिपका लिया। "चल लेट जा।"

"डॉक्टर को दिखाया था ?" रघुवर प्रसाद से पिता ने पूछा।

"जी गोलियाँ दी हैं।"

"गोलियाँ कब खानी हैं ?"

"दो-दो घंटे में।"

"समय हो गया ?"

"हाँ।"

"कहाँ है गोली, बहू को दे दो। छोटू! भाभी को एक गिलास पानी दो।"

रघुवर प्रसाद ने गोली निकाली। छोटू पानी लेकर भाभी के पास गया। रघुवर प्रसाद ने छोटू को गोली दी कि वह भाभी को दे दे। गोली खाने के बाद अम्मा ने उसे बोरे पर लिटा दिया। सोनसी की पिछौरी रखी थी उसी को उढ़ा दिया।

अम्मा खाना बनाने की तैयारी करने लगी। अम्मा को खाना बनाते जानकर सोनसी उठी तो पिता ने कहा, "बहू लेटी रहो।" सोनसी लेट गई। उसने पिछौरी ओढ़ी और थोड़ी देर में सो गई। पिता ने रघुवर प्रसाद से धीरे-से कहा, "झोला दो।" फिर उन्होंने रघुवर की माँ से पूछा, "कुछ लाना तो नहीं है?"

"नहीं।" रघुवर की माँ ने कहा।

"मैं आता हूँ। खाना बनते तक आ जाऊँगा।" झोला लेकर वे चले गए।

सोनसी का बुख़ार उतर गया था। हाथ-मुँह धोकर माँ के कहने से उसने खाना खाया तो और अच्छा लगा। छोटू कुरता-धोती को लगातार गंदा होने से बचाए हुए मन-ही-मन हाथी का रास्ता देख रहा था कि आ जाए। कोई नहीं जाएगा तो वह अकेला हाथी पर बैठकर घूम आएगा। सोनसी को अच्छा लगा तो वह घर का काम करने लगी थी। जहाँ सोनसी लेटी हुई थी वहीं रघुवर प्रसाद जाकर लेट गए।

"छोटू।" बाहर से पिता आवाज़ दे रहे थे।

"देख हाथी आ रहा है क्या?" छोटू दौड़ता हुआ बाहर आया। हाथी आ रहा था। अम्मा, रघुवर प्रसाद भी बाहर आ गए। पिता कमरे के अंदर आए और झोला रखकर बोले, "बहू, मुर्रा लाया हूँ, तुम लोग खा लेना।"

पिता भी बाहर आ गए।

साधु बिना हाथी को बैठाए हाथी के ऊपर से उतर आया। ऊबड़-खाबड़ पत्थरों के आजू-बाज़ू पैर जमाते हुए जैसे पहाड़ से उतरते हैं, हाथी पर दो क़दम इधर-उधर रखकर वह नीचे उतर आया था। उतरते ही कंधे के अँगोछे को झटकारकर उसने फिर कंधे पर जमा लिया। वह धोती को ढीले लपेटे हुए और पीला कुर्ता पहने हुए था। कुर्ता का रंग फीका पड़ गया था। कपड़े साफ़ थे और इस्त्री किए हुए थे। दशहरा का दिन था शायद इसलिए। छोटू बहुत उत्साही था।

"रावणभाटा चलोगे?" साधु ने रघुवर प्रसाद से पूछा।

"वहाँ बहुत भीड़ होगी। हाथी के गले में घंटी नहीं है, लोगों को मालूम कैसे पड़ेगा कि हाथी आ रहा है?" रघुवर प्रसाद ने कहा।

"हाथी का आना बहूत दूर से दिख जाता है। इसे देखने की ख़बर हो जाती है और दूसरों को मालूम पड़ जाता है।"

"फिर भी।" रघुवर प्रसाद ने कहा।

"चलिए कुछ नहीं होता।"

"छोटू भी जाएगा।" पिता ने कहा।

"बहू भी जाएगी।" रघुवर प्रसाद की माँ ने कहा। वह अंदर गई।

"बहू जल्दी तैयार हो जा हाथी पर घूम आ।" सोनसी ने जल्दी-जल्दी हाथ-मुँह धोया।

"बहू, अभी तो दो साड़ी नई रखी होगी?"

"हाँ अम्मा।" सोनसी ने धीरे-से कहा।

"लाल साड़ी पहन लेना।"

"हाँ अम्मा।"

अम्मा ने खटिया से तहाया हुआ बिस्तर उठाकर नीचे ज़मीन पर बिछे बोरे पर रख दिया। दरी उठाई और खटिया को खड़ी किया। दरी को अम्मा ने खटिया पर टाँग दिया।

"खटिया की आड़ में साड़ी बदल लेना।" सोनसी नई लाल साड़ी लेकर खटिया की आड़ में चली गई। नीचे बैठकर उसने पोलका पहना। फिर लाल साड़ी पहनी। खटिया की आड़ से वह निकल आई थी।

"बिंदी लगाई?" अम्मा ने पूछा।

"हाँ अम्मा।"

"पैरपट्टी पहन लेना।" सोनसी ने पैरपट्टी को उतार दिया था।

"हाँ अम्मा।"

"रघुवर!" अम्मा ने बुलाया।

"तू भी कपड़ा बदल ले।" अम्मा ने रघुवर के पिता का कोसा कुरता जो क़रीब पंद्रह साल पुराना होगा झोले से निकाला। गमछे में तहा हुआ कुरता था। धोती निकाली।

"ले पहन ले।" रघुवर प्रसाद पिता से लंबे थे। कुरता बड़ा था। पिता बाँह कलाई के पास मोड़ लेते थे। रघुवर प्रसाद भी खटिया की आड़ में चले गए। कुरता ठीक हुआ था। लंबाई में कुछ छोटा लगता था। रघुवर प्रसाद ने धोती पहनी। गाँव की बनी धोती थी। मोटी खादी की तरह थी। धोती की सुनहरी किनार थी। बालों में पानी लगाकर रघुवर प्रसाद ने कंघी की। कोसे के कुरते और सुनहरी किनार की धोती में रघुवर प्रसाद सुंदर लग रहे थे। सोनसी कमरे में जहाँ होती कुछ अधिक उजाले में लगती। जहाँ गुंडी रखी थी वह हिस्सा कमरे का अँधेरा कोना लगता था। सोनसी उधर होती तो वह हिस्सा अधिक उजाले का लगता।

सब नंगे पैर हाथी पर बैठने के लिए निकले। साधु हाथी पर पहले बैठा हुआ तैयार था। पास-पड़ोस के लोग भी बच्चों सहित अच्छे कपड़े पहने हुए रावणभाटा जाने के लिए तैयार थे। जा रहे लोग थोड़ी देर के लिए हाथी के पास रुक जाते। जा रहे लोग रंग-बिरंगे साड़ी, कपड़े पहने औरतों, लड़कियों, आदमियों, बच्चों का झुंड थे। हाथी पर चढ़ने के पहले रघुवर प्रसाद और सोनसी ने पिता और अम्मा के पैर छुए। जब रघुवर प्रसाद हाथी पर चढ़ने लगे तो सब खड़े होकर उन्हें देख रहे थे। फिर रघुवर प्रसाद की पत्नी, इसके बाद छोटू चढ़ा। साधु ठीक से बैठने में सबकी सहायता कर रहा था। छोटू साधु को पकड़कर बैठा था। सोनसी रघुवर प्रसाद को। कमरे के दरवाज़े के पास अम्मा और पिता खड़े थे।

हाथी की पीठ पर गन्ने के पत्ते की गद्‌दी बँधी थी। हाथी नहाया-धोया और सजाया हुआ दिख रहा था। सब बैठ गए तब हाथी चलने लगा। रावणभाटा की ओर जाती दो औरतों ने हाथ जोड़कर रघुवर प्रसाद, सोनसी और छोटू की झाँकी को प्रणाम किया। जब हाथी आगे बढ़ा तो अम्मा ने कहा, "कितनी अच्छी जोड़ी है। छोटू लक्ष्मण लगता है।" पिता ने कुछ नहीं कहा।

आगे दाहिने हाथ की तरफ़ अमराई थी। साधु हाथी को उधर से ले गया। थोड़ी देर बाद दूर, हो रहे अँधेरे में धुँधला रावण दिखा। अँधेरा होते ही रावण पटाखों के साथ जल उठा। हाथी पर बैठे उन लोगों पर रावण के जलने का प्रकाश सिमटकर आ गया था। पेड़ों के बीच में लपट के प्रकाश में सब क्षणभर दिखे।

साधु ने हाथी को लौटाया कि अँधेरा हो गया था। लौटने वालों की भीड़ का रेला आएगा तो हाथी को तेज़ चलाना मुश्किल होगा। छोटू बहुत ख़ुश था। लौटते समय कुछ दूर तक जब तब फूटता पटाखा उन्हें सुनाई दे रहा था।

पिता को छोड़ रात को सब ज़मीन पर सोए थे। चौके की तरफ़ सोनसी, फिर अम्मा, छोटू, रघुवर प्रसाद। रघुवर प्रसाद के बाद पिता चारपाई पर सोए थे। छोटू पहले पिता के साथ लेटा फिर ज़मीन पर आ गया। आधी रात हो गई थी। रघुवर प्रसाद और सोनसी जाग रहे थे। रघुवर प्रसाद को मालूम नहीं था कि सोनसी जाग रही है। सोनसी को मालूम था कि रघुवर प्रसाद को नींद नहीं आ रही है। रघुवर प्रसाद धीरे-से उठे और खिड़की के पास जाकर खड़े हो गए। रघुवर प्रसाद का मन हुआ कि वे खिड़की से कूदकर उस पार चले जाएँ। वे कूदने को थे तभी सोनसी उनके पास आकर खड़ी हो गई। रघुवर प्रसाद बिना आवाज़ किए कूदे। सोनसी जब कूदने को हुई तो रघुवर प्रसाद ने फुसफुसाकर उससे कहा, "तुम धीरे कूद नहीं पाओगी। तुम मेरी पीठ पर लद जाना।" रघुवर प्रसाद खिड़की की तरफ़ पीठ करके खड़े हो गए। सोनसी खिड़की की चौखट पर पैर लटकाकर बैठ गई। "मैं धीरे-से कूद जाती हूँ।"

"नहीं।" रघुवर प्रसाद ने कहा। तब सोनसी रघुवर प्रसाद के गले में हाथ डालकर लटक गई। पीठ पर सोनसी को लादे रघुवर प्रसाद घूमे। दोनों ने कमरे को अंदर देखा कि कोई जाग तो नहीं रहा है। छोटू अम्मा के ऊपर एक टाँग रखे सो रहा था। पिता दीवार की तरफ़ करवट लेकर सो रहे थे। कमरे में खिड़की का हल्का उजाला था। खिड़की के कारण अँधेरे की एक हल्की परत कम थी। सोनसी ने पीठ पर लदे हुए उस जगह को देखा जहाँ वह लेटी हुई थी। उस जगह को जहाँ रघुवर लेटा हुआ था। खिड़की का सीधा उजाला पानी की गुंडी में पड़ रहा था। सोनसी ने देखा कि गुंडी में ढक्कन नहीं लगा था। छोटू ने पानी निकाला होगा और ढक्कन लगाना भूल गया। सोनसी उतरने-उतरने को थी कि रघुवर प्रसाद ने गले में लिपटे सोनसी के हाथों को कसकर पकड़ लिया।

"उतरने दो, गुंडी खुली है।"

"खुली रहने दो।" कहकर रघुवर प्रसाद सोनसी को लादे हुए अँधेरे में चलने लगे।

"गिरा मत देना।"

"नहीं गिरोगी, पगडंडी का मुझे अंदाज़ा है।"

गहरी रात की शांति थी। इस शांति में सबकी अलग-अलग शांति थी। जैसे पीपल के पेड़ के नीचे पीपल की शांति थी। अनजाने पेड़ों के नीचे से वे गुज़रे इस पेड़ के नीचे अनजान पेड़ों की शांति थी। सोनसी रघुवर प्रसाद के कंधों में लदी रघुवर प्रसाद के हर क़दम में धीरे-से उछलती जाती और हूँ! हूँ! अलापती। यह बोलना पेड़ों, तालाबों, चट्टानों के प्रत्येक एकांत में सुनाई दे रहा था। ऐसा था कि ये दोनों जागे थे और सबकुछ नींद में झूम रहा था। पेड़ नींद में पेड़ थे। तालाब नींद में तालाब था। आकाश नींद का आकाश था। पक्षी नींद के पक्षी थे। वातावरण नींदमय था। सोनसी ने भारी पलकों को खोलकर देखा तो जगह-जगह चमकी से चौक पूरे हुए दिख रहे थे। हो सकता है अभ्रक की बारीक धूल से चौक पूरे गए हो। तारों के प्रकाश से ये चमचमाते-से थे। इन जगहों को देखकर वहीं ठहर जाने की जल्दी सोनसी को हुई। उसने कहा, "कहाँ जा रहे हो, यहीं रुक जाओ।" रघुवर प्रसाद ने कुछ नहीं कहा। सोनसी अपने पैरों को रघुवर प्रसाद की कमर में लपेटना चाहती थी पर साड़ी के कारण वह लपेट नहीं पा रही थी।

"मेरे पैर दुख रहे हैं।"

"तुम तो नहीं चल रही हो, तुम्हारे पैर क्यों दुख रहे हैं?"

"हाथ भी दुख रहे हैं।"

"नहीं दुख रहे हैं।" रघुवर प्रसाद ने कहा।

"पैर लटके-लटके दुख रहे हैं और तुम्हारे हाथों की पकड़ से हाथ टूट रहे हैं।"

“अच्छा, हाथ छोड़ना नहीं।” कहकर रघुवर प्रसाद ने अपने दोनों हाथ पीछे ले जाकर सोनसी की साड़ी को घुटने के ऊपर तक उठाया और कहा, “अब कमर में पैर लपेट लो।” सोनसी ने रघुवर की कमर में पैर लपेटे तो रघुवर प्रसाद ने सोनसी के कूल्हे के नीचे दोनों हथेलियों को बाँधकर धीरे-से ऊपर उछाला तो सोनसी के हाथ रघुवर प्रसाद की गरदन पर ढीले हो गए। रघुवर प्रसाद अब बहुत धीरे-धीरे चल रहे थे।

“अब ठीक है ?” रघुवर प्रसाद ने पूछा।

“हाँ ठीक है।” सोनसी ने कहा।

रघुवर प्रसाद तालाब के किनारे-किनारे चलने लगे। सोनसी तालाब में रघुवर प्रसाद की परछाई के ऊपर अपनी लदी परछाई को देख रही थी। रघुवर प्रसाद सोनसी को लादे हुए धीरे-से तालाब में उतर गए। घुटने तक रघुवर प्रसाद की धोती भीग गई। थोड़ी देर चुपचाप तालाब में खड़े रहे। तालाब से निकले तो और अच्छा लगा। तालाब के पास एक टीला था। रघुवर प्रसाद सोनसी को लादे टीले पर चढ़ने लगे। यह टीला नींदमय टीला था। सोनसी ने कहा, “मुझे उतार दो। तुम बहुत थक गए होगे। मैं तुम्हें बहुत थकाती हूँ।” टीले के ऊपर सूखे पत्तों का ढेर था। उसी के पास सोनसी को रघुवर प्रसाद ने उतारा। उन पत्तों के अंदर के अँधेरे में चार जुगनू पास-पास चमक रहे थे। सोनसी ने पत्तों को हटाया तो जुगनू एक-एक कर उड़ गए। उड़ते हुए जुगनुओं की चमक की परछाई उन्होंने तालाब में देखी।

सोनसी रघुवर प्रसाद की बाँह से सिर टिकाए खड़ी थी। तालाब में तारों की परछाई थी। किसी मछली के कारण तालाब का पानी हिला तो सोनसी ने देखा कि कुछ तारों की परछाई तैरते-तैरते धीरे-धीरे पास-पास हो गई। सोनसी ने ऊपर आकाश में देखा कुछ तारे पास-पास आए दिखे जैसे पहले दूर थे। सोनसी रघुवर प्रसाद से सटी-सटी बैठते हुए वहीं लेट

गई। सोनसी के पैर ढलान की तरफ़ थे।

"तुम्हारे कंधे पर चंद्रमा बैठा है।" सोनसी ने लेटे-लेटे हाथ उठाए हुए कहा। जैसे वह रघुवर प्रसाद को बुला रही हो और रघुवर प्रसाद बहुत दूरी पर थे। रघुवर प्रसाद खड़े-खड़े सोनसी को देख रहे थे। सोनसी को लगा रघुवर प्रसाद के कंधे पर बैठा चंद्रमा पास आ रहा है। सोनसी ने पास आने के सुख की चमक को सहने के लिए आँख मूँद लिए थे।

खड़ी होकर सोनसी ने देखा कि तालाब प्रकाशित तालाब था। तालाब का तल प्रकाशित तल दिख रहा था।

"क्या चंद्रमा तालाब में डूब गया है?" सोनसी ने रघुवर प्रसाद से पूछा।

"हाँ, तालाब में डूब गया है।"

"देखो एक प्रकाशित मछली चंद्रमा की तरफ़ आ रही है।"

"तालाब की काई प्रकाशित हरी है।"

"चंद्रमा, तारे, तालाब के पानी से धुल गए हैं। आकाश में इनको देखो तो ये सब शीतल स्पष्ट हैं।"

"हाँ, बस उतने ही तारे धुले हैं जिनकी परछाई हमें तालाब में दिख रही है। बाक़ी तारे उतने शीतल और स्पष्ट नहीं हैं।"

"चंद्रमा शीतल और स्पष्ट है।"

"चलो।" रघुवर प्रसाद ने कहा, "प्रकाशित जल में डूबे हुए चंद्रमा के पास नहाएँगे।"

"चंद्रमा के पास मैं नहीं नहाऊँगी।"

"अच्छा चंद्रमा से दूर नहाएँगे।" कपड़े उतारकर चंद्रमा से दूर दोनों तालाब में कूद गए। देर तक डुबकी लगाकर दोनों नहाते रहे।

"चंद्रमा तुम्हारे पास चोरी-चोरी आ रहा है।" रघुवर प्रसाद ने कहा।

"ओह! माँ!" सोनसी ने कहा। और वह तैरते हुए चंद्रमा से दूर चली गई।

"चलो बाहर निकलो सबके जागने का समय हो रहा है।" बूढ़ी अम्मा ग़ुस्से से बोली। वह तालाब के किनारे खड़ी थी।

"बूढ़ी अम्मा चाय है?" रघुवर प्रसाद ने पूछा।

"नहीं। चाय पीते तक सब जाग जाएँगे। जल्दी भागो।"

"अच्छा।" रघुवर प्रसाद ने कहा। बूढ़ी अम्मा चली गई।

"जल्दी बाहर निकलो।" सोनसी ने कहा।

सोनसी ने पश्चिम की दिशा की तरफ़ दस तारों को पतंग की आकृति में जाते हुए दूर देखा। पूर्व से तारे अलग आकृतियों में एक के बाद एक इकट्ठे होकर पश्चिम की तरफ़ इकट्ठे हो रहे थे। पूर्व से सूर्य उदित होने की तैयारी कर रहा था।

दोनों दौड़ते हुए घर की तरफ़ लौट रहे थे। घर के थोड़ा पास पहुँचे होंगे तो चिड़िया ने चहचहाना शुरू कर दिया। कुछ और पास पहुँचे तो कोयल कूकने लगी। रघुवर प्रसाद खिड़की के अंदर गए तो गाय के रँभाने की आवाज़ आई। सोनसी कमरे के अंदर गई तो धूप का फीका टुकड़ा बिना आवाज़ किए कमरे में घुस रहा था।

अपनी जगह रघुवर प्रसाद आँख मूँदकर लेट गए। सोनसी अपनी जगह आँचल से मुँह ढाँककर सो गई। तभी चुपके-से पिता उठे और धीरे-से दरवाज़े का एक पल्ला खोलकर बाहर चले गए। दरवाज़ा ज़्यादा खोलते तो दरवाज़े का पल्ला छोटू के सिर पर लगता। पल्ले अंदर की तरफ़ खुलते थे। इसके बाद अम्मा उठी फिर छोटू उठा। अम्मा ने रघुवर प्रसाद को उठाया। रघुवर प्रसाद दोनों पट खोलकर बाहर चले गए। पिता सामने नीम के पेड़ के नीचे पत्थर पर बैठे थे। सड़क पर घास से लदी दो बैलगाड़ी जा रही थीं। दूसरी बैलगाड़ी के पीछे एक ऊँची गाय बैलगाड़ी

में लदी घास में मुँह मारने के लिए पीछे-पीछे जा रही थी। गाय ने घास का एक छोटा पूड़ा खींचकर सड़क पर गिरा दिया। बैलगाड़ी वाले को मालूम नहीं पड़ा।

अम्मा ने बहू को उठाया। वह जाग रही थी। सिर से आँचल को हटाकर वह उठी। अम्मा ने देखा कि बहू पोलका पहने हुए नहीं थी। अम्मा ने छोटू से बाहर रघुवर प्रसाद के पास जाने को कहा। छोटू चला गया।

"बहू पोलका नहीं पहनी?" अम्मा ने पूछा। सुनते ही वह आँचल से कंधा ढाँकते हुए खिड़की से कूदने को हुई तो अम्मा ने रोका।

"दूसरा पोलका पहन ले, रघुवर से बोल दे वो उठा लाएगा।" कहकर अम्मा बाहर आई।

"रघुवर देख तो अंदर क्या काम है?" रघुवर अंदर गए।

सोनसी ने धीरे-से कहा, "पोलका वहीं रह गया है। ले आओ।"

"पहनी तो हो।" आलस में रघुवर प्रसाद ने कहा।

"यह दूसरा है।"

"किसी ने देखा है?"

"अम्मा ने कहा है।" रघुवर प्रसाद खिड़की से कूद गए। बूढ़ी अम्मा बैठे-बैठे सींक की झाड़ू से सामने बुहार रही थी। एक हाथ थक जाता तो दूसरे हाथ से बुहारती। रघुवर प्रसाद ने भागते हुए कुछ नहीं कहा। पर बूढ़ी अम्मा ने सुना कि रघुवर प्रसाद ने कहा–'बूढ़ी अम्मा बहुत मेहनत करती हो।'

लौटते समय रघुवर प्रसाद ने कहा–"बूढ़ी अम्मा, मैंने चाय अभी तक नहीं पी।" बूढ़ी अम्मा ने सुना रघुवर प्रसाद ने कहा है–"घंटे-दो घंटे के लिए सोनसी को काम करने के लिए बुला लिया करो।" इतने में रघुवर प्रसाद ने देखा कि पोलका के बदले वे तालाब से कमल का फूल तोड़

लाए हैं। पलटकर दौड़ते-दौड़ते उन्होंने टीले के पास देखा कि वहाँ भी बूढ़ी अम्मा पेड़ों के नीचे की एक बहुत छोटी जगह बैठे-बैठे बुहार रही थी। रघुवर प्रसाद ने कहा, "बूढ़ी अम्मा क्या पूरा जंगल बुहारती हो?" बूढ़ी अम्मा ने सुना कि रघुवर प्रसाद ने कहा–"पूरी दुनिया बुहारती हो।"

"मैं बहुत बूढ़ी हूँ।" बूढ़ी अम्मा ने कहा। रघुवर प्रसाद ने सुना–'हाँ।'

रघुवर प्रसाद ने छुपकर खिड़की से देखा कि पिता झोले से मुर्रा निकालकर थाली में रख रहे थे। अम्मा ने रघुवर प्रसाद को खिड़की के पास देख लिया था। रघुवर प्रसाद पिता के कारण अंदर नहीं घुस रहे थे।

"तुम थोड़ा बाहर जाओगे?" अम्मा ने कहा।

"क्यों? थोड़ा नमक, मिर्च और सरसों का तेल देना।"

अम्मा पिता के पास गई और मुर्रा की थाली खींचते हुए धीरे-से कहा, "काहे मेहरापा करते हो!" पिताजी बेमन से उठे तो खिड़की के बाहर खड़े रघुवर प्रसाद दिखा, "वहाँ क्या कर रहा है?"

"कमल का फूल तोड़ने गया था, आपकी पूजा के लिए।"

"अच्छा ठीक है।" मुट्ठी में रघुवर प्रसाद पोलका छुपाए हुए अंदर कूद गए और कमल का फूल पिता को दिया। सफ़ेद कमल का फूल।

"बहू, तुम नहा लो।" अम्मा ने कहा।

"अम्मा, मैं नहा ली।" सोनसी ने कहा। सोनसी को लगा कि कहीं पर ग़लती हो गई।

"कब नहाई?" अम्मा ने कहा। अम्मा भूल गई, उसे लगा नहीं कहना था। रात को उठकर उसने देखा था कि सोनसी और रघुवर दोनों कमरे में नहीं थे। दरवाज़ा अंदर से बंद था। खिड़की से गए होंगे।

"पहले, तालाब में नहाई थी, मैं सोची कि सुबह हो गई है। नहाने के बाद भी सुबह नहीं हुई तो फिर लेट गई।" धीरे-से सोनसी ने कहा।

"ठीक है, ठीक है।"

"अच्छा हम लोग नहाने जाते हैं।" पिता झोले में अपने और रघुवर की माँ के कपड़े जमा लिए थे।

"यहाँ खिड़की से चले जाइए। पास ही तालाब है। एकांत रहता है।" रघुवर प्रसाद ने कहा।

"हमारी उमर नहीं है। वहीं नहाएँगे जहाँ डूबने पर कोई बचाने के लिए हो।"

"मैं भी चलूँ?"

"तुम भी नहा लिए हो न?"

"जी।" रघुवर प्रसाद ने कहा।

पिता को खाँसी आई। खँखारकर वे खिड़की से बाहर थूकने वाले थे तो अम्मा ने रोका, "अरे-अरे यहाँ नहीं थूको। बाहर नाली में जाकर थूको। बच्चे खिड़की के नीचे बैठे रहते हैं। रघुवर आना-जाना करता है। यह पनाला नहीं है।" अम्मा ने कहा।

पिता थूकते-थूकते रुक गए। दरवाज़े से बाहर गए। पिता थूकते तो खिड़की से दिख रहे आकाश पर छींटे पड़ जाते।

कपड़ों का झोला पिता के हाथ में था। रघुवर की माँ छोटी-सी दुबली-पतली थी। दोनों के बाल सफ़ेद हो गए थे। चलते-चलते पिता कभी माँ का सहारा लेते, कभी माँ पिता का सहारा लेती।

"छोटू, तू भी माँ के साथ क्यों नहीं चला गया?"

"अम्मा ने मना कर दिया। कहा यहीं बाल्टी से नहा लेना।"

दोनों नंगे पैर गए थे। पिता की चप्पल बाहर थी। कमरे के अंदर एक खोखा था, इस खोखे के अंदर जूते-चप्पल रखे जाते थे। पिता को चप्पल घर के अंदर लाना अच्छा नहीं लगता था। रघुवर प्रसाद जूता बाहर

उतारकर, हाथ में लेकर खोखे में रख देते। अम्मा चप्पल नहीं पहनती थीं। गाँव के घर के बाहर बाल्टी रखी होती थी। घर के अंदर आने के पहले पैर धोकर आना पड़ता था। छोटू चप्पल ख़रीद लेता पर बहुत कम पहनता था। छोटू के सामने सड़क का एक कुत्ता पिता की एक चप्पल उठाकर भाग गया। छोटू हट! हट! कहता कुते के पीछे दौड़ा तो कुत्ता और ज़ोर से भागा और खेत की तरफ़ झाड़ियों में कहीं घुस गया। छोटू की आवाज़ सुनकर रघुवर भी दौड़े, "क्या हुआ?"

"कुत्ता पिता की चप्पल लेकर भाग गया।"

"किधर गया?"

"उधर कहीं झाड़ियों में घुस गया।" दोनों ने झाड़ियों में चप्पल को ढूँढ़ा। चप्पल कहीं नहीं मिली तो लौट आए। एक अकेली चप्पल थी। पिता आए तो आते ही छोटू ने कहा, "कुत्ता आपकी एक चप्पल ले गया।"

"अरे!"

"हम दोनों ने ढूँढ़ा, चप्पल नहीं दिखी। आपसे कहता था अंदर खोखे में रख दीजिए, माने नहीं।"

"मिल जाएगी।" अम्मा ने कहा। अम्मा के कंधे पर धुले हुए कपड़े थे। पिता छोटू के साथ चप्पल ढूँढ़ने गए। पीछे-पीछे रघुवर भी गए। चप्पल नहीं मिली।

चप्पल का खो जाना पिता को अखर रहा था। फिर भी उन्होंने रघुवर की माँ से कहा–"छह महीने हो गए, बहुत पहन ली।" जवाब में रघुवर की माँ कहना चाहती थी–'छह महीने नहीं दो महीने हुए हैं'–पर नहीं कहा। दोपहर को अम्मा पड़ोस में चली गई थी। पिता ख़ाली झोला लेकर चले गए थे। पिता जब भी बाहर निकलते थे ख़ाली झोला लेकर निकलते थे। उन्हें लगता था कि बहुत ज़रूरत की चीज़ बहुत सस्ते में कभी भी अचानक दिख जाएगी तो ख़रीदकर रखने के लिए झोला होना चाहिए।

झोला नहीं भूलते थे। पैसे भूल जाते थे। जब पैसे नहीं होते तो याद आने पर भी नहीं रखते थे। कैसे रखते! ऐसे में झोला साथ में रखने का क्या मतलब था! उनका यह मतलब तो नहीं था कि ज़रूरत की चीज़ झोले में ले आएँगे और पैसे बाद में दे जाएँगे। उन्हें लगता था कि उधार लेने का समय अब निकल चुका है। जब चुकता करने का समय निकल जाता है तो उधार लेने का समय भी चला जाता है। कितनी चीज़ें होती हैं पर ये जान जाते हैं कि वे हमारे लिए नहीं हैं। छोटा-सा बच्चा जान जाता है। छोटू जान गया था। देख लेने से वस्तुओं को पा जाने का सुख मिल जाता तो कितना अच्छा होता। मिठाई को देखते ही खाने का सुख। ऐसा होता तो दिखाने के लिए थोड़ी चीज़ें होतीं और सबकी ज़रूरत पूरी हो जाती। अनजानी ख़ुशी सोच-समझकर हुए दुख को भी दूर कर देती थी। रघुवर प्रसाद ने कहा, "सोनसी, तुम्हारे पास पैसे होंगे? पिता के लिए चप्पल ले आते।"

"हैं, पच्चीस रुपए हैं। हो जाएगा?"

"हाँ, हो जाएगा।"

"मेरी माँ ने दिए थे।" सोनसी ने कहा।

रघुवर प्रसाद ख़ुशी-ख़ुशी छोटू को साथ ले चले। "पर नाप के लिए पिता के साथ आते।" छोटू ने कहा।

"नाप के लिए पिता की चप्पल है।" रघुवर प्रसाद पिता की चप्पल पतलून की जेब के अंदर घुसाए हुए थे। चौथाई चप्पल बाहर दिख रही थी। गोल बाज़ार में चप्पल-जूते की दुकानें ऐसी थीं कि दरी के ऊपर चप्पल-जूतों की ढेरी लगी थी। दोनों ने मिलकर पिता के नाप की काले रंग की चप्पल छाँटी।

जेब में पिता की पुरानी चप्पल रघुवर प्रसाद रखे थे। नई चप्पल अख़बार से लिपटी छोटू के पास थी। वह नंगे पाँव थिरक रहा था। सड़क पर माचिस की ख़ाली डिब्बी पड़ी थी। छोटू ने चलते-चलते उसे ठोकर

मारी। आगे माचिस के पास पत्थर का टुकड़ा था। "छोटू, पत्थर के टुकड़े पर न लगे, नहीं तो चोट लग जाएगी।" परंतु छोटू ने निशाना साधकर माचिस को मारा। "भैया, पत्थर को तुम मारोगे? तुम जूता पहने हुए हो।"

"नहीं पत्थर बड़ा है। जूता ख़राब हो जाएगा।" रघुवर प्रसाद ने कहा।

चप्पल देखकर अम्मा और सोनसी बहुत ख़ुश हुईं। चप्पल को खिड़की के नीचे छोटू ने रख दिया। अम्मा ने गाँव के घर की तरह बाल्टी में पानी बाहर दरवाज़े के पास रखवा दिया था। बाल्टी छोटे परे से ढँकी थी। अब पैर धोकर सब कमरे में आने लगे थे। रात में बाल्टी को अंदर रख दिया जाता। पिता झोले को कंधे पर रख पैर धोकर आए। पिता का ध्यान चप्पल की तरफ़ नहीं जा रहा था। सोनसी से रहा नहीं गया। वह चप्पल उठाई और सामने पिता के पैर के पास रख दी।

"अरे किसकी चप्पल है?" पिता ने पूछा। फिर ग़ुस्सा हुए। "नाप के लिए मैं जाता तो ठीक था। छोटी दिख रही है।"

"नाप के लिए आपकी एक बची चप्पल लेकर गए थे।" रघुवर प्रसाद ने कहा।

"अच्छा।" कहकर पिता मुस्कुराए। उन्हें चप्पल बिल्कुल ठीक हुई। वे पहने कमरे में घूमते खड़े रहे। बाहर से थके आए थे। अम्मा ने कहा, "खटिया पर बैठकर सुस्ता लो।"

"थका नहीं हूँ।" पिता ने कहा।

"लेटना मत, चप्पल पहने बैठे रहना।" अम्मा ने कहा। रघुवर की माँ की सलाह को पिता ने मान लिया। वे चारपाई पर बैठ गए। चप्पल पहने हुए उनके पैर अच्छे लग रहे थे। इतने में रघुवर की माँ पास आकर बैठ गई। और चप्पल को देखते हुए पूछी, "अच्छी है?"

"हाँ।" तभी उन दोनों का मन खिड़की से उस पार जाने को हुआ।

"चलो।" चप्पल उतारकर पिता ने कहा। सहारा देने के लिए रघुवर प्रसाद खिड़की से दूसरी तरफ़ चले गए थे। पिता स्टूल के सहारे खिड़की की चौखट पर बाहर पैर लटकाकर बैठ गए।

रघुवर ने उन्हें नीचे उतार लिया। स्टूल पर पैर रखकर अम्मा चढ़ीं तो सोनसी ने सहारा दिया। रघुवर ने माँ को सँभालकर नीचे उतार लिया। वहाँ उतने में ही इतना अच्छा लगा कि पिता आगे चल पड़े थे। पीछे-पीछे माँ थी। "रघु! तुम नहीं चलोगे?" पिता ने पूछा।

"रघ्घू नहीं जा रहा है।" रघुवर की माँ ने कहा। पिता ने मुड़कर देखा तो रघुवर, सोनसी खिड़की पर खड़े थे। सोनसी सिर ढाँके हुई थी। वह रघुवर का दाहिना हाथ अपने दोनों हाथों से पकड़ी हुई थी। पिता गुड़े थे तब भी सोनसी और रघुवर उसी तरह खड़े रहे। रघुवर को भी ध्यान न रहा। पिता ने कहा, "पीछे देखो तो।" रघू की माँ ने मुड़कर देखा और कहा, "देख लिया।" आगे जाकर पिता ने पूछा, "छोटू कहाँ है?"

"कहीं खेलने चला गया। अभी तक नहीं आया।"

"वह भी आ जाता।"

"रघ्घू के साथ आ जाएगा।"

"तुम झोला नहीं लाए?" रघुवर की माँ ने पूछा।

"मैं भूल गया।"

"अरे! यहाँ क्या मिलेगा?"

"मकोई, बेर, काँदा कुछ तो मिलेगा। कुछ नहीं मिलेगा तो तालाब से झोला धोकर ले आएँगे।"

"इसी पगडंडी से चलो, दूर बरगद का पेड़ दिख रहा है।" रास्ते में एक बड़ा बंदर एक पेड़ से उतरकर दूसरे पेड़ पर चढ़ गया।

"धुआँ उठ रहा है उधर।" पिता ने कहा।

"बूढ़ी अम्मा रात के खाने की तैयारी कर रही होगी।"

"अभी तो सूरज भी नहीं ढला।"

"उजाले-उजाले काम करने में अच्छा रहता है।"

"हाँ।"

बूढ़ी अम्मा की झोंपड़ी दिखी। जब ये वहाँ पहुँचे तो एक बंदरिया पेट में बच्चा चिपकाए अचानक कूदते हुए बरगद के पेड़ पर चढ़ गई। अभी डूबते सूर्य का प्रकाश हो रहा था। इधर सूर्य इस तरह डूब रहा था जैसे यह पश्चिम की जगह है। पूरा पश्चिमी डूबते सूर्य से हल्का लाल प्रकाशित हो रहा था। डूबते सूर्य का प्रकाश इतना था कि सूर्य यही कहीं पास में डूब रहा था। और उसका डूबना बहुत देर से डूबना था। सूर्य का डूबना ठहरा हुआ डूबना था। आसपास और दूर-दर से पक्षी इधर के पेड़ों की तरफ़ लौट रहे थे। यह पूरी जगह अभी बसेरे की जगह में बदल रही थी।

"यहाँ जीवन इतना अच्छा लग रहा है कि लगता है बहुत जी गए और मृत्य यहाँ से बहुत समीप हो।" पिता ने कहा।

"इतना अच्छा कि बहुत जीने के बाद भी बचा हुआ है। मृत्यु यहाँ से पास हो परंतु वहाँ तक पहुँचने में बहुत देर लगेगी।"

"ठीक कहती हो, देर का जीवन बचा है। क्या हम यहाँ से मृत्यु को देख सकते हैं?"

"बचे जीवन को देख लेने के बाद फ़ुरसत मिलेगी तब। जीवित आँख से मृत्यु नहीं जीवन दिखता है।"

"हाँ।"

उनकी आवाज़ सुनकर बूढ़ी अम्मा बाहर आ गई थी। हवन के धुएँ की गंध आ रही थी। बूढ़ी अम्मा ने दोनों को देखते ही 'जीते रहो' कहा।

"छोटू नहीं आया?" बूढ़ी अम्मा ने पूछा।

"नहीं आया।"

बूढ़ी अम्मा ने दोनों के लिए चाय बनाई। रघ्घू की माँ ने सहायता की। चाय जल्दी बन गई थी। चाय पीकर दोनों पगडंडी-पगडंडी घूमते रहे। थोड़ी दूर तक उनके आगे-आगे एक बंदर पूँछ उठाए दौड़ रहा था। फिर कहीं चला गया। वे दोनों डूबते सूर्य के पश्चिमी केंद्र में थे इसलिए उजाले में थे। उसी उजाले में दोनों जा रहे थे। उसके बाहर उजाला कम हो गया था। एक तालाब में लाल कमल था। एक छोटे तालाब में सफ़ेद कमल थे। पिता छोटे तालाब के अंदर घुसे और दो कमल के फूल तोड़े।

"तुम भी तोड़ लो।"

"नहीं, मुझसे नहीं बनेगा।"

"इसे तोड़ो, यह पास है।" रघ्घू की माँ अंदर घुसी और उसने भी एक फूल तोड़ा। दोनों टीले पर चढ़ गए। पत्तों के ढेर के पास रघ्घू की माँ को रोनसी की एक पैरपट्टी मिली। दोनों लौटने लगे। रास्ते में एक बड़े पेड़ के नीचे चौड़ी पंखुड़ियों वाले सफ़ेद फूल पड़े थे। पेड़ फूलों से लदा था। पिता को फिर झोला की याद आई।

"झोला होता तो झोले में फूल भर लेते।"

"याद दिलाई तो थी।"

"याद करने के बाद फिर भूल गए।"

रघुवर की माँ के मन में आया कि वह एक फूल चोटी में खोंस लेती, पर नहीं खोंसी। पिता के मन में आया कि रघुवर की माँ की चोटी में वे फूल खोंस देते पर नहीं खोंसे। पेड़ के नीचे से जब ये आगे बढ़े तो फूलों की सुगंध इनके साथ हो गई, पर इनको पता नहीं था। पहले एक फूल की सुगंध इनके साथ हुई, फिर बहुत से फूलों की सुगंध इनके साथ हो गई।

सूर्य के डूबने का पश्चिमी केंद्र उनके साथ-साथ चला जा रहा था।

इसलिए उनके साथ संध्या का उजाला था। वे दोनों खिड़की के पास गए तो देखा कि रघ्घू किताब पढ़ रहा था। छोटू भाभी के पास बोरे पर लेटा हुआ था। वह अपनी पेटी खोलकर कुछ उठाना-धरना कर रही थी। इतने में सबने एक साथ खिड़की की तरह देखा, शायद आहट आई थी। पर दोनों चुपचाप आए थे। आहट नहीं थी, पर सबको एक साथ फूलों की सुगंध आई थी। उस सुगंध की कोई आहट हुई हो। सब एक साथ उठकर खिड़की के पास आए। अम्मा ने सिर को ढाँक लिया था। पिता ने कमरे के अंदर जाने के पहले खिड़की के बाहर से बहू को कमल के फूल पकड़ाए। सोनसी को लगा कि अम्मा ने चोटी में फूल खोंसा है। अम्मा सिर को ढाँके हुए थीं, इसलिए पता नहीं चला। कमरे के अंदर आकर पिता नई चप्पल पहनकर खड़े हो गए। अम्मा ने चुपके से सोनसी के हाथ में कुछ पकड़ाया। सोनसी ने देखा कि उसकी पैरपट्टी थी। वह टीले पर भूल आई थी। रघुवर प्रसाद ने अम्मा को पैरपट्टी देते हुए देख लिया था। बहुत फूलों की गंध के बाद एक आख़िरी फूल की सुगंध अम्मा के पास बच गई थी। उस फूल की गंध को अम्मा के पास से चले जाने की याद नहीं थी।

अम्मा, पिता और छोटू को गए हुए दो दिन हो गए। छोटू का रुकने का मन था पर पिता का मन छोटू को साथ ले जाने का था। सुबह जाते समय पिता टट्टी का ताला अपने साथ ले जाना चाहते थे। पर रघ्घू की माँ ने मना कर दिया था। जब बहू ने अम्मा के पैर छुए तब अम्मा ने अपने कान से सोने की एक छोटी फुल्ली उतारी और कहा, "बहू, इसे तू रख ले। एक कान में पहन लेना। दूसरे कान का छोटू की दुल्हन के लिए है।"

"जाने का मन न हो तो तुम रुक जाओ।" रघुवर के पिता ने कहा।

"चलो।" अम्मा ने कहा।

छोटू ने भैया-भाभी के पैर छुए। रघुवर ने पिता और अम्मा के। सोनसी ने पिता और अम्मा के दुबारा पैर छुए।

बस के जाने के बाद भी रघुवर प्रसाद वहीं आसपास घूमते हे। फिर थोड़ी देर बाद घर आए।

"सोनसी, तुमने अम्मा की फुल्ली कान में पहन ली?"

"नहीं।" सोनसी के कानों में चाँदी की गोल बाली थी। उसने एक बाली उतारी और सोने की फुल्ली पहनी।

"इसको रख दूँ?" उसने उतारी हुई चाँदी की बाली को दिखाते हुए पूछा।

"दूसरे कान में इसको भी पहन लो।"

"दो चाँदी की बाली एक साथ?"

"हाँ एक साथ। एक में दो चाँदी की बाली और दूसरे में अम्मा की सोने की फुल्ली।"

"पैरपट्टी पहन ली?"

"हाँ।" सोनसी ने रघुवर प्रसाद को अपने दोनों पैर दिखाए।

खिड़की की चौखट पर एक साँवली लड़की खड़ी थी। वह दोनों हाथों में चौखट पकड़े हुए खड़ी थी। वह तैयार होकर आई थी। चौखट पर उसके दोनों हाथों की एक-एक छोटी उँगलियों में नेलपॉलिश लगी हुई थी। सोनसी उसके पास आई।

"अंदर आओगी?"

"नहीं।" उसने शरमाकर कहा।

"अच्छा रुकना।" सोनसी ने कहा।

सोनसी ने अपनी पेटी खोली। एक पुराने टिन के डिब्बे में नेलपॉलिश, बालों की क्लिप, बिंदी, रबरबैंड और एक जोड़ी नया लाल फीता था। सोनसी नेलपॉलिश की शीशी लेकर खिड़की के पास आई। घुटने के बल वह बैठ गई। "हाथ मत हिलाना, मैं तुम्हारी सब उँगलियों में नेलपॉलिश लगा देती हूँ।" पर लड़की उचक-उचककर अपनी उँगलियों में नेलपॉलिश लगाना देखना चाहती थी। सोनसी ने उसकी उँगलियों में नेलपॉलिश लगाई।

"पैर में ?"

"अभी पैर में नहीं।"

खिड़की की तरफ़ दोनों ने आड़ के लिए बड़ी खटिया को घुमाया। खटिया पर उन्होंने तहाया हुआ बिस्तर रख दिया था। खटिया की यह आड़ उनके कमरे के अंदर दूसरा कमरा थी। रघुवर प्रसाद का महाविद्यालय जाने का मन नहीं था। हाथी न आए तो अच्छा है। छोटू दो बार हाथी पर बैठकर महाविद्यालय घूम आया था। पिछले दो दिनों से रघुवर प्रसाद महाविद्यालय से जल्दी आ रहे थे। खटिया की आड़ में रघुवर प्रसाद बैठे हुए थे। सोनसी भी वहाँ आकर लेट गई।

"लेट जाओ।" सोनसी ने कहा।

"अभी हाथी के आने का समय हो रहा है।"

"जब हाथी आएगा तब उठ जाना।"

"अच्छा।" कहकर रघुवर प्रसाद लेट गए।

"दीदी दीदी।" दो-तीन बच्चों की ज़ोर-ज़ोर से चिल्लाने की आवाज़ आई।

"क्या है ?" सोनसी ने खटिया की आड़ से झाँककर कहा।

"मेरी उँगली में भी नेलपॉलिश लगा दो।" तीनों लड़कियों ने कहा।

तीनों हाथ-मुँह धोकर आई थीं। उनकी उँगलियाँ चौखट पर जमी थीं।

"रुको अभी आती हूँ।" सोनसी नेलपॉलिश लेकर फिर बैठ गई। यह देख रघुवर प्रसाद खटिया की आड़ से बाहर आ गए। उन्होंने महाविद्यालय जाने की तैयारी शुरू कर दी। कपड़े पहन लिए।

"क्या हुआ?"

"अब महाविद्यालय जा रहा हूँ।" सोनसी जल्दी-जल्दी नेलपॉलिश लगाती रही। तीसरी लड़की का केवल एक हाथ चौखट पर था।

"तुम्हारा दूसरा हाथ दो।" तीसरी लड़की से सोनसी ने कहा।

"नहीं है!" लड़की ने कहा। सोनसी ने खड़े होकर देखा कि कोहनी के पास उसका हाथ कटा हुआ था।

"मैं तुम्हारे माथे में बिंदी लगा देती हूँ।" सोनसी ने उसके माथे पर बिंदी लगा दी।

"हाँ! ठंडा है।" उस लड़की ने ख़ुश होकर कहा।

हाथी आया। बाहर आवाज़ आ रही थी। रघुवर प्रसाद ने दरवाज़ा खोला। हाथी दूर था। "मैं जाता हूँ।" कहकर हाथ में जूता पकड़े नीम के पेड़ के नीचे जाकर खड़े हो गए। हाथी आया। रघुवर प्रसाद जूता लिए हाथी पर बैठ गए। हाथी चला गया तो सोनसी उदास हो गई। वह घर का काम करने लगी। जब तक रघुवर प्रसाद घर में रहते सोनसी का काम रुका हुआ होता। वह रघुवर प्रसाद के आने के पहले सब काम कर लेना चाहती थी।

शाम को रघुवर प्रसाद जब लौटे तो उन्होंने साधु से चाय पीकर जाने के लिए कहा। रघुवर प्रसाद अंदर आ गए। थोड़ी देर बाद साधु को देखने वे बाहर आए तो साधु नहीं दिखा। हाथी वहीं सूँड़ हिलाते-डुलाते खड़ा हुआ था। चूँकि वह हाथी छोड़कर चला गया था इसलिए उसे आसपास

ही होना चाहिए था। जल्दी आ जाएगा। हाथी बँधा हुआ नहीं था। हाथी के आसपास एक-दो बच्चे, बड़े इकट्ठे हो रहे थे। रघुवर प्रसाद ने उनको सावधान करते हुए कहा, "हाथी खुला हुआ है, दूर रहना।" आसपास खड़े हुए लोग दूर चले गए। हाथी नीम के पेड़ की डाल को सूँड़ से पकड़कर तोड़ने की कोशिश कर रहा था। रघुवर प्रसाद हाथी को ताकते हुए बैठे थे। हाथी पहले वहीं पर इधर-उधर होता रहा। फिर थोड़ा आगे-पीछे चलने लगा। रघुवर प्रसाद को भय लग रहा था। पड़ोसियों को भी डर लगने लगा था। कुछ होता तो ज़िम्मेदारी रघुवर प्रसाद की होती। रघुवर प्रसाद सोच रहे थे कि वे अब कभी हाथी पर नहीं बैठेंगे। हाथी पर नहीं जाएँगे तो हाथी यहाँ आएगा भी नहीं। कम-से-कम इस तरह का ख़तरा नहीं होगा। सोनसी दरवाज़े के पास खड़ी थी। "सोनसी, तू अंदर जा। दरवाज़ा अंदर से बंद कर लेना।" रघुवर प्रसाद ने कहा। सोनसी का अंदर जाने का मन नहीं था। वह रघुवर प्रसाद के पास खड़े रहना चाहती थी।

"सोनसी, दरवाज़ा बंद कर दो। खिड़की से हवा आ रही है।"

"मैं तुम्हारे पास रहूँगी।"

"अच्छा घर में कोई डंडा है क्या?"

"डंडा क्या करोगे?"

"घर की तरफ़ हाथी आएगा तो उसे 'हट-हट' करके भगा तो सकेंगे। शायद वह डर जाए।"

"हाथी डंडे से डर जाएगा?" सोनसी ने पूछा।

"और क्या कर सकते हैं! तुम डंडा तो ले आओ शायद डर जाए!" छोटू के खेलने का एक छोटा डंडा पड़ा था उसे लेकर वह आई, "यही है।"

"और बड़ा नहीं था?"

"नहीं, यही है।"

"ठीक है इसी से काम चलाएँगे।"

"तुम जाकर आसपास देखो साधु कहीं बैठा होगा।"

"कहीं अचानक चला तो नहीं गया!"

"यह धोखा देकर जाना हुआ।"

"अचानक धोखा देकर।" पत्नी ने कहा।

"तुम दरवाज़ा बंद कर लोगी?"

"हाँ मैं दरवाज़ा बंद कर लूँगी।"

रघुवर प्रसाद साधु को देखने गए। पत्नी दरवाज़ा बंद कर बाहर आई। वह रघुवर प्रसाद को देख रही थी। रघुवर को जाते हुए हाथी ने भी देखा। हाथी रघुवर प्रसाद के पीछे-पीछे जाने लगा। इतने दिनों में हाथी रघुवर प्रसाद को पहचानने लगा था। रघुवर प्रसाद को सावधान करने सोनसी दौड़ने लगी। हाथी धीरे-धीरे जा रहा था। हाथी के पीछे जाती हुई एक भीड़ डरकर रुक गई थी। सोनसी रघुवर के पास पहुँची। उसने कहा, "तुम्हारे पीछे-पीछे हाथी आ रहा है।" सोनसी प्रसाद को भींचकर अदृश्य कर देना चाहती थी।

"क्या हुआ?" चौंककर रघुवर प्रसाद ने सोनसी से पूछा।

"तुम्हारे पीछे हाथी आ रहा है।" सोनसी ने रघुवर प्रसाद को पकड़े हुए कहा।

"वह तो आ गया।" सोनसी के माथे की लट को हटाते हुए रघुवर प्रसाद ने कहा।

सोनसी को लिपटाते हुए वे भयरहित थे। हाथी उनके पास खड़ा था। दोनों ने देखा। अब सड़क पर कोई नहीं था। सड़क ख़ाली हो गई थी। दरवाज़े बंद थे। सिरस के पेड़ पर एक बारह-तेरह साल का लड़का बैठा

था। वह पेड़ पर बैठा हुआ बीड़ी पी रहा था। वह हाथी से डरकर पेड़ पर नहीं बैठा था। छुपकर बीड़ी पीने के लिए पेड़ पर बैठा था। वहाँ हाथी से सुरक्षित बीड़ी पीते बैठा रहना उसे अच्छा लग रहा था। उसने सिरस की एक डाल तोड़ी और हाथी की तरफ़ फेंकी। हाथी ने सूँड़ बढ़ाकर डाल को उठाया और सूँड़ को इधर-उधर डुलाते हुए छोड़ दिया। रघुवर प्रसाद जाने को थे।

"आओ चलें।" रघुवर प्रसाद ने कहा। रघुवर प्रसाद और सोनसी को लौटते देख हाथी ने ज़ोरों से सिर हिलाया। फिर उनके पीछे हो लिया। रघुवर प्रसाद सोनसी को घर के अंदर ले गए। हाथी पेड़ के पास खड़ा रह गया। अच्छा हुआ वहीं रुक गया। पीछे-पीछे घर के अंदर आ सकता था। रघुवर प्रसाद ने दरवाज़ा उड़का दिया था। थोड़ी देर वे सोनसी के साथ चारपाई की आड़ में लिपटे पड़े रहे, फिर उठे।

"कहाँ जा रहे हो?"

"हाथी को देखने, पता नहीं वहाँ है या नहीं। साधु आकर ले गया हो।"

"कोई घर के सामने हाथी छोड़ जाएगा तो हम क्या करेंगे?" सोनसी ने कहा। रघुवर प्रसाद ने दरवाज़ा खोला। हाथी वहाँ नहीं था।

"हाथी नहीं है।" उनके मुँह से निकला। सोनसी उठकर आई।

"क्या साधु ले गया?"

"हो सकता है।" रघुवर प्रसाद ने कहा।

"हाथी ख़ुद चला गया होगा। तुम भी नहीं थी दरवाज़ा बंद था। हाथी अकेला पड़ गया होगा और वह चला गया।"

"हाँ, हाथी के साथ सम्मान का व्यवहार करना चाहिए था। हाथी से कहते, तुम कहीं जाना नहीं, हम आते हैं तो शायद वह हमारा कहा समझ जाता और जाने के पहले हमारा रास्ता देखता।"

"साधु हाथी को पूछेगा तो क्या जवाब देंगे?"

"हमारी ग़लती नहीं है। वही छोड़ गया था। उसकी ज़िम्मेदारी है। मैं किसी से पूछता हूँ कि हाथी अकेला गया या कोई उसे साथ ले गया। किसी ने तो देखा होगा।"

"सड़क में सन्नाटा है। कोई नहीं दिख रहा है।"

"फिर भी देखता हूँ, कोई न कोई होगा।"

रघुवर प्रसाद को कोई नहीं दिख रहा था। सड़क के किनारे के पेड़ के ऊपर छुपकर बीड़ी पीने वाला लड़का पेड़ पर बैठा था।

"क्या तुमने हाथी को देखा है, किधर गया है?" रघुवर प्रसाद ने पेड़ पर बैठे हुए लड़के से पूछा।

"इधर गया है।" अपनी बीड़ी छुपाकर लड़के ने पेड़ के ऊपर से इशारा किया। पेड़ के खोखल में बीड़ी का बंडल और माचिस वह छुपाकर रखता था।

"अकेला हाथी था?"

"नहीं, एक साधु था।" पेड़ के ऊपर से उसने कहा।

साधु हाथी ले गया। चाय पीने नहीं आया। बताकर भी नहीं गया। लगता है साधु एकदम अचानक नहीं जाएगा। धीरे-धीरे अचानक जाएगा। पहले आधे घंटे के लिए। फिर चार घंटे के लिए। दस दिन के लिए, फिर दस-बीस साल के लिए। बीस साल के बाद जीवन कितना बचेगा! आजीवन चला जाएगा। जो आजीवन चला जाता हो, कोई खोज-ख़बर न हो, मृत्यु की ख़बर न हो तो अपने चला गया में वह हमेशा जीवित रहता है। पीढ़ी-दर-पीढ़ी के लिए विस्मृत न हो तो उसके लौट आने का अंदेशा पीढ़ी-दर-पीढ़ी बना रहता हो। जैसे ही यह मालूम होता होगा कि वह मर गया वैसे ही उसके लौटने की अनंतकाल की प्रतीक्षा समाप्त हो

जाती होगी।

सड़क पर इक्का-दुक्का आदमी अब दिखाई देने लगे थे। एक साइकिल दिखी। फिर धीरे-धीरे चलती हुई बैलगाड़ी आई। आने-जाने का जो दृश्य रुका हुआ था वह शुरू हो रहा था। यह आने-जाने के दृश्य की शुरुआत थी। दो-एक लोग ही आते-जाते दिख रहे थे। यह शुरुआत बहुत देर तक शुरुआत बनी रही। जबकि एक स्वतंत्र हुआ हाथी अंकुश से बहुत देर से क़ाबू में आ चुका था। जब स्वतंत्र था तब हाथी अपने पालतूपन में अकेला हो गया था। इस बस्ती में वह एक सीधा-सादा विशाल शाकाहारी प्राणी था। वह इतना सीधा-सादा था जितना एक हिरण जंगल में हो सकता था।

पेड़ों के हरहराने की आवाज़ में चिड़ियों के चहचहाने की आवाज़ बैठी थी।

रघुवर प्रसाद सोकर उठे तो वे भूल गए कि आज कौन-सा दिन था। सात दिनों के सप्ताह में एकाध दिन कौन-सा दिन हो जाता था। यह कौन-सा दिन कभी थोड़ा कभी पूरा बीत जाता था। बिना दिन का पता चले कि मंगलवार है या बृहस्पति, काम हो जाता था। यद्यपि यह कौन-सा दिन किसी भी दिन जैसा था, पर आज का दिन था। पर आज के पेड़ वही पेड़ थे। सबकुछ वही था और दिन मालूम नहीं था।

खिड़की से जो हवा उन्हें लगी थी वह किसी-न-किसी छोर से चली होगी। हवा के समुद्र में डूबे हुए थे तब भी हवा की एक अंदरूनी लहर का झोंका रघुवर प्रसाद को लगा। रघुवर प्रसाद हवा के स्पर्श से उठे थे। हवा ने झकझोरकर स्पर्श किया था।

महाविद्यालय जाते समय रघुवर प्रसाद खिन्न थे। हाथी के आने के समय के समीप आते जाने के कारण उनकी खिन्नता बढ़ रही थी। उनका मन हाथी से जाने का नहीं था। अगर उन्हें कोई यह ख़बर देता कि आज हाथी नहीं आएगा तो वे छुटकारा पा जाते। अपने मन से किसी एक टैंपो पर अच्छी जगह देखकर बैठ जाते।

"अभी तक हाथी नहीं आया?" रघुवर प्रसाद ने पूछा।

"अभी तो समय है। थोड़ी देर देख लो।" सोनसी ने कहा।

"मैं टैंपो से चला जाता हूँ।"

"भात बन गया है। खाकर जाना। तब तक हाथी आ जाएगा।"

"मुझे भूख नहीं है।" रघुवर प्रसाद को सचमुच भूख नहीं थी तब भी वे थोड़ा भात खा सकते थे। वे घर से निकल जाना चाहते थे।

"हाथी आ जाएगा तो क्या मैं हाथी से खाना लेकर आ जाऊँगी?" सोनसी ने जा रहे रघुवर प्रसाद से पूछा।

"भूख लगेगी तो मैं वहाँ गाँव में टोकनी वाली से चना लेकर खा लूँगा।" रघुवर प्रसाद ने कहा।

परंतु सोनसी ने सुना–'भूख तो लगेगी। भात लेकर आओगी तो मैं वहाँ खा लूँगा।'

टैंपो के लिए जब खड़े हुए तो चार ताड़ के पेड़ों को उन्होंने देखा। प्रतीक्षा के धैर्य के पेड़ की तरह ताड़ थे। अंकुरित बीज से एक पहली जड़ निकली होगी। जड़ जमी होगी। तब से अब तक का ऐसा पेड़। कल बाद तक का भी ऐसा पेड़ होगा। इन चार ताड़ के पेड़ों को देखते हुए में रघुवर प्रसाद हाथी की प्रतीक्षा नहीं कर रहे थे। पहले की तरह हाथी का आते हुए दिखने का एक स्थायी जैसा दृश्य अभी तक नहीं दिख रहा था। वह दृश्य हाथी का इंतज़ार कर रहा था कि हाथी आए तो वह आते हुए हाथी के दृश्य के रूप में दिखे।

रघुवर प्रसाद जल्दी निकल आए थे। अगर रोज़ के समय पर निकले होते जो इस बार शायद हाथी के आते हुए दृश्य में वे पत्नी को भी हाथी पर बैठा हुआ देख पाते। उनको एक ख़ाली टैंपो मिल गया था।

सोनसी ने हाथी के चिंघाड़ने की आवाज़ सुनी। दरवाज़ा खोलकर

उसने देखा, हाथी खड़ा था। सोनसी ने जल्दी से पीतल के एक कलई किए हुए डिब्बे में भात, भात के ऊपर भाजी और एक अचार डालकर डब्बा बंद किया। वह नहाई-धोई थी। पर उसने कंघी नहीं की थी। डब्बा लेकर वह बाहर आई। उसने ताला बंद किया।

हाथी के पास जाकर उसने सिर उठाकर साधु से कहा, "देर हो गई इसलिए चले गए। भात खाकर भी नहीं गए। डब्बे में है।"

"देर तो नहीं हुई। कल की अपेक्षा तो आज जल्दी आया हूँ। डब्बा दे दो तो मैं पहुँचा दूँगा।"

"मैं साथ चल रही हूँ।" सुनकर साधु ने हाथी को बैठाया। सोनसी हाथी पर चढ़ गई।

"चलूँ?" साधु ने पूछा।

"हाँ चलो।" सोनसी ने कहा। सोनसी एक हाथ से डब्बा गोद में सँभाली हुई थी। एक तरफ़ दोनों पैर डालकर वह बैठी थी। पिंडली तक साड़ी खिंचा गई था। पैरों में चाँदी की पैरपट्टी थी। टैंपो वाली जगह में साधु ने हाथी को रोका। सोनसी की पीठ दुकानों की तरफ़ थी। उसे लगा कि रघुवर प्रसाद को टैंपो नहीं मिला होगा तो वह भी हाथी पर बैठ जाए। साधु उतरा। वह देख नहीं पा रही थी कि साधु क्या कर रहा है। शायद चाय पीने लगा हो। एक ट्रक आ रही थी। सोनसी ने डब्बे को और अच्छे से सँभाला। वह ताड़ के पेड़ों को देख रही थी। हाथी सिर डुलाता हुआ खड़ा था। एक-दो क़दम वह आगे-पीछे भी हो जाता था। एक टैंपो पास आकर रुका तो उसकी सोच में आया कि क्या वह डब्बा सँभाले हुए कूद सकेगी! अगर कूद जाए तो टैंपो में चली जाएगी। यदि वह हाथी को चलने के लिए कहे तो क्या हाथी उसका कहना मानेगा! साधु आ गया था। रघुवर गए होते तो वह रास्ते में एक बार ज़रूर पूछती–'भूख लगी है, भात दूँ?'

'यहाँ हाथी पर खाते बनेगा?'

'हाँ, क्या हुआ?'

'खाते-खाते गिर नहीं जाएँगे?'

'मैं खिला दूँ?'

'खिलाते-खिलाते तुम गिर जाओगी।' रघुवर प्रसाद कहेंगे।

बस में बैठे-बैठे भात खाया जा सकता था। हाथी पर पूड़ी चोंगा ठीक रहता। रघुवर प्रसाद के लिए खाना लेकर जाते हुए सोनसी ख़ुश थी। वह अपने घर से महाविद्यालय तक की आठ किलोमीटर की यात्रा नहीं कर रही थी। एक एकांत की यात्रा कर रही थी। जिसके अंत में रघुवर प्रसाद थे जिसकी दूरी आठ किलोमीटर थी। वह अकेलेपन की यात्रा कर रही थी। रघुवर प्रसाद के मिलते ही यह यात्रा समाप्त होती। इस मन-ही-मन की यात्रा के संयोग में सचमुच का हाथी मिल गया था।

महाविद्यालय के सामने बल्ली गड़ाने की जगह के पास हाथी रुका। वह वहीं रुकता था। दो-तीन दिन पहले की हाथी की लीद वहाँ पड़ी थी। सोनसी डब्बा पकड़े सँभलकर उतर गई।

"मैं खाना खिलाकर टैंपो से घर लौट जाऊँगी। रुकना मत।" उसने साधु से कहा। जाते-जाते साधु ने सोनसी से 'प्रणाम' कहा।

कक्षा से, पढ़ाते हुए रघुवर प्रसाद ने सोनसी को देख लिया था। तब विभागाध्यक्ष भी कमरे से निकले थे। हाथी से उतरते हुए सोनसी को उन्होंने पहचान लिया था। सोनसी के लिए वे रुक गए थे। सोनसी विभागाध्यक्ष की ओर बढ़ी। पास आकर उसने विभागाध्यक्ष को प्रणाम किया।

पेड़ के नीचे टोकनी लिए चना-मुर्रा वाली औरत बैठी थी। एक बुढ़िया बेरकूट लेकर बैठी थी। महाविद्यालय के लड़के चना-मुर्रा ज़्यादा खाते थे। प्राथमिक शाला के बच्चे बेरकूट लेते थे। सोनसी ने सोचा–वह खाना नहीं लाती तो रघुवर चार आने का चना-मुर्रा लेते और हैंडपंप से पानी पीते।

"क्या बात है?" विभागाध्यक्ष ने पूछा।

"खाना खाकर नहीं आए थे सर।"

"क्यों? झगड़ा हो गया था?"

"खाना बना नहीं था। देर हो गई थी।" झगड़ा क्यों होगा के आश्चर्य से सोनसी ने विभागाध्यक्ष से कहा था।

"डब्बा दे दो।" विभागाध्यक्ष ने कहा।

"मैं रुकूँगी।" कहते हुए वह एक पेड़ के नीचे बैठने के लिए बढ़ी।

"कमरे में बैठ जाओ।" विभागाध्यक्ष ने कहा। परंतु सोनसी ने नहीं सुना। पास ही एक बरगद का पेड़ था। इस पेड़ की जड़ें ज़मीन पर उभरी थीं। मोटी उभरी जड़ पर वह बैठ गई। बैठे-बैठे वह पूरे महाविद्यालय को देख रही थी। रघुवर प्रसाद कहीं से भी निकलते तो कोई और देख पाता इसके पहले वह देख लेती। इतने में प्राथमिक शाला के बच्चों की पानी-पेशाब की छुट्टी हुई। झुंड-के-झुंड बच्चे होंठ पर उँगली रखे निकले। कुछ बच्चे भागते हुए बेरकूट वाली बुढ़िया और चना-मुर्रा वाली की तरफ़ दौड़े। सोनसी का ध्यान बच्चों के कारण बँट गया था। इस बँटे हुए ध्यान के बीच रघुवर प्रसाद सोनसी के सामने आ गए। जब सोनसी को ध्यान आया था तब सोनसी के पास बैठ गए थे।

"कब आ गए?" सोनसी ने पहले पूछा।

"खाना लाई हो?"

"चलो खा लो।"

"यहाँ नहीं। अभी तो समय है।"

"हाथ-मुँह धो लो, चॉक लगी है।" दोनों हैंडपंप तक गए। एक छोटा लड़का पानी पी रहा था और एक छोटी लड़की उचक-उचककर हैंडपंप चला रही थी। रघुवर प्रसाद को देख बच्चा हट गया।

"पानी पी लिए?" रघुवर प्रसाद ने पूछा। सुनकर वह भागता हुआ झुंड में मिल गया। छोटी लड़की का हैंडपंप चलाना रुका नहीं था कि वे लोग भी पी लें।

"मैं चलाती हूँ तुम पानी पी लो।" सोनसी ने लड़की से कहा। सुनकर लड़की भागती हुई चली गई। भागते-भागते उसने होंठ पर उँगली रख ली थी। सोनसी ने हैंडपंप चलाया। रघुवर प्रसाद ने अच्छे से हाथ-मुँह धोया, फिर पानी पिया। प्राचार्य और कार्यालय के लोग बरामदे में खड़े थे। सोनसी ने पोछने के लिए अपना आँचल बढ़ाया था। पर रघुवर प्रसाद ने नहीं पोछा।

दोनों महाविद्यालय से कुछ दूर एक डबरे के पास की चट्टान पर बैठ गए थे। वहाँ भी पेड़ की छाया थी। डबरे में छोटे-छोटे चार-पाँच पुरइन के पत्ते थे। डबरे के किनारे एक जगह घुइयाँ उगी थी। हरे-हरे गोल पत्ते थे। सोनसी ने डब्बा खोला।

"लाल भाजी है?"

"हाँ, भात के साथ अच्छी लगेगी।"

खाना खाकर रघुवर प्रसाद ने डबरे के पानी से हाथ धोया। सोनसी ने चट्टान के ऊपर गिरे जूठन को उठा लिया था। थोड़ी मिट्टी लगाकर जल्दी से उसने डब्बा माँजा। हाथ में पानी लेकर चट्टान की जूठन की जगह पर उसने छिड़का और उसे लीप दिया। रघुवर प्रसाद ने पत्नी के आँचल से हाथ-मुँह पोछा।

"तुम्हारी साड़ी से घी की गंध आ रही है।"

"घी की गंध! पता नहीं कैसे आ रही है!" सोनसी ने कहा।

"तुम दूसरी साड़ी पहनकर आतीं।"

"साफ़ धुली तो है।" गृहस्थी के इतने दिन नहीं हुए थे कि रोज़ की

पहनी साड़ी भी पुरानी हो जाती।

हैंडपंप तक दोनों आए। सोनसी ने हैंडपंप चलाया। रघुवर प्रसाद ने पानी पिया।

"मैं भी पियूँगी।" सोनसी ने कहा।

रघुवर प्रसाद ने हैंडपंप चलाया। सोनसी ने मुँह धोया और पैर धोए।

"आज तुमने कंघी नहीं की?" रघुवर प्रसाद ने सोनसी के बिखरे बालों को देखकर पूछा।

"बँधी चोटी में सिर पर कंघी फिरा दो तो काम चल जाता है। जल्दी में कंघी फिराने की याद नहीं रही।"

कक्षा की तरफ़ जाते हुए आठ-दस छोटे-छोटे बच्चों का झुंड होंठ पर उँगली रखे पास से निकला।

"घुइयाँ के पत्ते तोड़ना भूल गई। जाते-जाते तोड़ लूँगी।"

"तोड़ लेना।" रघुवर प्रसाद ने कहा।

"मैं जाऊँ?"

"तुमको सड़क तक छोड़ दूँ?"

"नहीं तुम जाओ।"

"जल्दी आना।" ज़ोर से सोनसी ने कहा।

जाते हुए रघुवर प्रसाद पलट गए थे।

"हाँ, जल्दी आऊँगा।" रघुवर प्रसाद ने धीरे-से कहा।

"जल्दी आना" बोलते ही सोनसी को लगा था कि उसने ज़ोर से बोलने की ग़लती की। उसने अपने मुस्कुराहट वाले होंठ पर उँगली रख ली थी।

घुइयाँ की पत्ती तोड़ने के लिए वह डबरे तक गई। बड़ी-बड़ी आठ-

दस पत्ती उसने तोड़ी। वह सड़क पर आ गई। कुछ देर खड़े रहकर उसने टैंपो का रास्ता देखा। फिर पैदल घर की तरफ़ जाने लगी।

विभागाध्यक्ष ने रघुवर प्रसाद से कहा, "आपकी पत्नी चली गई?"

"जी सर!"

"क्या खाए?"

"भात और लाल भाजी।"

"क्या वह हाथी से लौट गई?"

"नहीं सर! हाथी शाम को लौटेगा, वह टैंपो से चली जाएगी। अब तक तो टैंपो मिल गया होगा।"

"न मिला हो, तुम अभी जाओगे तो रास्ते पर खड़ी वह मिल जाएगी।"

"नहीं सर, टैंपो देखते हुए घर की तरफ़ चली गई होगी।"

"साइकिल से जाओगे तो मिल जाएगी।"

"टैंपो मिल गया होगा तो वह घर पहुँच रही होगी।"

"टैंपो नहीं मिला होगा।" विभागाध्यक्ष ने कहा।

"अभी तृतीय वर्ष की क्लास बाक़ी है।"

"मैं पढ़ा दूँगा। तुम अपनी पत्नी को घर छोड़ दो, रघुवर प्रसाद।" विभागाध्यक्ष ने ज़ोर देकर कहा।

"जी सर!"

प्राचार्य नहीं थे, चले गए थे। फिर भी रघुवर प्रसाद उस तरफ़ से बच रहे थे।

"यह किसकी साइकिल है सर?"

"किसी की भी हो रघुवर प्रसाद, तुम ले जाओ। कल जल्दी ले आना। जिसकी साइकिल होगी बता दूँगा।"

"कल समय पर हाथी आ गया तब सर!"

"हाथी पर साइकिल लादकर मत बैठना रघुवर प्रसाद। हाथी आने के पहले समय पर साइकिल से आ जाना।"

"जी सर!"

रघुवर प्रसाद साइकिल से भागे। सोनसी को टैंपो नहीं मिला होगा तो वे साइकिल पर बैठा लेंगे। घर पहुँच गई होगी तो वे भी घर पहुँचे जाएँगे।

सोनसी आगे निकल गई थी। रघुवर प्रसाद तेज़ साइकिल चला रहे थे। उन्हें लगा कि कुछ दूर आगे सोनसी जा रही थी। तेज़ हवा चल रही थी। साड़ी के फड़फड़ाने से आकृति में पहचान नहीं बन रही थी। इतने में आगे के आधे आकाश में काला बादल छा गया। रघुवर प्रसाद खिली धूप में साइकिल चला रहे थे। उन्हें पहले बादल की छाया तक पहुँचना था। वे कुछ पास पहुँचे होंगे। शायद सोनसी थी। बादलों के बीच थोड़ी-सी चमकदार धूप निकली रहती है, उसी तरह बदली में सड़क पर जाती हुई सोनसी के इर्द-गिर्द भर चमकदार धूप का उजाला दिख रहा था।

"सोनसी, रुको।" रघुवर प्रसाद ने ज़ोर से आवाज़ दी।

सोनसी पलटी, वह धूप में जगमग खड़ी थी। धूप भी ठहर गई थी। हाँफते से रघुवर प्रसाद साइकिल से उतरे। और साथ-साथ चलने लगे। "बहुत तेज़ चलती हो।" रघुवर प्रसाद ने कहा।

"नहीं तो! तुम क्यों आ गए?"

"विभागाध्यक्ष ने छुट्टी दे दी।"

"क्यों?"

"तुमको छोड़ने के लिए। साइकिल भी दी ताकि मैं तुमको पा सकूँ। चलो साइकिल पर बैठ जाओ।" कैरियर की तरफ़ इशारा करते हुए रघुवर प्रसाद ने कहा।

"मैं पीछे कैरियर में नहीं बैठ सकती।" घुइयाँ की पत्तियाँ बाएँ हाथ में पकड़ी वह साइकिल के सामने बैठ गई। रघुवर प्रसाद आराम से साइकिल चला रहे थे। घर अभी दूर था। आजू-बाज़ू खेत थे, जिनमें धान लगे थे। सोनसी के बालों के कारण रघुवर प्रसाद की नाक में ज़ोर की सुरसुरी हुई और छींक आ गई। छींक आने से साइकिल डगमगा गई थी।

"क्या हुआ?" सोनसी ने पूछा।

"तुम्हारे बालों से नाक में सुरसुरी हुई और छींक आ गई।"

सोनसी ने दाहिने हाथ से सिर पर पल्लू रख लिया कि बाल ढँक जाएँ।

"अब ठीक है?"

"छींक आने से अच्छा लगा था। एक बार और आ जाती तो ठीक था।"

एक हाथ से रघुवर प्रसाद ने सोनसी के पल्लू को नीचे किया। सोनसी के बालों से रघुवर प्रसाद की नाक में फिर सुरसुरी होने लगी। अबकी बार वे बहुत ज़ोर से छींके। साइकिल ज़ोर से डगमगाई। वे लंबे थे इसलिए पैर से साइकिल सँभल गई।

"अभी गिर जाते।" सिर को ढाँकते हुए सोनसी ने कहा।

"कैसे गिर जाते!" रघुवर प्रसाद ने कहा।

महाविद्यालय के छूटने के समय साधु रघुवर प्रसाद को लेने गया था। महाविद्यालय की छुट्टी हुई पर रघुवर प्रसाद नहीं दिखे। रघुवर प्रसाद महाविद्यालय तो आए थे। क्या जल्दी लौट गए! विभागाध्यक्ष हाथी की तरफ़ आ रहे थे। हाथी के इर्द-गिर्द कुछ विद्यार्थी रोज़ की तरह इकट्ठा हो गए थे। विभागाध्यक्ष विद्यार्थियों को हाथी से दूर रहने के लिए कह रहे थे। प्राथमिक शाला की छुट्टी पहले हो जाती थी। नहीं तो भीड़ बढ़ जाती।

"रघुवर प्रसाद तो चले गए।" विभागध्यक्ष ने साधु से कहा।

"टैंपो से गए?"

"नहीं, साइकिल से गए।"

"मैं तो समय पर आया था।" उदास होकर साधु ने कहा।

"कल भी साइकिल से आएँगे।" विभागाध्यक्ष ने कहा।

"क्या उन्होंने साइकिल ख़रीद ली?"

"ख़रीदी नहीं। माँगकर ले गए हैं। कल लौटा देंगे।"

"अच्छा प्रणाम!" साधु ने विभागाध्यक्ष से कहा। वह लौट गया।

हाथी चला गया था। तब भी विद्यार्थी वहीं खड़े थे। वे सब विभागाध्यक्ष की तरफ़ देख रहे थे। विभागाध्यक्ष उनसे कुछ बोलेंगे, ऐसा विद्यार्थियों को लग रहा था। विभागाध्यक्ष ने विद्यार्थियों को अपनी तरफ़ उन्मुख खड़े देखा। तो उनका मन हो रहा था कि वे कहें—विद्यार्थियो, रघुवर प्रसाद का अजीब चक्कर है। उनको नियम से एक हाथी लेने आता-जाता है। उनके कमरे की खिड़की से एक रास्ता जाता है। वहाँ एक सुंदर नदी बहती है। जो लोग वहाँ जाना चाहें, ज़रूर जाएँ।

"तुम लोग घर जाओ।" परंतु विभागाध्यक्ष ने कहा।

आधी बदली और आधी धूप का मौसम था। सिर्फ़ आधी बदली और आधी धूप रही आती तब भी ठीक होता। परंतु केवल बदली हो जाती थी, फिर केवल धूप। थोड़ी-थोड़ी देर में यही हो रहा था। यहाँ एक हाथी आया और चला गया था। हाथी न तो धूल उड़ाता हुआ आता था, न धूल उड़ाता हुआ जाता था। प्राथमिक शाला के विद्यार्थियों को रघुवर प्रसाद का हाथी पर बैठकर आना अच्छा लगता था। शाला के बच्चे यदि हाथी का चित्र बनाते तो वे केवल हाथी का चित्र नहीं बनाते। उसके ऊपर साधु भी बना

देते। और रघुवर प्रसाद उसमें बैठे होते। अब तो सोनसी भी उसमें बैठी होती। प्राथमिक शाला और महाविद्यालय के विद्यार्थी अच्छे चित्रकार होते और किसी आदमी का चित्र बनाते जो रघुवर प्रसाद जैसा दिखता। लड़की का चित्र बनाते जो सोनसी दिखती। सारे बच्चों ने देखा था कि हाथी और साधु रघुवर प्रसाद के साइकिल से चले जाने से उदास हो गए थे। तभी बच्चे होंठ पर उँगली रखे उनकी उदासी को चुपचाप देख रहे थे।

घर पहुँचते-पहुँचते रघुवर प्रसाद ने सोनसी से कहा, "महाविद्यालय आने-जाने के लिए साइकिल ठीक रहेगी। पिता की साइकिल ले आएँगे और सुधरवा लेंगे।"

"क्या हाथी से कहीं और घूमेंगे?"

"कहीं और पैदल घूम लेंगे।" रघुवर प्रसाद ने कहा।

महाविद्यालय आठ किलोमीटर दूर था, जहाँ जाने के लिए हाथी या टैंपो की ज़रूरत थी। घूमने के लिए सोनसी और रघुवर प्रसाद का 'कहीं और' दूर नहीं था। आसपास था। 'कहीं और' पैदल आ जा सकते थे।

साइकिल रघुवर प्रसाद ने कमरे के अंदर रखी। साइकिल में ताला था। चारपाई किनारे हटाकर साइकिल के लिए जगह बनाई गई थी।

रघुवर प्रसाद सोच रहे थे कि क्या साइकिल खिड़की के उस पार जा सकती है। उन्होंने साइकिल उठाई और खिड़की से साइकिल निकालने की कोशिश की।

"क्या कर रहे हो?" सोनसी ने पूछा।

"में देख रहा हूँ कि साइकिल खिड़की से निकल सकती है या नहीं।" सोनसी ने भी हैंडिल पकड़कर खिड़की से सामने का चक्का निकालने की कोशिश की। चक्का अटकता था। खिड़की थोड़ी और बड़ी होती तो साइकिल निकल जाती।

"खिड़की बड़ी होनी थी।" रघुवर प्रसाद ने कहा।

कहीं और के अलावा खिड़की 'और कहीं और' थी।

"शाम को घुइयाँ की पत्ती की साग बना लूँगी।" सोनसी ने घुइयाँ की पत्तियों को टोकनी में रखते हुए कहा।

सोनसी खिड़की से तालाब नहाने के लिए गई। बड़ी अम्मा तल की नदी में सोने के कणों के लिए रेत छानती हुई खड़ी थी। जब झाड़ने-बुहारने जैसा कोई काम नहीं होता तब यह तल की नदी में कठुआ की थाली लेकर खड़ी हो जाती थी। कठुआ की थाली में रेत भरकर वह नदी के बहते जल में रेत को धोती और छानती थी। झुके-झुके जब कमर दुखने लगती तो नदी में बैठ जाती। वह सोने के कण बीनती तब नदी के किनारे बंदर इधर-उधर, चट्टानों में बैठे रहते। कभी एक-दो बंदर बूढ़ी अम्मा के पास आकर पानी में रेत खँगालने लगते। बूढ़ी अम्मा पानी उछालकर या नदी से पत्थर उठाकर बंदर को भगा देती थी। बूढ़ी अम्मा को पत्थर उठाते देख बंदर तुरंत भाग जाते थे। बहुत रेत खँगालने के बाद सोने का एक कण मिल जाता था। कभी-कभी गेहूँ इतना सोने का टुकड़ा मिल जाता। जब बूढ़ी अम्मा को सोने का कण मिलता था तो आसपास पेड़ पर बैठे तोते टें-टें करने लगते थे। सोने के कण पाकर बूढ़ी अम्मा घर लौटती तब भी तोते टें-टें बोलते और साथ-साथ ऊपर उड़ते। बूढ़ी अम्मा की घर की छप्पर पर कुछ देर बैठे रहते। बंदर भी ख़ुशी से उछलते-कूदते लौटते थे।

"बूढ़ी अम्मा, पानी में अधिक देर खड़ी मत रहो।" सोनसी ने जाते-जाते कहा।

"नहाकर घर आना।" बूढ़ी अम्मा ने कहा जैसे थक गई हो।

"हाँ।" सोनसी ने कहा।

सोनसी के पास धोने के लिए अधिक कपड़े नहीं थे। पहनी हुई साड़ी थी और रघुवर प्रसाद की चड्ढी थी। कपड़े जल्दी धोकर वह नहाई। तभी उसने नदी की तरफ़ से उड़ते तोतों की टें-टें सुनी। बूढ़ी अम्मा अब लौट रही है—सोनसी ने सोचा। नहाकर वह बूढ़ी अम्मा के पास गई। बूढ़ी अम्मा चाय बना रही थी। सोनसी धुले कपड़े चट्टान पर रखकर ही बूढ़ी अम्मा का हाथ बँटाने लगी। चाय पीते-पीते सोनसी ने देखा कि एक काला बिच्छू डंक उठाए काली हंडियों के पीछे छुप गया।

"बिच्छू!" सोनसी ने कहा।

"कहाँ?" बूढ़ी अम्मा ने पूछा।

"हंडियों के पीछे चला गया।"

"रहने दे, चला जाएगा। पहले चाय पी ले।" बूढ़ी अम्मा ने कहा।

चिमटा लेकर सोनसी हंडियों को सरकाकर देखने लगी। बिच्छू कोने से सटा था। चिमटा से, वह डर के मारे पकड़ नहीं पा रही थी। तभी बूढ़ी अम्मा ने खर्राटा झाड़ू से बिच्छू को बाहर बुहार दिया।

"बिच्छू चला गया, अब चाय पी ले।" बूढ़ी अम्मा ने कहा।

सोनसी जब तक पत्थर पर पैर ऊपर उठाए बैठी चाय पी रही थी बूढ़ी अम्मा सोनसी को निहारती रही। चाय पीकर सोनसी बोली, "जाती हूँ।"

"अभी रुकना।" बूढ़ी अम्मा ने कहा।

बूढ़ी अम्मा ने काली चिक्कट कठुआ की पेटी में से कपड़े से बँधी एक पोटली निकाली। वह सोनसी के सामने नीचे बैठ गई। उसने पोटली खोली। एक जोड़ी सोने के कड़े थे। बूढ़ी अम्मा ने सोनसी को कड़े पहनाए। कड़े पहनकर चोरी-चोरी कड़े को देखते हुए सोनसी ने पूछा, "अब जाऊँ?"

"जाओ।" सुनते ही गीले कपड़े उठाते हुए सोनसी उछलते-कूदते

भाग गई। चूड़ियों के साथ कड़े खड़-खड़ बज रहे थे। एक जगह रास्ते में रुककर सोनसी ने अच्छे से कड़ों को निहारा। वहीं झाड़ियों पर उसने गीले कपड़े फैला दिए। भागती हुई आ गई।

रघुवर प्रसाद बहुत देर से उठे बैठे थे और किताब पढ़ रहे थे। सोनसी ने कड़े छिपा लिए थे। उसने सोचा, सब काम कर ले तब रघुवर प्रसाद को बताए। कड़े कपड़े में बाँधकर उसने कैलेंडर के खीले में टाँग दिया। जल्दी-जल्दी उसने खाना बनाया। खा-पीकर तैयार रघुवर प्रसाद, हाथी आने के पहले महाविद्यालय चले गए। साइकिल चलाते हुए उन्हें अच्छा लग रहा था। थकावट नहीं लग रही थी। उन्होंने सोचा कि पिता की साइकिल वे ले आएँगे। आगे रास्ते में हाथी मिलेगा, ऐसी संभावना नहीं थी। पीछे से हाथी उन तक नहीं आ सकता था।

वे महाविद्यालय पहले पहुँच गए थे। महाविद्यालय के दरवाज़े खोले जा रहे थे। साफ़-सफ़ाई चल रही थी। प्राथमिक शाला में पढ़ाई हो रही थी। वे अपने कमरे में चले गए और पढ़ाई करने लगे।

सोनसी अभी चौके का धरना-उठाना कर रही थी। खाना वह बहुत देर से खाती थी। नहा-धोकर सुबह थोड़ा बाक़ी बचा खा लेती। बासी नहीं बचा होता तो भूखी रहती। दोपहर को घर का सब काम करने के बाद खाती। अभी वह काम कर रही थी कि उसे हाथी की आवाज़ आई। दरवाज़ा खोलकर वह आई। साधु रघुवर प्रसाद को लेने आया था।

"वे तो चले गए।" हाथी के पास जाकर उसने कहा।

"खाना खाकर नहीं गए?" साधु ने पूछा।

खाना खाकर गए। डब्बा नहीं पहुँचाना है। कल साइकिल से आए थे आज साइकिल पहुँचाने गए हैं। चाय पियोगे?" उसने साधु से पूछा।

"नहीं।" साधु ने कहा।

वह लौटकर आ गई। दरवाज़ा बंद करते-करते उसने देखा, साधु शायद जाने को था। काम ख़त्म करने के बाद वह खाने बैठी।

कुछ दिन पहले खाते समय एक भूरे रंग की गाय खिड़की के तरफ़ आ गई थी। उसने गाय को दो रोटी दी तो गाय परचा गई। गाय रोज़ आने लगी। ठीक समय पर खिड़की पर आ जाती थी। गाय के लिए दो रोटी थी। उसके लिए भात था। रात की बची घुइयाँ की भाजी और थोड़े आलू थे। घुइयाँ की भाजी रघुवर प्रसाद नहीं खाए थे। भाजी गले में किनकिनाती थी। रघुवर प्रसाद के लिए उसने सुबह आलू बना ली थी। खाना खाने के पहले उसे लगा कि हाथी चिंघाड़ा है। दरवाज़ा खोलकर उसने देखा, अकेला हाथी खड़ा था। साधु नहीं था। आसपास होगा। वह बाहर आ गई। साधु नहीं दिख रहा था। वह हाथी के पास गई। थोड़ी देर वहाँ खड़ी रही। उसने सोचा कि वह उस पेड़ तक जाए जिसपर छुपकर बीड़ी पीने वाला लड़का बैठा होगा। उससे पूछे कि साधु कहाँ गया। साधु को बुला लाने के लिए उससे कहे। रघुवर प्रसाद को बुलाने में बहुत समय लगेगा। लौटकर वह चुपचाप खुले दरवाज़े से टिककर बैठ गई। खाना खाने का अभी मन नहीं हो रहा था। कभी उसको भ्रम होता कि हाथी चल रहा है, सड़क की तरफ़ जा रहा है। कभी भ्रम होता कमरे की तरफ़ आ रहा है। पर ऐसा नहीं था।

खिड़की की तरफ़ गाय आ गई थी। वह रोटी लेने गई। दो रोटी देते-देते उसे लगा कि एक रोटी हाथी को भी देनी चाहिए। सोनसी के हाथ से एक रोटी खाकर गाय कुछ देर खड़ी रही, फिर चली गई। दूसरी रोटी लेकर वह हाथी के पास गई। कुछ और पास गई। रोटी फेंककर देना ठीक नहीं था। रोटी हथेलियों में रखकर उसने दोनों हाथ फैला दिए। हाथी सूँड़ फैलाकर रोटी लेता, पर सोनसी दूर थी। दो क़दम सूँड़ फैलाए हाथी बढ़ा तब सोनसी ने आँख मूँद लिए थे। रोटी मुँह में डालकर हाथी पीछे हट गया। सोनसी ने हाथी को पीछे हटते आँख खोलकर देखा। हाथी के सूँड़ का स्पर्श उसकी हथेलियों को हुआ या नहीं, इसका पता उसे नहीं चला।

वह थोड़ी देर वहाँ खड़ी रही। दोनों पड़ोस के लोग कल से नहीं दिख रहे थे। आज दोनों दरवाज़ों में ताले थे। सोनसी को साधु आगे एक गली से निकलकर आता हुआ दिखाई दिया। वह साधु के आते तक रुक गई। "हाथी छोड़ गए थे?" सोनसी ने पूछा।

"हाँ, गली में एक परिचित के पास जाना था। गली में हाथी नहीं जा सकता था इसलिए छोड़ गया। हाथी कुछ नहीं करता। मैं जाता हूँ।" हाथी पर बैठकर उसने 'प्रणाम' कहा। वह चला गया। अब वह फ़ुरसत से खा सकेगी।

शाम का समय था। अँधेरा हो गया था। सड़क की बिजली जल गई थी। घर के सामने के बिजली के खंबे के नीचे बोरा बिछाकर रघुवर प्रसाद बैठे थे। मोहल्ले के दो लड़के और थे। रघुवर प्रसाद उन्हें गणित पढ़ा रहे थे।

सोनसी घर का काम निपटाकर खाना ढाँककर बैठी थी। कैलेंडर के खीले में टँगे पोटली को वह जब तब देख लेती थी। दो बार उसने टटोलकर देखा था। उड़काए दरवाज़े के पल्ले को खोलकर रघुवर प्रसाद को भी देखती थी। कड़ा दिखाने का उसे मौक़ा नहीं मिला था। रघुवर प्रसाद उसी साइकिल से आए थे। साइकिल किसकी थी, यह पता नहीं चला था। विभागाध्यक्ष ने रघुवर प्रसाद से कहा था, "एक दिन और अपने पास रख लो। फिर कार्यालय में जमा करा देंगे।" लावारिस साइकिल की ख़बर महाविद्यालय और प्राथमिक शाला दोनों को थी। साइकिल शिक्षक या विद्यार्थी किसी को नहीं थी। रघुवर प्रसाद जल्दी आ गए थे। साधु हाथी लेकर रघुवर प्रसाद को लेने महाविद्यालय गया था। रघुवर प्रसाद के न मिलने से साधु निराश हुआ था। शाम को वह नहीं आया। सोनसी ने रघुवर प्रसाद को घर के सामने हाथी छोड़कर चले जाने की बात बताई थी।

परीक्षा का समय नज़दीक आ रहा था। शाम होते ही विद्यार्थी रघुवर प्रसाद के पास आने लगे थे। सोनसी समझ रही थी कि रघुवर प्रसाद साइकिल चलाकर और पढ़ाई से थक गए होंगे। उसे तंग नहीं करना चाहिए। उसने दरवाज़े से देखा, पहले तीन लड़के थे अब पाँच लड़के हो गए थे। पर उससे रहा नहीं गया। उसने मुँह-हाथ धोया। कड़े पहने। काजल की डिब्बी से काजल लगाया। दरवाज़ा खोलकर देखा तो अब दो लड़के दिखाई दिए। दोनों लड़के भी थोड़ी देर में चले जाएँगे। दरवाज़ा उड़काकर उसने पेटी से एक पीली साड़ी निकाली। इस साड़ी में चाँदी के प्लास्टिक जरी थे। खटिया की आड़ में उसने साड़ी पहनी। तैयार होकर उसने सोचा कि एक गिलास पानी रघुवर प्रसाद के लिए ले जाए। प्यास लगी होगी तो पी लेंगे।

सोनसी बाहर सड़क पर आई। तो रघुवर प्रसाद आगे के खंबे की तरफ़ जा रहे थे। वहाँ भी चार लड़के बत्ती के नीचे पढ़ रहे थे। पेड़ पर छुपकर बीड़ी पीने वाले लड़के ने सोनसी को रघुवर प्रसाद के पीछे आते देखा होगा। उसने रघुवर प्रसाद को बताया। रघुवर प्रसाद ने पीछे मुड़कर देखा। रघुवर प्रसाद को खड़ा देख सोनसी सजी-धजी पानी का गिलास लिए बढ़ी। सड़क पर कोई नहीं दिख रहा था। इधर-उधर के दो तीन खंबों के नीचे विद्यार्थी पढ़ते हुए दिख रहे थे। बीच सड़क पर सोनसी ने रघुवर प्रसाद को गिलास दिया। रघुवर प्रसाद ने पूरा पानी पिया। तब भी गिलास की तली में कुछ बूँद पानी बचा था। उस पानी को सोनसी ने ऊपर से मुँह में डाल लिया। रघुवर प्रसाद के बचे पानी को सोनसी इसी तरह पी लिया करती थी। रात के सन्नाटे में सारा बाहर इनके घर की तरह लग रहा था। जब सोनसी ने पानी पिया तो रघुवर प्रसाद ने कड़े को देखा और सोनसी को देखा।

“कड़ा किसने दिया?”

"बूढ़ी अम्मा ने।" ख़ुश होकर उसने कहा।

"क्या तुम नहाई हो?"

"नहीं, बस मुँह-हाथ धोया है। घर कब आओगे?" सोनसी ने धीरे-से पूछा।

"तुम चलो, मैं आता हूँ।"

"देर तो नहीं करोगे?"

"नहीं।"

"भूख नहीं लगी?"

"नहीं।"

"मुझको भूख लगी है।"

"तुम खा लेना।"

सोनसी लौट गई। सोनसी के जाने के बाद रघुवर प्रसाद का मन लौटने का हो रहा था। बिजली के खंबे के नीचे पढ़ रहे लड़कों से उन्होंने कहा, "अब कल पढ़ेंगे।"

तेज़ी से लौटते हुए घर के सामने के बिजली के खंबे के नीचे पढ़ रहे लड़कों से कहा, "आज की छुट्टी है।"

दरवाज़ा उड़काया हुआ था। कमरे की बत्ती जल रही थी। साइकिल से वे टकराते-टकराते बचे। सोनसी घर पर नहीं थी। दरवाज़ा उन्होंने बंद किया और खिड़की से कूद गए।

चंद्रमा निकला नहीं था। बीच की पगडंडी में खिड़की से कमरे का उजाला पड़ रहा था। सोनसी इसी पगडंडी से गई होगी। उस पगडंडी पर वे तेज़ी से चल पड़े। आगे बूढ़ी अम्मा की छोटी ढिबरी का उजाला उस गहरे अँधेरे में दूर तक गया था। ढिबरी का उजाला फीका होते-होते जहाँ ख़त्म हुआ-सा था वहाँ तक रघुवर प्रसाद गए। इसके बाद एकदम अँधेरा

था। सोनसी कहाँ गई? रघुवर प्रसाद अँधेरे में बढ़ नहीं पा रहे थे। 'कहाँ गई होगी'–उन्होंने सोचा। आगे कुछ दूर हवा चलने से पेड़ों के हरहराने की आवाज़ आ रही थी। इस तरफ़ के पेड़ शांत थे। इधर हवा नहीं चल रही थी। उधर हरहराने की तेज़ आवाज़ फिर आई। रघुवर प्रसाद उधर ही बढ़ गए। एक जगह घने पेड़ की जगह थी। पेड़ वहाँ हवा से डोलते थे। रघुवर प्रसाद वहीं खड़े हो गए। रघुवर प्रसाद के खड़े होते ही हवा जैसे शांत हो गई। पेड़ भी शांत हो गए। तभी बड़ा-सा चंद्रमा निकला। बहुत बड़ा चंद्रमा था। एक बड़ी, चौरस, काली, चिकनी चट्टान पर लेटी सोनसी चंद्रमा के निकलते ही दिखी। पीली हल्दी साड़ी की चाँदी की प्लास्टिक जरी चंद्रमा के प्रकाश की किनार लगी साड़ी लग रही थी। चाँदी की पैरपट्टी चंद्रमा के प्रकाश से बनी पैरपट्टी थी। चाँदी के बाले चंद्रमा के प्रकाश से बने कान में थे। दूसरे कान में छोटी-सी कनफुल्ली जो अम्मा ने दी थी, वह सुनहरे प्रकाश बिंदु की फुल्ली थी। हाथ में सोने के कड़े भारी सुनहरे प्रकाश से बने लग रहे थे। इसके अलावा भी सोनसी का शरीर कहीं-कहीं इतना रह-रहकर प्रकाशित होता था कि वह भी चंद्रमा के प्रकाश के गहने से सजा हुआ लगता था। रघुवर प्रसाद ने देखा कि चार जुगनू सोनसी के पोलका के अंदर फँसे हुए निकलने की कोशिश कर रहे थे। पोलका पीले छींटे का था। उसमें छोटे-छोटे फूल बने थे। रघुवर प्रसाद सोनसी के कुछ समीप आए तो उसने रघुवर प्रसाद को आँख खोलकर देखा। वह आँख खोलकर गहरी नींद में जागी हुई थी।

रघुवर प्रसाद सोनसी के पास इस तरह आए जैसे स्वप्न में आए हों फिर स्वप्न से बाहर आ गए हों। स्वप्न के अंदर और बाहर में अंतर नहीं था। सोनसी ने रघुवर प्रसाद को जान लिया था। रघुवर प्रसाद ने छींट के पोलका को खोलकर छींट के फूलों को सब तरफ़ बगरा दिया था। चार जुगनू सोनसी के अनावृत्त स्तन में जगमग-जगमग ठहरे हुए थे। रघुवर प्रसाद उनको बीनकर उड़ा रहे थे। जुगनू इधर-उधर जुगनू से भरे पेड़ों

के जगमग में चले गए थे। रघुवर प्रसाद ने सोनसी के कड़ों को देखा। उन्होंने दाहिने हाथ से सोनसी के बाएँ हाथ को पकड़ा। सोनसी ने हाथ छुड़ाने की कोशिश की। जिससे कड़ा काली चिकनी चट्टान में खड़-खड़ घिसाता गया।

सुबह की किरण ने जैसे ही सोनसी को छुआ, सोनसी गहरी नींद के बाद भी जाग गई। सुबह की किरण ने झकझोरकर सोनसी को छुआ था। उठकर उसने देखा तो जगह-जगह काली चिकनी चट्टान पर चाँदी और सोने की आड़ी-टेढ़ी लकीरें खिंची हुई थीं। सोनसी ने रघुवर प्रसाद को जगाया। रघुवर प्रसाद जागे तो सोनसी ने कहा, "देखो।" रघुवर प्रसाद ने पूरी काली चट्टान में रुपहली और सुनहली लकीरें देखीं। पैरों की पैरपट्टी के कुछ निशान अर्धचंद्राकार थे। एक अर्धचंद्राकार के बाद दूसरे अर्धचंद्राकार। अर्धचंद्राकार के ऊपर पैरपट्टी की तिरछी छोटी-छोटी लकीरें थीं। हाथ के कड़े के निशान भी दोनों तरफ़ अर्धचंद्राकार और इधर-उधर गड्डमड्ड बने थे। काली चौरस चट्टान कसौटी की चट्टान थी।

बैठे-बैठे, झुके हुए रघुवर प्रसाद चिह्नों को पहचान रहे थे। "ये पैरपट्टी के चिह्न हैं।" सोनसी भी घुटने के बल बैठ गई। पैरपट्टी के निशान को उँगली से रगड़कर देखने लगी। निशान मिटे नहीं। "कान की फुल्ली के निशान नहीं बने होंगे।" रघुवर प्रसाद ने सोनसी की तरफ़ अलसाई मुस्कुराहट के साथ देखा।

"कैसे नहीं बने होंगे?" कान को छूते हुए सोनसी ने कहा।

चट्टान के ऊपर की तरफ़ के चिह्नों में दोनों, कान की फुल्ली के चिह्न को ढूँढ़ने लगे। "ये कान की फुल्ली के चिह्न हैं।" सोनसी ने उँगली रखकर कहा। बहुत छोटे-छोटे चिह्न थे। रघुवर प्रसाद ने सोनसी के कान की तरफ़ देखा।

"तुम्हारे कान लाल हैं।"

"क्या पता!" उसने कहा। एक जगह अलग-थलग चाँदी की लकीरें थीं। "ये काहे के चिह्न हैं?" सोनसी ने पूछा।

"ये भी पैरपट्टी के चिह्न हैं।"

"अच्छा।" धीरे-से उसने कहा। जैसे उसे याद नहीं।

तभी उन्होंने देखा कि सामने एक पत्थर पर दो कप चाय रखी थी। चाय गरम थी। अभी-अभी बूढ़ी अम्मा ने रखी होगी। चाय से भाप निकल रही थी। सोनसी पोलका पहनने लगी। चाय पीकर कप हाथ में लिए दोनों भागे। बूढ़ी अम्मा के घर के सामने एक पत्थर पर कप रखकर वे फिर भागे। बूढ़ी अम्मा उन्हें नहीं दिखी। बूढ़ी अम्मा घने पेड़ों के नीचे, चट्टानों की आड़ में किसी जगह बैठे-बैठे बुहार रही होगी।

थोड़ी देर बाद बूढ़ी अम्मा आई। सूर्य के तेज में चट्टान पर लकीरें कौंध-सी चमक रही थीं। बूढ़ी अम्मा चट्टान के कोने पर बैठ गई। वह सुस्ता रही थी। वह बुहारने के काम से थकी हुई, पर ख़ुश थी। गहरे लकीरों से भरे चेहरे में उसकी प्रसन्नता दिख रही थी। वह बच्चों के जीवन के चिह्नों को छू रही थी। तभी उड़ते हुए पक्षी ने बीट किया जो चट्टान के ऊपर पड़ा। बूढ़ी अम्मा ने ग़ुस्से से उड़ते हुए पक्षियों को देखा। जितने पक्षी बूढ़ी अम्मा को दिखे थे सबको मालूम हो गया था कि ग़लती हुई है, और बूढ़ी अम्मा ग़ुस्सा है। चट्टान के पास ही एक पत्थर-गड्ढे में साफ़ पानी भरा था। बूढ़ी अम्मा ने वहीं से उलीचकर चट्टान पर पानी डाला और पक्षी के बीट को साफ़ किया। पक्षियों ने फिर कभी उस चट्टान पर बीट नहीं किया।

सोनसी को कमरे की तरफ़ लौटते हुए अचानक कुछ याद आया जैसे रुककर कहा कि बाद में भूल न जाए—"जब-जब मैं आँख खोलती थी तो आकाश में कभी बिजली की चाँदी की लकीर दिखाई देती थी तो कभी सोने की।"

"मैंने बिजली के कड़कने की आवाज़ भर सुनी थी।" रघुवर प्रसाद ने कहा।

"मैंने आवाज़ नहीं सुनी। आँख खोलने से कौंध भर दिखाई देती थी।"

"मुझे बिजली नहीं दिखाई दी थी। पर बिजली कड़क रही थी।"

दूसरे दिन रघुवर प्रसाद साइकिल से जाने के लिए खा-पीकर पहले से तैयार थे। परंतु साधु रघुवर प्रसाद को लेने कि रघुवर प्रसाद चले न जाएँ पहले आ गया। जब वे साइकिल बाहर निकाल रहे थे तब हाथी खड़ा था। साधु पेड़ के नीचे बैठा था। शायद देर से बैठा था। आवाज़ सुनकर वह खड़ा हो गया। अँगोछे को छटकाकर उसने फिर से कंधे पर रखा कि जाने के लिए तैयार है।

रघुवर प्रसाद साधु के पास गए। सोनसी भी छोड़ने आ गई थी। रघुवर प्रसाद ने हिचकते हुए साधु से कहा, "मुझे साइकिल छोड़ने जाना है, इसलिए साइकिल से निकल जाता हूँ।"

"साइकिल हाथी पर रखकर छोड़ देते हैं।" साधु ने कहा।

हाथी पर साइकिल रखकर बैठते बनेगा या नहीं, रघुवर प्रसाद ने सोचा।

"मैं साइकिल चलाकर साइकिल छोड़ दूँगा। इसमें आसानी होगी।"

"चलिए साथ चलेंगे। मुझे उधर जाना ही है।"

"साइकिल ऊपर लादने से हाथी को चोट लग सकती है।"

"हाथी को चोट नहीं लगेगी।"

"अच्छा मैं चलता हूँ। साइकिल छोड़ने का इंतज़ाम बाद में कर लेंगे। मैं साइकिल कमरे में रखकर आता हूँ।" कुछ सोचकर रघुवर प्रसाद ने कहा। कमरे में साइकिल रखने गए तो पीछे सोनसी भी गई।

"हाथी से चला जाता हूँ। साइकिल किसकी है यह भी पता नहीं चला। पहले हाथी हुआ, अब साइकिल भी हो गई।" रघुवर प्रसाद सोनसी से कह रहे थे। वे बाहर निकले तो सोनसी ने कहा, "जूता उतार लो।" रघुवर प्रसाद जूता हाथ में लेकर हाथी पर सवार हो गए।

"खाना खा लिया है?" साधु ने रघुवर प्रसाद से पूछा।

"हाँ।"

"अभी समय है, इसलिए पूछा। आप निकल न जाएँ इसलिए बहुत पहले आ गया था।"

"मैं परसों के बाद चला जाऊँगा।" रास्ते में साधु ने कहा।

"परसों जाओगे?"

"परसों के बाद कभी भी।" रघुवर प्रसाद ने यह पूछते-पूछते कि हाथी से जाओगे, नहीं पूछा।

"मेरे पास एक तोता है। जा रहा हूँ इसलिए उसे पड़ोस में दे दिया है। वे लोग तोते की अच्छी तरह देखभाल करेंगे। लौटूँगा तो पिंजड़ा ले लूँगा।"

"हाँ तोते की देखभाल में अधिक ख़र्च नहीं है। उसे तो एक कौर दाल-भात सुबह और शाम चाहिए। कभी हरी मिर्च, कभी चना। तोता जगह भी नहीं घेरता। थोड़ी-सी जगह चाहिए। तोता से ख़तरा भी नहीं। सभी तोते काटते नहीं। पिंजड़ा खोल दो तो बाहर घूमता-फिरता है और थककर पिंजड़े में लौट आता है। पिंजड़े में बिल्ली से सुरक्षित रहता है।"

"कई दिनों के लिए दूसरे गाँव जाना पड़े तो लोग अपना पालतू कुत्ता किसी को देखरेख के लिए दे देते हैं।"

"पालतू कुत्ता, बहुत जल्दी हिल-मिल जाता है। जिसके घर में रहेगा, घर की देख-रेख करेगा। चोर आएगा तो भौंकेगा। कुत्ता रहने से सहारा हो जाता है। बासी भात से उसका पेट भर जाता है। घर के कोने में पड़ा

रहता है। घर में जगह नहीं होती तो बाहर पड़ा रहता है।" रघुवर प्रसाद ने उदासी से कहा।

"मनुष्य, जीव की देखभाल अच्छे से कर सकता है। घर के सामान की तरह कुत्ता, तोता को ताले में नहीं रख सकते। गाय रहती तो गाय को भी देखभाल के लिए सौंपना पड़ता। यात्रा में एक मिट्ठू ले जाना कठिन है तो गाय कैसे ले जा सकते हैं, जबकि कुछ दिनों बाद लौटना है। पालतू जीव से प्रेम हो जाता है। गाय एक बड़ा जानवर है, रखने के लिए अधिक जगह चाहिए।"

"हाँ ठीक है, गाय को पुण्य के काम की तरह भी सेवा के लिए रख लेते हैं। गाय यदि दूध देती हो तो अच्छा है।" रघुवर प्रसाद ने कहा।

"पुण्य तो किसी भी जीव की सेवा में मिल सकता है।" साधु ने कहा।

"गाय के साथ बछड़ा हो तो वह भी देना पड़ता है।" साधु ने फिर कहा।

"हाँ ऐसा कहाँ होता है कि एक को गाय दे दी और एक को बछड़ा। माँ-बेटे को एक साथ रखना पड़ेगा।"

"नहीं, बछड़ा बड़ा हो तो दिया जा सकता है।"

रघुवर प्रसाद ने विभागाध्यक्ष से पूछा, "सर, साइकिल किसकी है यह मालूम पड़ा?"

"मालूम नहीं कौन छोड़कर चला गया। आसपास के गाँव की होगी। कोई लड़का चलाता हुआ आया होगा और साइकिल भूल गया।"

"चोरी की साइकिल तो नहीं छोड़ गया!"

"क्या पता! हाथी से आए हो? साइकिल से क्यों नहीं आए?"

"साइकिल से निकल रहा था कि हाथी लेकर साधु आ गया। मैंने

उससे कहा कि साइकिल छोड़ने जाना है। वह कहता था साइकिल भी हाथी पर रख लो।"

"हाथी बड़ा और ताक़तवर है तो उसपर कुछ भी लाद लो ऐसा थोड़े होता है। बैलगाड़ी से जा रहे होते तो क्या कहता कि बैलगाड़ी लाद लो।"

"नहीं सर! मैंने साइकिल नहीं लादी, मुझे लगा साइकिल लादने से हाथी को चोट लग जाएगी। साइकिल घर में छोड़ दी है। साइकिल मैं कार्यालय में जमा करा दूँगा।"

"आज ही करा देते तो अच्छा था। प्राचार्य को लगेगा कि पुलिस में रिपोर्ट लिखाना है तो लिखा देंगे और साइकिल थाने में जमा करा देंगे।"

"मैं कल ले आऊँगा।" विभागाध्यक्ष शांत थे। वे लिख रहे थे।

"सर, एक बात पूछूँ?"

"पूछिए।"

"अगर यात्रा में आपका परिचित जा रहा हो और उसके पास एक छोटा पालतू जानवर हो तो क्या आप उसे कुछ दिन के लिए रख लेंगे, यदि वह कहे?"

"कौन-सा जानवर?"

"नेवला।" रघुवर प्रसाद ने कहा।

"नहीं, मैं नहीं रखूँगा।"

"साँप से नेवला बचाता है।"

"अरे! नहीं, मैं नहीं रखूँगा।"

"गाय?"

"गाय रख लूँगा।" कुछ सोचकर उन्होंने कहा।

"बैल?"

"बैल नहीं रखूँगा। गाय रखूँगा तो एक राऊत रखना पड़ेगा। राऊत लोग बहुत तँगाते हैं। किसी दिन आएँगे किसी दिन नहीं आएँगे। काम ख़ुद करना पड़ेगा। पीछे आँगन में जगह भी है। गाय पालने की बात तो मैं सोच भी रहा हूँ। अच्छी गाय मिल जाए तो ख़रीद लूँगा। कोई है क्या?"

"नहीं सर, मैं तो ऐसे ही पूछ रहा था।"

रात को रघुवर प्रसाद सोनसी से कह रहे थे, "साधु परसों के बाद कभी चला जाएगा।"

"हाथी छोड़कर तो नहीं जाएगा?"

"यह मैंने नहीं पूछा। उसके पास एक तोता था। तोता को देखरेख के लिए पड़ोस में दे दिया है।"

"हाथी भी पड़ोस में दे देता।"

"देना होता तो पहले नहीं दे देता।"

"तब तो वह हाथी से ही जाएगा।"

"अगर वह अपने से कहे कि हाथी रख लो तब मना कर देंगे।"

"मना करना ठीक रहेगा।"

"यहाँ अपने पड़ोसी भी हाथी रखने नहीं देंगे।"

"हाँ, बच्चा कुचल सकता है, हाथी जानबूझकर तो नहीं कुचलेगा।"

"जैसे महाविद्यालय में कोई साइकिल छोड़ गया वैसे घर के सामने साधु हाथी छोड़ देगा।"

"तो वह हाथी भी लावारिस हो जाएगा! पर हाथी साधु का है, यह मालूम है। दो-एक दिन रखकर देखेंगे। बाद में छोड़ देंगे। जब हम भी हाथी छोड़ देंगे तब वह लावारिस होगा।"

"जब बाँधते बनेगा तभी तो छोड़ेंगे।"

"देखरेख छोड़ देंगे।"

"भूखा-प्यासा घर के सामने रहेगा। दो रोटी दे सकोगी। पेड़ की डाल तोड़कर ले आएँगे। दो बाल्टी पानी दे सकेंगे।"

"वह हाथी रखने के लिए कहे तो तुम उससे कहना पड़ोसी को तोता दिए हो वह हमको दे दो, हाथी उसको दे दो।"

"पड़ोसी ने सोचकर तोता माँगा होगा, वह अब राज़ी नहीं होगा।"

"हाथी खिड़की के पीछे चला जाता। वहाँ जंगल में घूमता। वहाँ केले के जंगल हों! कितने तालाब हैं! तालाब में घुसकर नहाता। दोनों हाथी पर बैठकर घूमते।

"साइकिल तक खिड़की से नहीं जा सकी। हाथी कैसे जाएगा? पर जाता तो अच्छा होता।"

"जो होगा देखेंगे। अभी से चिंता क्यों करें!"

"हाँ।" दोनों चुप हो गए। दोनों के चुप होने से सन्नाटा हो गया। सोनसी के कड़े खड़-खड़ बजते थे।

"धरती आसमान की तरह लगती थी।" अँधेरे में सोनसी ने रघुवर प्रसाद के कान में फुसफुसाकर कहा।

"क्या हम अपने आप खिड़की से बाहर जा रहे हैं?"

"नहीं, खिड़की का बाहर अंदर आ रहा है।"

"तालाब पहले आया फिर तालाब का किनारा आया।"

"पगडंडी पहले आई फिर धरती आई।"

"तारे पहले आए फिर आकाश आया!"

"पेड़ का हरहराना पहले आया फिर पेड़ आए।"

"फिर तेज़ हवा आई।"

"महक आई।"

"महक के बाद फूल खिले।"

"साइकिल खिड़की के बाहर नहीं गई, खिड़की का बाहर साइकिल तक आ गया था।"

"पर मैं कैरियर में नहीं बैठूँगी। सामने तुम्हारी बाँहों के बीच बैठूँगी।" सोनसी ने कहा।

सुबह कमरा नहाया हुआ लग रहा था। कमरे की हर चीज़ धुली लग रही थी।

रघुवर प्रसाद बिस्तर से सोकर ऐसे उठे जैसे नहा धोकर उठे हैं। साइकिल धुली-पुँछी थी। रघुवर प्रसाद के पहले सोनसी उठ गई थी।

"तुम कब उठी?"

"अभी थोड़ी देर पहले।"

"घर धुला-धुला लग रहा है।"

"सुबह मैं उठी तो मुझे लगा कि तालाब खिड़की से बाहर जा रहा है।"

"मैं बाद में उठा तब तालाब का किनारा जा रहा था।"

"पेड़ चले गए। पर पेड़ का हरहराना अभी यहीं रह गया है। सोनसी ने कहा।

"महक है। किसी कोने में फूल अभी-अभी खिला है।"

"कोनों में फूल खिले हुए हैं। मैं देख चुकी।"

रघुवर प्रसाद ने कहा, "मुझे महाविद्यालय जल्दी जाना पड़ेगा साइकिल पहुँचानी है। नहीं तो हाथी पर लादना होगा। साइकिल, कार्यालय

में जमा होगी। तुम डब्बे में भात दे देना। मैं वहीं खाऊँगा।"

"शाम को टैंपो से लौटोगे?"

"सुबह से जा रहा हूँ, महाविद्यालय के खुलते तक इधर-उधर घूमता रहूँगा। विभागाध्यक्ष से छुट्टी माँग लूँगा। मिल गई तो टैंपो से नहीं तो हाथी से।" रघुवर प्रसाद ने कहा।

"कमरे से पेड़ों का हरहराना चला गया। अब पेड़ों में हरहराने की आवाज़ बाहर से आ रही है।" सोनसी ने कहा।

"पेड़ों के हरहराने की आवाज़ में चिड़ियों की चहचहाहट भी बैठी थी। चिड़ियों की चहचहाहट भी साथ चली गई।" रघुवर प्रसाद ने कहा।

"पेड़ की आवाज़ के पहले चिड़ियों की चहचहाहट उड़कर चली गई हो।" सोनसी ने कहा।

"पेड़ की आवाज़ की शाखा में चिड़ियों की चहचहाहट बैठी होगी।"

"अचानक उड़कर गई।"

"चौंककर गई।"

"जब मैंने तुम्हारी चादर झटकारी थी।"

"तुम जब अपनी चादर झटकारी थी तब चौंककर चहचहाहट उड़ी?"

"हम दोनों एक ही चादर ओढ़े थे।"

"परंतु ठंड नहीं थी।"

"परंतु खिड़की के पल्ले खुले थे।"

"परंतु चादर में चिड़ियों की चहचहाहट थी।"

"परंतु कुछ यह भी हुआ।"

साइकिल लौटाने रघुवर प्रसाद चले गए। रास्ते में इस बार उनका ध्यान चार ताड़ के पेड़ों पर गया। पेड़ वही थे और रघुवर प्रसाद वहाँ महाविद्यालय जाने का इंतज़ार किए बिना महाविद्यालय जा रहे थे। हो सकता है ताड़ के पेड़ों को इस तरह रघुवर प्रसाद का महाविद्यालय जाना अटपटा लगा हो। ताड़ के पेड़ों ने रघुवर प्रसाद को साइकिल से जाते हुए न भी देखा हो। हाथी से जाते हुए ज़रूर देखा होगा। साइकिल सरपट जाती है। हाथी धीरे-धीरे जाता हुआ था। रुककर इंतज़ार किए नहीं। चलते-चलते हाथी पर इंतज़ार कर रहे हैं–यह अंतर होगा। रघुवर प्रसाद जितनी तेज़ी से आगे गए ताड़ के पेड़ उतनी तेज़ी से पीछे छूट गए। जैसे कैरियर से सामान गिर गया। मालूम नहीं पड़ा और सामान पीछे और पीछे छूटता रहा–साइकिल से जा रहे हैं का ऐसा उत्साह था। लौटते समय छूटी हुई चीज़ जहाँ छूटी थी, मिलती जाएगी। सड़क एकदम ख़ाली थी। तब भी उन्होंने घंटी बजाई। लगातार बजाई कि शायद जो भी सामने था हटता जाए। हो सकता है कि सड़क के दोनों किनारे के पेड़ पहले सड़क पर रहे हों, रघुवर प्रसाद की घंटी बजाने से दोनों किनारे हो गए और सड़क ख़ाली हो गई।

सड़क पर पड़े एक पत्थर के ऊपर सामने का चक्का पड़ा तो फट से ट्यूब फट गया। ट्यूब के फटने से वे चौंक गए। साइकिल, किनारे के पेड़ से टकराते बची। खाने का डब्बा झोले में था और हैंडिल में टँगा था इसलिए गिरने से बच गया। टैंपो वाली जगह से वे बहुत आगे नहीं आए थे। साइकिल पैदल लेकर लौटने के अलावा कोई चारा नहीं था। पंक्चर सुधारने वाला वहीं था।

रघुवर प्रसाद ने साइकिल पेड़ से टिकाई और पत्थर को सड़क से दूर फेंका। फिर वे साइकिल लेकर लौट पड़े। यह समय अभी भी हाथी के आने का नहीं था। अच्छा हुआ कि वे आज बहुत पहले निकल आए थे। पंक्चर सुधारने वाले के पास काम नहीं था। वह रघुवर प्रसाद को

पहचानता था। उसने कहा, "समय लगेगा स्पोक ढीला है, साइकिल का रिम कुछ सीधा करना पड़ेगा। चिमटा के छर्रे बदलने होंगे।" दूसरे की साइकिल थी। पंक्चर उनके कारण था। बाक़ी ख़राबी पहले की थी।

"केवल पंक्चर सुधार दो। दूसरे की साइकिल है। पहुँचाने जा रहा था।"

"स्पोक कसना पड़ेगा नहीं तो रिम और टेढ़ा हो जाएगा।"

"अच्छा कस देना।"

साइकिल खोलते हुए उसने फिर कहा, "समय लगेगा। हाथी, नहीं तो टैंपो से चले जाइए। बाद में साइकिल ले जाना।"

"साइकिल आज लौटानी है। साइकिल साथ लेकर जाना पड़ेगा।"

"घंटा भर लग जाएगा।"

रघुवर प्रसाद इस एक घंटे भर में कई बार चार ताड़ के पेड़ों को देखे होंगे। कई दिनों का हिसाब इन पेड़ों को देना था जो इनके देखने से चुक रहा था। इस दृश्य में फिर पूर्व की तरह हाथी आता हुआ रघुवर प्रसाद को दिखा। हाथी वहाँ रुका। साधु ने रघुवर प्रसाद को नहीं देखा था। वह रोज़ की तरह उतरा था। रघुवर प्रसाद साधु को आते देख उठकर खड़े हो गए।

"आप तो साइकिल से गए थे।" रघुवर प्रसाद से आश्चर्य से साधु ने कहा।

"साइकिल से आया था, पर साइकिल पंक्चर हो गई। बनवा रहा हूँ।" थके हुए से रघुवर प्रसाद ने कहा।

"कितना समय लगेगा?"

"आधा घंटा लग जाएगा।"

"महाविद्यालय को देर हो जाएगी।" साधु ने कहा।

"हाँ देर तो हो जाएगी। दूसरे की साइकिल है इसे कार्यालय में जमा

करना है। लावारिस साइकिल है।"

"इसे ऐसे ही ले चलते हैं। वहाँ गाँव में बनने के लिए दे देंगे। बन जाएगी तो कार्यालय में जमा करा देना।"

"साइकिल खुली पड़ी है। आधे घंटे की बात है।"

"मैं रुक जाता हूँ।"

"मैं साइकिल में बैठकर जाऊँगा। साइकिल हाथी पर लादकर ले जाना ठीक नहीं है। दूसरे की साइकिल है। सँभाल नहीं पाया तो नीचे गिरकर टूट जाएगी। हाथी का पैर पड़ गया तो चूरा हो जाएगी।"

"अच्छा आप आगे चलना। मैं पीछे-पीछे चलूँगा।" साधु ने कहा।

पान की दुकान से तंबाकू लेकर उसने कहा, "मैं अभी आता हूँ, आप हाथी का ध्यान रखिएगा।" रघुवर प्रसाद कुछ कहते उसके पहले अचानक वह तेज़ी से दुकानों के पीछे चला गया। रघुवर प्रसाद परेशान हो उठे। वह हाथी तकाकर चला गया था। हाथी का ध्यान कैसे रखा जाएगा! शायद पेशाब करने गया हो। जल्दी आ जाएगा। हाथी चुपचाप खड़ा था। उसकी सूँड़ भी नहीं हिल रही थी जबकि ताड़ के पत्ते हिलते दिखाई दे रहे थे। हवा चल रही थी। आसपास खड़े लोगों का हाथी के वहाँ अकेले होने पर ध्यान नहीं जा रहा था।

टैंपो आने के बाद भी किसी के ध्यान में हाथी नहीं आया। वह सूँड़ बढ़ाकर पेड़ की डाल तोड़े तो बहुतों के ध्यान में एक साथ आ जाएगा। अकेले रघुवर प्रसाद के ध्यान में हाथी था। साधु नहीं कहता तब भी ध्यान में होता।

साइकिल बन गई थी। क्या हाथी खड़े-खड़े सो रहा था! भौंपू बजाता हुआ एक ट्रक गया, हाथी वैसा ही खड़ा रहा। इस ध्यान रखने की ज़िम्मेदारी से वे बरी होना चाहते थे। साधु ने कहा था कि वह पीछे आएगा। वे पंक्चर वाले को हाथी तकाकर अभी चले जाते तो ठीक था। साइकिल

बनवाई के साढ़े छह रुपए उन्होंने दिए।

"सुनो मुझे महाविद्यालय की देर हो रही है। मैं जाना चाहता हूँ। साधु पीछे आने को कह गया है। क्या तुम हाथी का ध्यान रखोगे?"

"हाँ! रख लूँगा।"

"परेशानी तो नहीं होगी?"

"नहीं, परेशानी क्या होगी!"

"साइकिल बन गई?" साधु आ गया था।

"चलिए। पहले आप चलिए।" साधु ने कहा।

"ज़्यादा तेज़ नहीं चलाऊँगा।" साइकिल पर बैठते हुए रघुवर प्रसाद ने कहा।

रघुवर प्रसाद आगे जा रहे थे। साधु और हाथी प्रसन्नता से रघुवर प्रसाद के पीछे जा रहे थे। कभी-कभी रघुवर प्रसाद पीछे मुड़कर देख लेते। तब साधु इशारा करता कि आ रहा हूँ। हाथी साइकिल से बहुत पीछे नहीं था। एक बार जब रघुवर प्रसाद ने मुड़कर देखा तब हाथी ने सूँड़ उठाया था। ठीक समय पर रघुवर प्रसाद महाविद्यालय पहुँच गए थे। साधु से रघुवर प्रसाद ने पूछा, "शाम को मिलोगे? अब साइकिल नहीं होगी।"

"हाँ।" एक गहरे मित्र की प्रसन्नता से साधु ने कहा। साधु चला गया। साइकिल बरामदे से टिकाकर वे अपने कमरे में गए। विभागाध्यक्ष बैठे हुए थे।

"साइकिल जमा कराना है सर।" रघुवर प्रसाद थोड़ा हाँफ रहे थे।

"बैठकर सुस्ता लो, बाद में जमा करा देना। मैंने प्राचार्य से बात कर ली है। अच्छा तुम बैठो चपरासी के हाथ से भेज देंगे। क्या हाथी भी पीछे-पीछे आया था?"

"जी सर! मैं आगे था और हाथी पीछे।"

"शाम को हाथी से जाओगे?" ख़ास बात की तरह उन्होंने पूछा।

"जी सर।" साधारण बात की तरह रघुवर प्रसाद ने कहा।

"रघुवर प्रसाद, तुम अपने पिता की साइकिल ले आना।"

"अबकी बार जाऊँगा, तो ले आऊँगा।"

"ऐसा करो, जब तक पिता की साइकिल नहीं आती तुम लावारिस साइकिल अपने पास रखो। मैं प्राचार्य से बात कर लूँगा। हो सकता है इस बीच साइकिल वाला आ जाए। साइकिल थाने में जमा हो जाए तो मुश्किल से वापस मिलेगी। साइकिल वाले को साइकिल का कबाड़ वापस मिलेगा। थाने के सामने देखे नहीं, सौ-पचास साइकिलें एक लंबी चेन से बँधी, ज़ंग खाती, खुले में पड़ी रहती हैं। वहाँ साइकिलों की हालत देखकर साइकिल लेने वाला आता नहीं। साइकिल की पहचान बदल जाती है। ज़ंग लग जाने के बाद साइकिल का नंबर कठिनाई से दिखता है। ज़ंग हटाते-हटाते साइकिल का नंबर घिस जाता होगा।"

"साइकिल थाने में जमा कराना ठीक नहीं है सर। घंटी, स्टैंड, टायर-ट्यूब निकाल लेते होंगे। चक्का तक बदल देते होंगे।"

"हाँ! थाने के सामने साइकिल की दुकान है। साइकिल के हिस्से वहीं बदले जाते होंगे।"

"कार्यालय में जमा करा देते हैं, पड़ी रहेगी।"

"साइकिल का नियम है, चलती रहेगी तो ठीक रहेगी। पड़ी रहेगी तो सुधारने लायक़ नहीं रहेगी।" इतने में प्राचार्य का चपरासी आया।

"क्या है?" विभागाध्यक्ष ने पूछा।

"प्राचार्य आपको बुला रहे हैं।" रघुवर प्रसाद की ओर उसने इशारा किया।

"जाओ रघुवर प्रसाद।" रघुवर प्रसाद प्राचार्य के पास गए। प्राचार्य, कार्यालय के बाबू के साथ बैठे थे।

"आओ।" प्राचार्य ने कहा।

प्राचार्य भी विभागाध्यक्ष की उम्र के होंगे। सिर के बाल सफ़ेद और सामने झड़ने से लगे थे। पर उनकी भौंह और कान के बाल बड़े थे। माथा, जिसमें गंजे सिर का हिस्सा मिला था तथा कान का ऊपर का हिस्सा तेल से चमक रहा था। तेल बहुत लगाते थे। कुरता-धोती पहनते थे। रघुवर प्रसाद बैठ गए। रजिस्टर बंद कर प्राचार्य उठे, "मैं अभी आता हूँ रघुवर प्रसाद।" बाबू भी उठा कि बोरिंग से पानी पीने जा रहे हैं।

"पानी पीने जा रहे हैं?" बाबू ने पूछा।

"हाँ।" प्राचार्य ने कहा। हैंडपंप चलाने की ज़रूरत पड़ेगी इसलिए बाबू साथ हो गया। प्राचार्य हैंडपंप के रस्ते तक महाविद्यालय की प्रशासनिक चर्चा कर रहे थे। बल्ली के पास हाथी की पड़ी हुई लीद की ओर भी उन्होंने इशारा किया था।

बाबू हैंडपंप चला रहा था। प्राचार्य ने कुरता की बाँह चढ़ाई, धोती समेटी, अच्छे से हाथ-मुँह और पैर धोया फिर पानी पिया। पानी पीकर हाथ झटकारा तो उसके छींटे बाबू पर भी पड़े। प्राचार्य ने सोचा होगा कि पेशाब भी कर लें। वे पेशाब करने बढ़ गए। पेशाब करने के बाद पानी पीते तो अच्छा था। परंतु प्यास ज़्यादा लगी होगी। बाबू यह समझकर कि पेशाब करने जा रहे हैं वहीं रुक गया। इस ख़ाली समय में बाबू को भी पानी पीने की इच्छा हुई। उसने हैंडपंप चलाया। हैंडपंप छोड़कर जल्दी चुल्लू में पानी इकट्ठा किया। डेढ़ चुल्लू पानी पिया होगा कि पानी निकलना बंद हो गया। दोबारा उसने हैंडपंप नहीं चलाया। प्राचार्य निकल आए थे। वे कार्यालय की तरफ़ जा रहे थे। साथ देने के लिए बाबू तेज़ चलकर उनके पास पहुँच गया था।

प्राचार्य ने पूछा, "रघुवर प्रसाद, साइकिल किसकी है पता चला?"

"अभी तक पता नहीं चला सर।"

"आप उसी साइकिल से आते-जाते हैं?"

"जी सर! आज कार्यालय में जमा कर दूँगा। विभागाध्यक्ष ने साइकिल ले जाने के लिए कहा था।"

"मैंने उनसे कहा था, आप हाथी से आते-जाते हैं इसलिए। रघुवर प्रसाद, तुम्हारे हाथी के कारण डर लगता है कि बच्चों के साथ दुर्घटना न हो जाए। बच्चे खेलते रहते हैं उनके बीच हाथी चला जाता है।"

"नहीं सर! ऐसा नहीं है। हाथी आता है तो बच्चे हाथी के पास आ जाते हैं।"

"एक ही बात है।"

"अब मैं सड़क के किनारे उतर जाऊँगा।"

"विभागाध्यक्ष को आपका हाथी से आना-जाना ठीक नहीं लगता है कि आप किसी दिन झंझट में न पड़ जाएँ। साधु कैसा आदमी है?"

"अच्छा आदमी है सर।"

"ऐसा करिए, आप अभी साइकिल कार्यालय में जमा मत कराइए, कुछ दिन और चलाइए। शायद साइकिल के मालिक का पता चल जाए।"

"नहीं सर! यह ज़िम्मेदारी का काम है। साइकिल टूट-फूट जाएगी तो भरना पड़ेगा।"

"साइकिल कार्यालय में रहेगी तो दुरुपयोग होगा। आपके पास अच्छे से रहेगी।"

"साइकिल में ताला लगाकर रख देंगे।"

"रखे-रखे ख़राब हो जाएगी।"

"साइकिल वाला बनवा लेगा।"

"साइकिल वाले का कब तक रास्ता देखेंगे!"

"कुछ दिन और देख लेते हैं सर।"

"साइकिल थाने में जमा करा देना ठीक होगा। ज़्यादा दिन यहाँ रखना ठीक नहीं है। हो सकता है, इस साइकिल की चोरी होने की रिपोर्ट थाने में दर्ज हो। चोर यहाँ छोड़ गया हो।"

"ठीक कहते हैं सर!"

रघुवर प्रसाद ने साइकिल कार्यालय में जमा करा दी। शाम को साधु आया तब हाथी पर चढ़ते हुए रघुवर प्रसाद ने कहा, "प्राचार्य महाविद्यालय के पास हाथी लाने को मना कर रहे थे। उनका कहना है बच्चों के साथ दुर्घटना हो सकती है।"

"वो तो साइकिल से भी हो सकती है।"

"साइकिल से चोट लगेगी तो जान जाने का ख़तरा नहीं है। हाथी से जान जा सकती है।"

"गाय, बैल, बैलगाड़ी महाविद्यालय के पास होती है। इससे भी जान जा सकती है।"

साधु को हाथी के सम्मान में चोट लगी होगी।

"लेकिन हाथी बहुत बड़ा है। उसको देखकर डर लगता है।"

"आपको भी लगता है?"

"हाँ लगता है, पर पहले से कम।"

"कुछ दिन में यह डर चल जाएगा।" साधु ने कहा।

रघुवर प्रसाद हाथी के ऊपर बैठे बगुलों के झुंड को जाते हुए देख रहे थे। उड़ते हुए बगुलों के झुंड से सड़क पर चलते हुए लोगों को दुर्घटना का डर नहीं था। पक्षी आजू-बाज़ू आकर बैठ जाते, पर डर नहीं लगता।

अच्छा लगता है कि और पास आ जाएँ। हाथ पर बैठ जाएँ। रघुवर प्रसाद का मन हुआ कि ये साधु से कहें कि बगुले उड़कर गए और उनसे दुर्घटना नहीं हुई। साधु को शायद यह तर्क पता हो कि उड़ता हुआ हवाई जहाज़ गिर जाने से एक बड़ी दुर्घटना हो जाती है। पर पक्षी से हवाई जहाज़ बहुत बड़ा है। एक बड़ा हवाई जहाज़ छोटे पक्षी से टकराकर दुर्घटनाग्रस्त हो जाता है। यह तर्क साधु को नहीं मालूम होगा। यह सच था कि रघुवर प्रसाद का हाथी से डर कम हो रहा था।

रात के बीतने से जाता हुआ अँधेरा शायद हाथी के आकार में छूट गया था। ज्यों-ज्यों सुबह होगी हाथी के आकार का अँधेरा हाथी के आकार की सुबह होकर बाक़ी सुबह में घुलमिल जाएगा।

एकदम बिहनिया जब रघुवर प्रसाद की नींद खुली, सोनसी बिस्तर पर सो रही थी। रघुवर प्रसाद उठे। कमरे में अधिक अँधेरा था। खिड़की से बाहर सुबह का कम अँधेरा था। रघुवर प्रसाद दरवाज़ा खोलकर बाहर आए। सड़क की बत्ती गुल थी। रात से नहीं जली थी। रघुवर प्रसाद दरवाज़े की देहरी पर बैठ गए। उन्हें लगा कि नीम के पेड़ के नीचे अँधेरा अधिक है। नीम के पेड़ के नीचे का अधिक अँधेरा हाथी के अँधेरे के आकार का था। रात के बीतने से जाता हुआ यह अँधेरा, शायद हाथी के आकार में छूट गया था। ज्यों-ज्यों सुबह होगी हाथी के आकार का अँधेरा हाथी के आकार की सुबह होकर बाक़ी सुबह में घुलमिल जाएगा। परंतु रघुवर प्रसाद ने देखा कि ज्यों-ज्यों सुबह हो रही थी और उजाला फैल रहा था हाथी के आकार का स्पष्ट अँधेरा हो रहा था। सुबह इस अँधेरे को भूल रही थी। इस हो रही सुबह को क्या रघुवर प्रसाद याद दिलाएँ चिल्लाकर कि इस हाथी के आकार के अँधेरे को तुम भूल गई हो। पर रघुवर प्रसाद सोचते रहे और पूरी सुबह हो गई। पूरी सुबह में वह सचमुच का हाथी

था। हाथी पर साधु नहीं था। तब तक सोनसी उठकर आ गई थी। उसने भी हाथी को देखा।

"साधु हाथी छोड़कर चला गया।"

"हो सकता है।" सोनसी ने कहा। उसे अभी पूरा विश्वास था कि साधु पास की गली में हो। फिर उसने आशा छोड़ दी।

"एक न एक दिन यही होना था।"

"पड़ोसियों को मालूम होगा तो ग़ुस्सा होंगे।"

"अभी साधु के आने की आशा है।"

"मुझे नहीं है।"

"तोते का पिंजड़ा उसने पड़ोसी को दिया। पिंजड़ा हम रख लेते। हाथी कैसे सँभालेंगे!"

"हाथी की देखभाल मैं कर लूँगी। तुम चिंता मत करो।" सोनसी ने कहा।

"हाँ, मिलकर देखभाल करेंगे। पता लगाकर वन विभाग को हाथी दे देंगे।"

"वन विभाग तक हाथी कैसे ले जाएँगे?"

"वन विभाग वालों को यहाँ बुला लाएँगे। वे हाथी ले जा सकेंगे।"

"अच्छा, तुम मुँह-हाथ धोकर तैयार हो जाओ।"

"पहले तुम तैयार हो जाओ, मैं यहाँ देखता हूँ।"

"कुछ नहीं होगा। देखना क्या। चलो उठो।" सोनसी ने रघुवर प्रसाद को हाथ पकड़कर उठाया। दरवाज़ा खुला रखा गया था ताकि आते-जाते हाथी को देखा जा सके। रघुवर प्रसाद बाहर आकर हाथ-मुँह धो रहे थे। वे सोचते जा रहे थे कि अभी सुबह हाथी के लिए क्या करें।

“चाय बन गई।” सोनसी ने कहा। रघुवर प्रसाद अंदर गए। चाय लेकर वे दरवाज़े के पास देहरी पर बैठ गए।

“देहरी पर मत बैठो, अम्मा मना करती हैं।”

“शाम के लिए मना करती हैं कि कुबेरी बेरा है। यह समय तो सुबेरा है।”

“साधु हम लोगों को हाथी की देखभाल सिखा देता तो अच्छा था।” चाय पीते हुए रघुवर प्रसाद ने कहा। सोनसी अपनी चाय लेकर वहीं बैठ गई।

“तुम चार बाल्टी पानी से हाथी को पहले नहला देना।” सोनसी ने कहा, “फिर हँसिया लेकर पेड़ की डाल काट लेना।”

“आज महाविद्यालय की छुट्टी ले लूँगा। साधु कहाँ रहता है यह भी तो नहीं मालूम। शायद बीमार हो।”

“बीमार होता तो घर पर हाथी रखता, यहाँ क्यों छोड़कर जाता!”

“वह अपनी देखभाल कर लेगा। पर हाथी की देखभाल करते नहीं बनेगा। चाय पीकर मैं देखता हूँ कि पेड़ पर छुपकर बीड़ी पीने वाला लड़का बैठा है या नहीं। उससे पूछेंगे कि उसने साधु को हाथी लाते हुए देखा था! साधु किधर गया!”

“इतनी सुबह लड़का नहीं आया होगा।”

“बीड़ी पीने की तलब लगी होगी तो आया होगा।”

“उस लड़के से कहना कि वह यहाँ नीम के पेड़ पर बैठा रहे। यहाँ हाथी की देखभाल हो जाएगी।

“मैं उससे पूछूँगा। हाथी को तो वो वहाँ से भी देख सकता है।”

रघुवर प्रसाद हाथी की नज़र बचाकर निकलना चाहते थे। पीछे हाथी आ सकता था। तभी सोनसी ने कहा, ‘सुनो’, तो वे रुक गए।

"हँसिया भी साथ ले जाओ। उससे कहना कि यह पेड़ की डाल हँसिया से काट दे तो अच्छा हो। पेड़ पर तो चढ़ा है। तुम पेड़ की डाल यहाँ से ले आना।"

"हाँ, यह ठीक रहेगा।" सोनसी से हँसिया लेकर रघुवर प्रसाद सड़क के किनारे से बढ़े। पैजामा-बनियान पहने थे। परंतु हाथी ने उनको देख लिया। हाथी धीरे-धीरे चलते हुए उनके पीछे हो लिया। सोनसी देख रही थी। वह डरी नहीं। पेड़ पर चढ़े हुए लड़के ने रघुवर प्रसाद को बताया कि हाथी इनके पीछे आ रहा है। रघुवर प्रसाद ने मुड़कर देखा। वे पेड़ के नीचे गए। उन्होंने लड़के से पूछा, "तुम यहाँ कब से हो?"

"मैं यहाँ बहुत पहले से हूँ। नींद खुल गई थी।"

"साधु को हाथी छोड़कर जाते हुए देखे थे?"

"हाँ, उसने हाथी को प्यार किया था।"

"किधर गया?"

"इधर..." उसने इशारा किया।

"अच्छा तुम हाथी के लिए पेड़ की पतली डाल तोड़ सकोगे? हाथी भूखा है। मैं हँसिया लाया हूँ।"

लड़का पेड़ से थोड़ा नीचे उतरा। रघुवर प्रसाद ने हाथ ऊँचा कर उसे हँसिया पकड़ाया। वह फिर चढ़ गया। हाथी वहाँ आ गया था। लड़का पेड़ की डाल काटकर गिराने लगा। रघुवर प्रसाद पीछे हट गए थे। पेड़ की डालों को देख हाथी समझ गया कि यह उसके लिए है। हाथी उसकी तरफ़ बढ़ा। हाथी को खाता देखकर रघुवर प्रसाद ख़ुश हो गए। पेड़ पर चढ़ा लड़का भी ख़ुश था। उधर सोनसी भी बहुत ख़ुश थी। वह गुनगुना रही थी और थोड़ा थिरक रही थी। सड़क अभी तक सुनसान दी। दूर से बैलगाड़ी के आने की आवाज़ सुनाई दे रही थी। सुबह का सबकुछ सुनाई और दिखाई देने लगा था। हाथी के खाने का जब तक जुगाड़ नहीं था

सुबह में रुकावट थी। सोनसी वहाँ आ गई। डाल को अपने हाथ से हाथी को खिलाने लगी।

"बस हो गया।" रघुवर प्रसाद ने लड़के से कहा। लड़का नीचे उतर आया। वह अपने हाथ से हाथी को खिलाने लगा। रघुवर प्रसाद भी खिलाने लगे थे।

सोनसी को घर का काम करना था, यह लौट आई। रघुवर प्रसाद ने लड़के से पूछा था, "तुम अभी पेड़ पर रहोगे न?"

"हाँ पेड़ पर रहूँगा। हाथी के खाने के लिए अभी बहुत है।"

"मैं जाऊँ?" उन्होंने लड़के से पूछा।

"हाँ।" लड़के ने रघुवर प्रसाद को हँसिया लौटा दिया था।

घर आकर रघुवर प्रसाद फिर देहरी पर दरवाज़े से टिककर बैठ गए। हाथी को आता हुआ देख रहे थे। सोनसी खाना बनाने की तैयारी कर रही थी।

"जाओ तालाब से नहाकर आ जाओ। मैं कब की नहा चुकी हूँ।"

"मैं हाथी को देख रहा हूँ, वह क्या करता है।"

"उसका पेट भर गया है। उसकी चिंता नहीं है।"

"इधर-उधर न चला जाए। गड़बड़ तो नहीं होगी?"

"नहीं होगी। हाथी समझदार है। तुम टैंपो से महाविद्यालय चले जाना।"

"अच्छा मैं नहाकर आता हूँ। हाथी का ध्यान रखना।"

"हाँ रखूँगी।"

रघुवर प्रसाद की चड्ढी-बनियान चारपाई पर रखी थी, कपड़े और अँगोछा भी लेकर खिड़की से कूद गए। गोबर से लिपी पगडंडी पर वे भागते जा रहे थे। जाते समय बूढ़ी अम्मा नहीं दिखाई दी। लौट रहे थे तब एक पेड़ के नीचे बैठी थी।

"बूढ़ी अम्मा, क्या कर रही हो?" रघुवर प्रसाद ने पूछा।

"ठहर-ठहर।" बूढ़ी अम्मा ने भागते हुए रघुवर प्रसाद को रोका। बूढ़ी अम्मा के हाथ में ताज़ी पत्ती से बना एक दोना था। उसमें दो बताशे थे। बूढ़ी अम्मा ने गरम-गरम इसे चुआया हो। बताशे से ताज़ी गंध आ रही थी।

"इसे खा ले।" बूढ़ी अम्मा ने बताशा तोड़कर रघुवर प्रसाद को खिलाया।

"ले जा सोनसी को दे देना।" दोना पकड़ाते हुए बूढ़ी अम्मा ने कहा। रघुवर प्रसाद दोना लेकर भागे। आधा बताशा रस्ते में फिर खाया।

कमरे के अंदर घुसते हुए उन्होंने खुले दरवाज़े से देखा था, हाथी नीम के पेड़ के नीचे खड़ा था। सोनसी को दोना पकड़ाते हुए उन्होंने कहा, "बूढ़ी अम्मा ने दिया है खा लो। मैंने खा लिया है।" सोनसी ने आधा बताशा खाया और आधा बचा बताशा रघुवर प्रसाद को दिया तो उन्होंने खा लिया।

पड़ोस में ताला बंद था। इसलिए अच्छा था। घर के सामने एक छुट्टा हाथी से ख़तरा हो सकता था। उसकी हल्की टक्कर से दीवार भरभराकर गिर सकती थी। उसकी समझदारी पर एक सीमा तक विश्वास किया जा सकता था। जो समझदारी थी वह सिखाई हुई समझदारी थी। इस सिखाई हुई समझदारी पर ही विश्वास किया जा सकता था। इसके अलावा जो था उसपर विश्वास नहीं था। हाथी पेड़ के नीचे खड़ा हुआ चुपचाप था। साधु नहीं था।

रघुवर प्रसाद तो नहा चुके थे। उन्होंने सोनसी से कहा, "हाथी नहीं नहाया।"

"तालाब ले जाते तो अच्छा था।"

"महाविद्यालय के आगे के तालाब में वह नहाता है।"

"उसका नहाने का मन हो रहा होगा। अपने मन से जाकर नहा क्यों नहीं लेता! हम उसे रोक तो नहीं रहे थे।" सोनसी ने कहा।

"यहीं खड़ा रहे तो अच्छा है, चला गया तो चिंता होगी।"

"हाँ।"

"महाविद्यालय की छुट्टी ले लेता हूँ।"

"वैसे मैं हाथी की देखभाल कर लूँगी।"

"तुम से नहीं बनेगा। छुट्टी का आवेदनपत्र विभागाध्यक्ष को दे आता हूँ। वे नहीं मिले तो आवेदनपत्र देने महाविद्यालय जाना होगा।"

"कैसे जाओगे? हाथी देखेगा तो वह पीछे आएगा।"

"उनका घर भीड़भाड़ वाले मोहल्ले में है। हाथी का वहाँ जाना ठीक नहीं है।"

छुट्टी का आवेदनपत्र लिखने के बाद, रघुवर प्रसाद ने दरवाज़े से झाँककर हाथी को देखा। हाथी घर की तरफ़ नहीं देख रहा था। सड़क की एक्का-दुक्का हलचल पर उसका ध्यान होगा। "मैं जा रहा हूँ।" उन्होंने धीरे-से कहा। हल्के से दरवाज़ा खोला। पैर दबाकर घरों के किनारे-किनारे वे चले। कुछ दूर जाने के बाद देखा कि हाथी वहीं खड़ा था। तेज़ी से विभागाध्यक्ष के घर की ओर वे बढ़े। मन हुआ कि दौड़ते जाएँ तो समय बचेगा। आवेदनपत्र कमीज़ की ऊपर की जेब में था। वे दौड़ने लगे। जेब के चिल्लर बज रहे थे। दौड़ने से गिर न जाएँ इसलिए बाएँ हाथ से जेब दबाए वे दौड़ रहे थे।

विभागाध्यक्ष जलेबी का पूड़ा पकड़े सड़क की दूसरी ओर से घर आ रहे थे। रघुवर प्रसाद को उन्होंने दौड़ते हुए देखा। उन्हें लगा कि क्या बात है। रघुवर प्रसाद ने विभागाध्यक्ष को नहीं देखा था। वे विभागाध्यक्ष के घर की ओर मुड़े तो विभागाध्यक्ष ने आवाज़ दी, "रघुवर प्रसाद, रघुवर

प्रसाद।" रघुवर प्रसाद ने आवाज़ नहीं सुनी। पास एक आदमी जा रहा था वह समझ गया था कि दौड़ने वाले को आवाज़ दी जा रही है। न तो वह रघुवर प्रसाद को जानता था न विभागाध्यक्ष को। सहायता की दृष्टि से उसने रघुवर प्रसाद से कहा, "रघुवर प्रसाद।" सुनकर रघुवर प्रसाद ठहर गए। वे विस्मय से आदमी को देख रहे थे। "आपको बुला रहे हैं।" उसने विभागाध्यक्ष की ओर इशारा किया। रघुवर प्रसाद ने विभागाध्यक्ष को देखा तो विभागाध्यक्ष ने हाथ उठाया।

"क्या बात है रघुवर प्रसाद?" चिंतित-से विभागाध्यक्ष ने पूछा।

"आज की छुट्टी का आवेदनपत्र देना था सर।"

"सब ठीक तो है न?"

रघुवर प्रसाद कुछ कहते-कहते रुक गए।

"चलो घर पर बैठते हैं। जलेबी ठंडी हो रही है।"

"नहीं सर, मुझको जल्दी है।"

"किस बात की जल्दी?"

"कुछ नहीं सर!" आवेदनपत्र उन्होंने विभागाध्यक्ष को दिया।

"जलेबी नहीं खाओगे?"

"नहीं सर।"

"छुट्टी लेकर क्या खिड़की के पीछे घूमने जाओगे?"

"नहीं सर।"

"अच्छा, थोड़ी देर में मैं तुम्हारे घर आता हूँ।"

"नहीं सर। सब ठीक है।"

"सब ठीक है तो छुट्टी क्यों ले रहे हो?" विभागाध्यक्ष ने कहा।

"वैसी बात नहीं है।" कहकर रघुवर प्रसाद तेज़ी से मुड़े। मुड़कर दो

क़दम बाद उन्होंने 'सर' कहा। यह सर उन्हें पहले कही हुई बात के साथ कहना था कि बात है पर वैसी बात नहीं है सर। जो कहने से छूट गया था। बाद में निकला। बाद में निकले 'सर' के कारण विभागाध्यक्ष ठहर गए थे कि रघुवर प्रसाद कुछ कहेंगे। इस सर को उन्होंने कुछ कहेंगे का पहला कहा हुआ शब्द समझा। रघुवर प्रसाद बिना कहे चले गए। विभागाध्यक्ष ने सोचा कि रघुवर प्रसाद झंझट में है। वे पूछेंगे कि सर कहने के बाद उन्होंने आगे कहा क्यों नहीं।

लौटते समय भी रघुवर प्रसाद कुछ दूर तक तो दौड़े थे। फिर थक जाने के कारण नहीं दौड़े। बाद में वे धीरे लौटे। उन्हें हाथी दूर से दिख गया था। वे अभी भी कुछ छुपकर लौट रहे थे। हाथी ने रघुवर प्रसाद को देख लिया था। वह रघुवर प्रसाद की तरफ़ नहीं बढ़ा। शायद हाथी ने सोचा होगा कि रघुवर प्रसाद उससे दूर नहीं जा रहे हैं, पास आ रहे हैं।

कितने दिन हो गए को कितने दिन हो गए में ही रहने देना चाहिए। दिन को गिनती में नहीं समझना चाहिए। किसी को भी नहीं। गिनती चारदिवारी की तरह है जिसमें सब मिट जाता है। अंतहीन जैसे का भी गिनती में अंत हो जाता था। जो गिना नहीं गया उसका विस्तार अनंत में रहता था, कि वह कभी भी कहीं भी है। चाहे कितना छोटा या कम क्यों न हो। अभी सुबह से घर के सामने का हाथी 'कब से है' हो गया था। सुबह बीती थी। यह ऐसी बीती थी कि रोज़ की सुबह लग रही थी। रघुवर प्रसाद हाथी को हमेशा की तरह देख रहे थे। हाथी ने रघुवर प्रसाद को हमेशा की तरह देखा होगा। सोनसी हमेशा की तरह घर का काम करते हुए हाथी को देख जाती थी। स्वभाविक तौर पर उसकी मनःस्थिति ऐसी थी कि वह ख़ुशी से भरी रहती। हाथी का सुख हाथी की चिंता से बड़ा था।

रघुवर प्रसाद घर के अंदर घुसे। उनके आते ही सोनसी ने कहा, "खाना थोड़ी देर में बन जाएगा।"

"पर मैं महाविद्यालय नहीं जाऊँगा। छुट्टी का आवेदनपत्र मैंने विभागाध्यक्ष को दे दिया है।"

"भूख नहीं लग रही है?"

"लग रही है।"

"गरम-गरम खा लेना।"

"तुम नहीं खाओगी?"

"सब काम करने के बाद खाऊँगी।"

"मैं तुम्हारे साथ खाऊँगा।"

"घर का सब काम तुम्हारे खाने के बाद ख़त्म होता है।"

विभागाध्यक्ष से रहा नहीं गया कि रघुवर प्रसाद झंझट में होंगे, कुछ कहा नहीं और रघुवर प्रसाद के घर उन्हें जाना चाहिए। महाविद्यालय जाते समय वे रघुवर प्रसाद के घर की ओर मुड़े। रघुवर प्रसाद के घर के सामने खड़ा हुआ हाथी दिखा। उन्होंने सोचा था यदि ख़ास बात नहीं हुई तो वे रघुवर प्रसाद को स्कूटर पर महाविद्यालय ले जाएँगे। परंतु हाथी था। रघुवर प्रसाद छुट्टी लेकर हाथी से घूमने जा रहे हैं? रघुवर प्रसाद और सोनसी दरवाज़े पर बैठे थे। रघुवर प्रसाद ने विभागाध्यक्ष को देखा तो उठकर खड़े हो गए। सोनसी भी खड़ी हो गई। विभागाध्यक्ष स्कूटर खड़ा कर रहे थे तो रघुवर प्रसाद ने चिल्लाकर कहा, "वहाँ नहीं, दूर रखिए। और दूर। सँभलकर आइए। साधु नहीं है, अकेला हाथी है।" हाथी से दूर स्कूटर खड़ा कर विभागाध्यक्ष किनारे से रघुवर प्रसाद के पास आए।

"साधु कहाँ गया?" विभागाध्यक्ष ने पूछा।

"नहीं है, हाथी छोड़कर चला गया।" रघुवर प्रसाद ने झेंपते हुए कहा।

"क्या इसीलिए छुट्टी ले रहे हो?"

"जी सर! हाथी की देखभाल के लिए।"

"कब तक देखभाल करोगे?"

"दो-एक दिन बस। फिर जंगल विभाग को दे दूँगा। क्या मुझे पुलिस को ख़बर करनी चाहिए?"

"आगे फ़ौजदारी का मामला बन सकता है। हाथी तोड़फोड़ करे, लोग तुम पर मुआवज़े का मुक़दमा दायर कर सकते हैं। झगड़ा कर सकते हैं। परंतु सोचो तो परेशानी है। भूल जाओ, घर के सामने हाथी है। हाथी तुम्हारी ज़िम्मेदारी कैसे हो गई?"

"सड़क पर पड़ा हुआ पत्थर जब ज़िम्मेदारी है कि उसे हटा देना चाहिए। यह तो हाथी है सर! मेरा परिचित हाथी। एक बड़ा जीव है। कुछ न कुछ करना होगा। दो-एक दिन देखूँगा कि साधु आ जाए।"

"अच्छा यह बताओ तुमने आवेदनपत्र देने के बाद जाते-जाते सर! कहा और कुछ नहीं कहा, चले गए।"

"बात यह है सर! पहले बात करते समय मैं आपको सर कहना भूल गया था। बाद में याद आया तो भूला हुआ अकेला सर निकला। मैंने सोचा कि आप पहले कहे हुए के साथ इसे जोड़ लेंगे।"

"तुम तो कई बार कहना भूल जाते हो। दिन के आख़िरी में यदि तुम दस बार केवल 'सर! सर!' कह दोगे तो मैं कहाँ तक उस 'सर!' को क्या-क्या कहे के साथ जोड़कर पूरा करता रहूँगा! अच्छा कल्पना करो, महाविद्यालय का समय समाप्त होने के बाद घर जाने के पहले तुम मेरे पास आए और दस-पंद्रह बार केवल 'सर! सर!' कहकर चले गए। अब मैं घर जाना छोड़कर तुम्हारे सर का हिसाब लगाता बैठा रहूँगा। अगर तुमने आवश्यकता से अधिक बार 'सर!' कह दिया तो मैं उसे जमा रखूँगा कि आगे की भूल में हिसाब पूरा कर लूँ? नहीं रघुवर प्रसाद, तुम मुझे 'सर!' कहना छोड़ दो।"

"जी!" रघुवर प्रसाद मुस्कुराए। सोनसी चाय लेकर आ गई। रघुवर प्रसाद ने बसी में सोनसी को अपने कप से चाय दी।

"हाथी से तुम महाविद्यालय नहीं जा सकते। मेरे साथ स्कूटर से चलो और हाथी को भूल जाओ।"

"मैंने अभी खाया नहीं है।"

"डब्बा ले चलो।" विभागाध्यक्ष ने कहा।

सोनसी ने डब्बा तैयार किया। रघुवर प्रसाद का मन नहीं हो रहा था कि सोनसी कठिनाई में न पड़ जाए।

"मैंने छुट्टी का आवेदनपत्र दिया है।" रघुवर प्रसाद आख़िरी में 'सर!' कहना चाहते थे पर नहीं कहा।

"मैं इसे फाड़ देता हूँ।" विभागाध्यक्ष ने आवेदनपत्र फाड़ दिया। फिर वे खिड़की के पास गए। खिड़की से सिर निकाला। इधर-उधर देखा। उन्होंने गहरी साँस खींची।

"चलो।" विभागाध्यक्ष ने कहा।

"चलिए।" डब्बा लेकर रघुवर प्रसाद ने कहा।

रघुवर प्रसाद के जाने के बाद खिड़की की तरफ़ गाय आई। एक रोटी गाय को देने के बाद एक रोटी लेकर सोनसी हाथी के पास गई। दोनों हथेलियों पर रख हाथ फैला उसने रोटी हाथी को दी। हाथी रोटी उठा रहा था, पर सोनसी ने आँख बंद नहीं की। सूँड़ का स्पर्श उसे हुआ था।

वह खाना खाने बैठी तो पेड़ पर छुपकर बीड़ी पीने वाला लड़का आया। सोनसी पहले उसे पहचानी नहीं। वह हमेशा पेड़ पर दिखा था। अपने हाथ से हाथी को खिलाने वह पेड़ से नीचे उतरा था, तब धरती पर दिखा था।

"हाथी के लिए डाल काट दूँ?" उसने सोनसी से पूछा। बारह-तेरह साल का लड़का था। कमीज़ और खाकी हाफ़ पैंट पहना था। दुबला-पतला। आँख बड़ी थी। बाल तेल से चुपड़े, कंघी किए हुए थे।

"खाना खाएगा?" सोनसी खाना लेकर बैठी थी।

"रोटी है?" उसने पूछा।

"भात है।" सोनसी ने कहा।

एक बड़ी टठुलिया में सोनसी ने उसे भात, हरी मिर्च, थोड़ा प्याज़ और चुटकी भर नमक दिया। यही वह अपने लिए लेकर बैठी थी। साग नहीं था। वह हड़बड़-हड़बड़ खा रहा था।

"धीरे खाओ।" सोनसी ने कहा। सोनसी की तरफ़ देखकर वह धीरे खाने लगा। दरवाज़ा खुला था। सोनसी जहाँ बैठी थी, वहाँ से हाथी दिख रहा था। फिर हाथी दिखना कम हो गया, थोड़ा हिस्सा सूँड़ का दिख रहा था। सोनसी खाते-खाते सरक गई। अब क़रीब आधा हाथी उसे दिखने लगा।

"छुपकर बीड़ी क्यों पीता है?" सोनसी ने पूछा।

"ददा मारता है।"

"मत पिया कर।" सोनसी ने समझाया। टठुलिया में उसका भात ख़त्म हो गया था। वह सिर झुकाए नमक चाट रहा था।

"भात और दूँ?"

"हाँ! दे दो।" उसने कहा। उसे बहुत भूख लगी थी।

जब तक उसका बाप घर पर रहता, वह घर नहीं जाता था। घर के सामने, दरवाज़े के पास डंडा दीवार से टिका दिखता तो वह समझ जाता कि बाप घर में है। जब डंडा नहीं रहता तब घर में घुसता। उसका बाप राऊत था। वह घर-घर दूध दुहता और गाय-बैल चराने दूर निकल

जाता। बाप को यह पता था कि उसके डर से लड़का घर नहीं आता। इसलिए वह अधिक-से-अधिक समय घर से बाहर रहने का यत्न करता। भूल से घर आ जाता और लड़का वहाँ होता तो लड़का पीछे आँगन की दीवार फाँदकर भाग जाता। अकेला लड़का था। उसकी दोनों लड़कियाँ छुटपन में मर गई थीं। लड़के के भागने के बाद भी उसका बाप घर पर नहीं रुकता था। उसे लगता कि लड़का कहीं से छुपकर उसे देख रहा होगा कि जब ददा घर से बाहर जाए तो वह घर में घुस सके। बाहर जाते समय वह खाँसता, लड़के की दाई से चिल्लाकर कुछ बोलता। 'मैं घर देर से लौटूँगा' यह ज़रूर बोलता था। वह अपने घर से बाहर निकलने को अधिक-से-अधिक जतलाता था कि लड़के को यह मालूम हो जाए कि वह जा रहा है। और खेलने के ध्यान में उसके जाने को भूल न जाए। दरवाज़े के पास वह डंडा जानबूझकर रखता था। इससे घर में उसका होना पहले से पता चलता था। लड़के के बीड़ी पीने से वह बहुत चिढ़ता था। उसकी दाई, कि लड़का कभी भी घर आ जाएगा, घर से बीस-बीस दिन बाहर नहीं निकल पाती थी। वह जब तब घर के बाहर रखे डंडे को अंदर छुपा देती, ताकि वो घर आ जाए। यदि वो पूछे ददा है तो कहेगी नहीं है। कुछ ऐसा हो जाए कि सब साथ घर में रहने लगें।

सोनसी ने भात डाला, "और दूँ?"

सिर हिलाकर उसने मना किया। तब भी सोनसी ने थोड़ा भात परोस दिया।

सड़क के किनारे कुछ दूर गूलर का पेड़ था। कमीज़ के कॉलर में पीछे पीठ की तरफ़ हँसिया लटकाए वह पेड़ पर चढ़ गया। चढ़ने में यह आसान पेड़ था। इस पेड़ के बड़े खोखल को देखकर लड़के ने सोचा कि बीड़ी-माचिस के अलावा भी कुछ छुपाकर रखा जा सकता है। यहाँ सड़क

के आदमी की नज़र से वह बचा रह सकता है। पहले का पेड़ अब गुप्त नहीं रह गया था। पेड़ बदलते रहना चाहिए। यह पेड़ घना था। इसका तना मोटा था। ऊँचा अधिक नहीं था।

जब डालियाँ काटकर वह गिराने लगा तो सोनसी भी वहाँ पहुँच गई। डाल लेकर वह हाथी तक जाना चाहती थी। भारी होने के कारण डाल घसीटकर ले जाने लगी। डाल के ज़मीन पर घिसटने से धूल उड़ रही थी। हाथी तक वह पहुँच नहीं पाई थी कि हाथी उसकी ओर आया। हाथी के लिए डाल छोड़ वह हट गई। हाथी गूलर की हरी-भरी डाल चाव से खा रहा था।

"ददा आ रहा है।" पेड़ के ऊपर से लड़के ने कहा।

"कहाँ है?"

"डंडा लेकर आ रहा है।"

सोनसी ने देखा एक कमज़ोर दुबला-पतला आदमी था। सिर पर अँगोछा बाँधे था। आजू-बाज़ू इधर-उधर देखता जा रहा था। शायद अपने लड़के को ढूँढ़ रहा था। अगर उसे मालूम होता कि उसका लड़का पेड़ों में बैठा रहता है तो वह पेड़ों को देखता। ऐसे में गूलर में बैठा हुआ उसका लड़का दिख जाता। सोनसी का मन हुआ कि उसे बतला दे, यहाँ गुलर के पेड़ पर उसका लड़का है। उसके हाथ में डंडा नहीं होता तो शायद बता देती। सोनसी को कई बार का देखा हुआ वह लग रहा था।

सोनसी अपना फटा पोलका और सुई-धागा लेकर आई थी कि गूलर के पेड़ के पास बैठकर पोलका सीती रहेगी और हाथी को देखती रहेगी। घर का दरवाज़ा उसने उड़का दिया था। अपने ददा को घर से दूर जाते देख लड़के का मन घर जाने का हो गया था। उसने पेड़ के ऊपर से कहा "हो गया अब नहीं काटता।" हँसिया उसने नीचे गिराया। नीचे उतरते ही वह घर की तरफ़ भागा। उसने सोनसी से चिल्लाकर कहा था, "घर जा

रहा हूँ।" सोनसी ज़मीन पर पड़ा हँसिया उठा रही थी।

हाथी गूलर के पेड़ के नीचे डालों को खा रहा था। सोनसी हटकर एक पत्थर पर बैठी पोलका सीने का काम कर रही थी। हाथी को ताकते हुए उसे छोटू की याद आने लगी। वह ज़िम्मेदारी से हाथी देखने का काम कर रही थी। देखने के अतिरिक्त वह और क्या कर सकती थी!

ख़ाली समय में उसे घर की बहुत याद आने लगी थी। याद में उसे अपने पिता रघुवर प्रसाद के पिता जैसे दिखते थे। वह अपनी माँ को याद करती थी और रघुवर प्रसाद की माँ को ध्यान में देखती। स्वप्न में वह यहाँ के नीम के पेड़ के पास मायके का मुनगे का पेड़ देखती। मायके के आँगन में ससुराल की बीच कोठरी होती जिसमें रघुवर प्रसाद और छोटू का जन्म हुआ था। मायके के आँगन में लगी तरोई की बेल, ससुराल के छप्पर पर फैली रहती। रघुवर प्रसाद के लिए इसी बेल की तरोई का साग यहाँ बनाते हुए अपने को देखती। दोपहर को जागती तो सबकी याद आती। नींद में होती तो ख़ुद याद में चली जाती। नींद में उसे याद नहीं आती थी नींद में वह याद को पा जाती थी। अधनींद में उसे लगता था कि उसे पुत्रीशाला जाना है और अब तक बस्ता नहीं जमाई है। वह जागती हो या नींद में संसार में जहाँ तक उसका हाथ पहुँचता उसे अपने हाथ से और जहाँ हाथ नहीं पहुँचता उसे मन-ही-मन सँवारती। गाँवों के घर की बीच कोठरी में ब्याह के बाद उसे रघुवर प्रसाद के साथ बसाया गया था। उस बीच कोठरी के दरवाज़े में अंदर साँकल नहीं थी। दोनों के बीच संकोच की ठोस दीवार रहती थी। इस दीवार की सेंध से दोनों एक-दूसरे को टटोलकर एक-दूसरे का स्पर्श चुरा रहे होते। स्पर्श का अनजाना सुख इस तरह था जो किसी और तरह का नहीं था। सोनसी को बीच कोठरी में ले जाते समय रघुवर प्रसाद की माँ ने बताया था कि दरवाज़े के अंदर साँकल नहीं है, पर वह बाहर से साँकल लगा देगी। सोनसी उस रात से यह बताने-बताने को होकर अभी तक बता नहीं पाई थी।

पोलका का सीना कब का हो चुका था। हाथी का पेट भी भर गया हो। वह उठी और घर आ गई। हाथी पीछे-पीछे आया था और नीम के पेड़ के नीचे खड़ा हो गया था। यह देख वह एक छोटी बच्ची की तरह मुस्कुराई थी।

विभागाध्यक्ष ने प्राचार्य को बताया था कि साधु ने रघुवर प्रसाद के घर के सामने हाथी को लावारिस छोड़ दिया है।

"लावारिस साइकिल से रघुवर प्रसाद को मुक्ति मिल गई।" विभागाध्यक्ष ने कहा।

"रघुवर प्रसाद साइकिल रखे होते तो हाथी से उनको पहले मुक्ति मिल जाती।" प्राचार्य ने कहा।

"जी हाँ।" विभागाध्यक्ष ने कहा।

"रघुवर प्रसाद से कहेंगे कि वे हाथी की रिपोर्ट लिखा दें। और जब हाथी की रिपोर्ट लिखाएँ तो साइकिल की भी लिखा दें।"

"महाविद्यालय में छोड़ी गई साइकिल से रघुवर प्रसाद को अलग रखना चाहिए।"

"हाँ, ठीक कहते हो।" प्राचार्य ने कहा।

"कार्यालय का बाबू साइकिल की रिपोर्ट लिखा देगा।"

"और हाथी की रघुवर प्रसाद।"

"दोनों साथ चले जाएँ।"

"और अलग-अलग रिपोर्ट लिखा दें।"

"रघुवर प्रसाद हाथी को लावारिस नहीं मानते।"

"किसलिए?"

"उनका कहना है कि हाथी साधु का है और यह सबको मालूम है।"

"उसने तो हाथी को लावारिस छोड़ दिया है।"

"साइकिल के वारिस की जानकारी नहीं है। साधु ने हाथी को रघुवर प्रसाद के विश्वास पर छोड़ा है, ऐसा उनका कहना है।"

"धोखे से छोड़ा है।"

"रघुवर प्रसाद मुश्किल में पड़ गए।"

"उनकी सहायता करनी चाहिए।"

"रघुवर प्रसाद ने हाथी की देखभाल के लिए आज की छुट्टी का आवेदनपत्र दिया था, परंतु मैंने फाड़ दिया। हाथी रघुवर प्रसाद की ज़िम्मेदारी कैसे हो गई यह समझ में नहीं आता।"

"पूछना नहीं था!"

"रघुवर प्रसाद ने कहा कि हाथी एक जीव है। वे महाविद्यालय आना-जाना उसपर करते रहे।"

"रघुवर प्रसाद को बुलाइए उसी से बात करते हैं।"

रघुवर प्रसाद आधे दिन के अवकाश का आवेदनपत्र विभागाध्यक्ष की टेबल पर रखकर घर चले गए थे। विभागाध्यक्ष उस समय प्राचार्य के कमरे में थे। विभागाध्यक्ष आवेदनपत्र लेकर प्राचार्य के कमरे में आए और कहा, "रघुवर प्रसाद आधे दिन की छुट्टी का आवेदनपत्र देकर घर चले गए हैं। इस आवेदनपत्र का क्या करें?"

"रघुवर प्रसाद का आवेदनपत्र तो आप फाड़ देते हैं।" प्राचार्य ने कहा।

"जी हाँ।" विभागाध्यक्ष ने कहा।

आवेदनपत्र उन्होंने फाड़ दिया। काग़ज़ फेंकने की टोकनी विभागाध्यक्ष की तरफ़ थी। बीच में टेबल थी।

"लाइए मुझे दीजिए।" प्राचार्य ने हाथ बढ़ाया तो विभागाध्यक्ष ने फटे टुकड़ों को पकड़ाया, जिसे टोकनी में डालकर वे काम में लग गए। लौटकर विभागाध्यक्ष भी अपने काम में लग गए। उन्हें रघुवर प्रसाद की कक्षा भी पढ़ानी थी।

रघुवर प्रसाद को सड़क पर जाते ही टैंपो मिल गया था। टैंपो में एक बूढ़ा था और पाँच औरतें थीं। चार-पाँच टोकनी से टैंपो भरा था, नीचे थोड़ी जगह थी। दो टोकनियों में करेले भरे थे। एक एल्यूमीनियम के डब्बे में दूध था जो बूँद-बूँद छलक जाता था। डब्बा बूढ़े का था। घर जल्दी पहुँचना था इसलिए रघुवर प्रसाद को टैंपो में बैठना पड़ा। लौटते समय मिलने वाले दृश्यों की ओर उनका ध्यान कम जा रहा था। सिर्फ़ इतना ही ध्यान जाता था कि अब घर के समीप पहुँच रहे हैं। अभी हाथी के कारण बाहर उनका ध्यान था। इस ध्यान में वे टैंपो से दोनों तरफ़ के दृश्यों को कठिनाई से देख पा रहे थे।

टैंपो से उतरते ही वे भागते चले। जब उनको नीम के पेड़ के नीचे हाथी दिख गया तब वे धीरे-धीरे और सुस्ताते हुए चले। सोनसी दरवाज़े के पास बैठी थी। चावल बीन रही थी। सोनसी को रघुवर प्रसाद का आना मालूम नहीं था। आने की संभावना भी नहीं मालूम थी। वे जल्दी लौट आने की ख़ुशी को सोनसी तक अपने पहुँचने के पहले पहुँचा देना चाहते थे। "सोनसी!" वे चिल्लाए। "सोनसी!" फिर चिल्लाए। सोनसी ने उनकी पहली पुकार को भी सुन लिया था। अप्रत्याशित ख़ुशी में थाली लिए वह उठकर खड़ी हो गई। "हाँ।" क्षण भर रुककर उसने कहा। यह निर्णय लेने के लिए कि क्या वह रघुवर प्रसाद तक दौड़ पड़े, ठिठक गई थी। ठिठक जाने की देरी के कारण उसने 'हाँ' कहा था कि उसके पहुँचने के पहले उसकी 'हाँ' रघुवर प्रसाद तक पहुँच जाए। दोनों पड़ोसियों के घरों में ताला बंद होने से आसपास उनका खुला हुआ एकांत था।

हाथी ने भी रघुवर प्रसाद की आवाज़ सुनी होगी। तभी रघुवर प्रसाद की दृष्टि गली में पड़ी। गली से साधु, एक आदमी का सहारा लिए हुए आता दिखा। रघुवर प्रसाद की आशा के विपरीत यह था। वे आश्चर्य से खड़े रह गए थे। सोनसी भी चावल की थाली लिए हुए उन तक आ गई थी। गली के सामने दोनों खड़े थे।

साधु ने सोनसी को हाथ जोड़कर 'प्रणाम' कहा।

"रात को जब आए थे तब तबियत बहुत ख़राब थी। घर में चक्कर खाकर गिर पड़े, बेहोश पड़े रहे। हाथी की चिंता थी। इनके कहने से मैं हाथी को आकर देख जाता था। और इनको बताता था कि हाथी ठीक है। चिंता की बात नहीं है।" साधु के आदमी ने कहा।

"हाथी को एक मुट्ठी चावल दे दूँ?" साधु ने सोनसी से पूछा। सोनसी ने थाली आगे बढ़ा दी।

"दे दो।" रघुवर प्रसाद ने कहा। एक मुट्ठी चावल उठाकर साधु ने हाथी के मुँह में डाल दिया।

"अब तबियत ठीक है?" सोनसी ने पूछा।

"हाँ।" सिर झुकाए हुए साधु ने कहा। साधु लज्जित था कि वह हाथी छोड़ जाने का अपराधी है। वह हाथी पर बैठकर जाने को हुआ। उसे जल्दी, हाथी ले जाने की थी।

"चाय पीकर जाना।" सोनसी ने कहा।

"चाय नुक़सान करेगी।" साधु के साथी ने कहा।

"सुस्ता लो, पानी पी लेना।" रघुवर प्रसाद ने कहा।

"अब तबियत अच्छी है।" साधु ने कहा। साधु हाथी पर बैठकर चला गया। हाथी धीरे-धीरे जा रहा था। साधु का साथी आदमी भी जाने को था तब रघुवर प्रसाद ने पूछा, "क्या आप साधु का इलाज करते हैं?"

"नहीं, मेरे पिता वैद्य हैं।"

"चाय पिएँगे?"

"नहीं, चाय नुक़सान करती है।" कहकर वह चला गया।

सोनसी और रघुवर प्रसाद धीरे-धीरे घर जा रहे थे। चार क़दम की दूरी का बाहर पूरे बाहर को लौटा रहा था कि उनका घर आख़िरी एकांत में था। कमरे में भी इतना एकांत इकट्ठा हो गया था कि कब से एक-एक क्षण को जमा किया गया हो। इस एकांत को दोनों एक साथ पा लेना चाहते थे। यह अकेले का एकांत नहीं था। साथ का था इसलिए कोई आगे नहीं जा रहा था, साथ जा रहे थे। रघुवर प्रसाद ने दरवाज़ा बंद किया, पर वे अंदर से साँकल लगाना भूल गए। सोनसी को भी याद नहीं था। एकांत को पाने की जल्दी थी। यद्यपि रघुवर प्रसाद साँकल लगाना भूल गए थे, पर दरवाज़ा उन्होंने ऐसे बंद किया था कि दरवाज़ा बंद होते ही वे घर समेत दूसरों से अदृश्य हो गए। कमरे के अंदर के फूल की एक कली इतने एकांत के एक क्षण को भी वे छोड़ना नहीं चाहते थे। उस बग़ीचे की सारी कलियों को चुन लेना चाहते थे कि सोनसी उनको गूँथे और वे सोनसी का श्रृंगार करें। रघुवर प्रसाद और सोनसी प्रेम का समय पा रहे थे। सोनसी एक-एक क्षणों को गूँथती और रघुवर प्रसाद सोनसी के थोड़े-थोड़े निर्वस्त्र शरीर को अलंकृत करते। सोनसी पूरी अलंकृत होकर निकली थी। रघुवर प्रसाद कुछ बोलते थे, पर सोनसी उनको कल्पवृक्ष की तरह सुन रही थी। वृक्ष को सुनने में उसने वृक्ष की फुनगी को, एक-एक पत्ती को, हरे फलों को सुना। एक हरे फल का उसने पकना सुना। उसने फल का मीठा होना सुना। एक पल को उसने कच्ची अमिया की तरह खट्टा सुना। पल के पकने के बाद उसने मंजरी को मादक सुना। वह बार-बार फूल के खिलने और फल के पकने को सुन रही थी। सुनने का मेला लगा था। अपने शरीर के अंदर उसने वृक्ष की जड़ को सुना। आख़िरी में उसने वृक्ष

के बीज को सुना।

"सुनो!" सोनसी ने कहा।

"क्या है?

"बीच कोठरी के दरवाज़े में अंदर साँकल नहीं लगी थी।" सोनसी ने कहा। सुनकर रघुवर प्रसाद चौंक उठे। उन्होंने देखा दरवाज़े में अंदर साँकल नहीं लगी थी। खिड़की खुली थी। खटिया की आड़ थी। रघुवर प्रसाद ने दरवाज़े को अंदर से बंद किया। दोनों फिर लेट गए। लेटते ही रघुवर प्रसाद ने 'हाँ' कहा। सोनसी के तब कहे का यह 'हाँ' था।

"अम्मा ने पहले बता दिया था। कहा था वह बाहर से साँकल लगा देगी।"

"तुम मुझको पहले बताई क्यों नहीं?"

"कैसे बताती?"

"क्या तुमने छपाक की आवाज़ सुनी थी?" सोनसी ने फिर पूछा।

"पहले तालाब चुप था, फिर छपाक बोला था। तालाब ने मछली का उछलना कहा होगा।"

"पर मुझको तालाब में परछाई पड़ने की लगातार आवाज़ आ रही थी।" सोनसी अघाई हुई-सी रघुवर प्रसाद के कान के पास करवट लेकर बोली।

"एक पक्षी तालाब के ऊपर उड़ रहा हो।"

"नहीं।" लगातार परछाई पड़ने की आवाज़! रघुवर प्रसाद सोचने लगे।

"तालाब के ऊपर ठहरा हुआ बादल होगा।" उन्होंने कहा।

"नहीं।"

"किनारे का पेड़ होगा।"

"नहीं।"

"धूप की परछाई होगी।"

"दिन के प्रकाश की परछाई होगी।"

"नहीं।"

"तालाब के अंदर से निकली हुई चट्टान की परछाई?"

"नहीं।"

"किनारे के पेड़ के घोंसले की, उसमें चिड़िया के अंडों, बच्चों की, 'चीं-चीं' परछाई की आवाज़।"

"हो सकता है।"

"कमल के फूल की।"

"हो सकता है।" सोनसी ने धीरे-से कहा।

सोनसी के अंदर एक तालाब था उसमें रघुवर प्रसाद की परछाई हो। ऐसे में उसे नींद आ गई। रघुवर प्रसाद भी कुछ और सोच पाते, वे भी सो गए। धीरे-धीरे कमरे का उजाला कम होता जा रहा था। हो सकता है कमरे में तालाब की परछाइयाँ एक-एक कर इसलिए उतरकर आ रही हों कि उनकी चर्चा क्यों बंद हो गई। इसलिए जब कमल की परछाई वहाँ हो तो कमल जैसा उजाला कम हुआ हो। फिर चिड़ियों के बच्चों की, चिड़ियों का घोंसले में लौटने का बेरा था, इसलिए चीं-चीं की आवाज़ बहुत थी। फिर पेड़ की। फिर सूर्य के डूबने के बाद गहरे हो रहे आकाश की। जब उसकी नींद खुली तो तालाब में चंद्रमा की परछाई पड़ी, शायद इस छपाक की आवाज़ से उनकी नींद खुली हो।

"बहुत देर हो गई।" सोनसी ने उठते हुए कहा।

"ग में उ की मात्रा गुड़िया बहुत दिन से नहीं दिखी। दूसरे बच्चे भी नहीं दिखते।"

"खटिया की आड़ हो गई है। झाँकने से हम लोग नहीं दिखते इसलिए उन लोगों ने झाँकना बंद कर दिया। मैं खटिया गिरा देती हूँ।" कहकर सोनसी ने खटिया गिरा दी। ज़मीन से बिस्तर उठाकर खटिया पर डाल दिया।

सुबह सोनसी पहले उठी थी। रघुवर प्रसाद सो रहे थे। सोनसी दीवार की तरफ़ थी। रघुवर प्रसाद के पैताने से वह खटिया से उतरी। खिड़की पर सोनसी की दृष्टि गई, एक साँवली छोटी बच्ची खड़ी थी। सोनसी ने उसे मुस्कुराकर देखा। जाते-जाते उसने बच्ची के सिर पर हाथ फिराया। जब वह झाड़ू लगा रही थी तब उसने 'ग' में 'उ' मात्रा 'गुड़िया' सुना। सोनसी ने झाँककर देखा, गुड़िया सिलेट-पट्टी लिए खिड़की के नीचे पीठ टिकाए बैठी थी। सोनसी ने रघुवर प्रसाद को जगाया, "उठो, गुड़िया आ गई है।" आँख मलते हुए रघुवर प्रसाद उठे और सीधे खिड़की के पास गए। अलसाए, झाँककर पूछा, 'ब' में छोटी 'उ' की मात्रा बुढ़िया?"

"नहीं, 'ग' में छोटी 'उ' की मात्रा गुड़िया।" गुड़िया ने ज़ोर से कहा।

रघुवर प्रसाद लोटे में पानी लेकर मुँह धोने बाहर चले गए। बाहर उन्होंने इधर-उधर दूर तक देखा। उन्होंने ऊपर पेड़ों और आकाश की ओर भी देखा। यह सब दिख जाने के बाद वे अतिरिक्त कुछ दिख जाने की आशंका से मुक्त थे। उन्होंने मुँह धोया।

ख़ाली लोटा दरवाज़े के पास अंदर रख पेड़ के पास गए। इस दिनारंभ में बीड़ी पीने वाला लड़का वहाँ है या नहीं, वे उसकी उपस्थिति जाँच लेना चाहते थे। जो दिख रहा था वह दिन के आरंभ की भर्ती थी। वे हाज़िरी ले रहे थे। उन्होंने सूर्य कहा हो और कुछ चढ़ आए सूर्य ने उपस्थित कहा हो। सूर्य का उपस्थित कहना रघुवर प्रसाद के ऊपर सुबह की धूप का पड़ना था। ऊपर सिरस के पेड़ को उन्होंने सिर उठाकर झाँका। लड़का वहाँ नहीं था। वे लौटने लगे, तब सुना–'मैं यहाँ हूँ।' रघुवर प्रसाद ने आसपास के

पेड़ों को देखा। "यहाँ नहीं, यहाँ।" उन्हें लगा गूलर के पेड़ में से पुकारा गया है। तब भी उन्होंने पूछा, "कहाँ हो?"

"गुलर के पेड़ में।"

रघुवर प्रसाद सड़क से नीचे उतरकर गूलर के पेड़ के पास गए। उस पेड़ में लड़का छुपा हुआ था।

"तुमने पेड़ बदल दिया?" रघुवर प्रसाद ने ऐसे पूछा जैसे उसने अपनी बैंच बदल दी हो।

"हाँ।" लड़के ने कहा। दिनारंभ की कक्षा में वे उपस्थिति ले रहे थे। पर यह सबको अपनी उपस्थिति देना भी तो जैसे था।

"पेड़ बदले क्यों?" उन्होंने पूछा।

"यह वाला पेड़ अच्छा है।" लड़के ने कहा।

"पहले में क्या ख़राबी थी?" रघुवर प्रसाद ने इस प्रकार कहा कि ऐसे में तो नुक़सान हो जाएगा। एक पेड़ का नुक़सान हुआ न!

"पेड़ सबको मालूम हो गया था। ऊँचा था।"

"यह पेड़ मुझको मालूम हो गया।"

"किसी को बताना मत। बाद में दूसरे पेड़ में चला जाऊँगा।"

"मैं नहीं बताता। मैंने पेड़ को किसी को नहीं बताया। पर इस पेड़ को नहीं बदलना। तुम्हारा पता हमको मालूम होना चाहिए। पेड़ बदलोगे तो बता देना।"

"बता दूँगा।" लड़के ने कहा।

कितना अच्छा था कि इसी दिनारंभ में अम्मा और छोटू रिक्शे में आते दिखे। अम्मा, छोटू ने रघुवर प्रसाद को देखा नहीं था। पेड़ वाला लड़का अम्मा और छोटू को पहचानता होगा। अगर रघुवर प्रसाद उससे बात नहीं कर रहे होते तो वह रघुवर प्रसाद को पहले बता देता। रघुवर प्रसाद

रिक्शा की ओर भागे। वे रिक्शे तक पहुँचते, तब तक रिक्शा घर के सामने खड़ा हो गया था। सोनसी को भी मालूम नहीं था। छोटू एक झोला लेकर उतरा। छोटू निंदासा लग रहा था। बस में ऊँघते आया होगा। फिर अम्मा उतरी। छोटू ने रघुवर प्रसाद को देख लिया। रघुवर प्रसाद रिक्शे के पहुँचते ही सोनसी को चिल्लाए, "अम्मा आई हैं।" जब रघुवर प्रसाद अम्मा के पैर छू रहे थे तभी छोटू ने रघुवर प्रसाद के पैर छुए। छोटू का सिर रघुवर प्रसाद के सिर से टकराया। रघुवर प्रसाद ने छोटू से कहा, "फिर से सिर लड़ाओ नहीं तो सींग निकलेगी।" रघुवर प्रसाद तनकर खड़े हो गए। छोटू कैसे सिर लड़ाता। कूदकर वह रघुवर प्रसाद के कंधे से लटक गया। तब भी वह रघुवर के सिर से अपना सिर नहीं छुआ पाया। जब रघुवर प्रसाद झुके तब छोटू ने सिर छुआया। रिक्शेवाले को पैसे देते-देते अम्मा ने रघुवर प्रसाद को आशीर्वाद दिया था। रघुवर प्रसाद ने भी छोटू को 'ख़ुश रहो!' का आशीर्वाद कहा था। अम्मा ने आशीर्वाद में जो कहा था वह बुदबुदाकर कहा था। रघुवर प्रसाद सुन नहीं पाए थे। उनका ध्यान भी नहीं था। सोनसी आ गई थी। सोनसी ने सिर को आँचल से ढाँक लिया था। उसने अम्मा के पैर छुए। अम्मा ने उसके सिर पर हाथ रख मन-ही-मन आशीर्वाद दिया। शायद सोनसी ने सुना हो। अम्मा लँगड़ाकर चल रही थी। अम्मा ने देखा, बैटरी के गमले में लगे शोभा के पौधे घने हो गए थे। तुलसी कम बढ़ी थी।

"तुलसी बढ़ी नहीं बहू? पानी डालना रह तो नहीं जाता?"

"बराबर पड़ता है अम्मा। जब मैं नहीं डालती तब..."

"रघुवर डाल देता है न?"

"हाँ अम्मा।"

"पिछले महीने रघुवर डाला था?"

"हाँ अम्मा।"

"अब कब डालेगा?" सोनसी को छोटी बच्ची की तरह गले लगाकर अम्मा ने पूछा।

"अभी समय है।" धीरे-से सोनसी ने कहा।

"पिता जी नहीं आए?" सोनसी ने पूछा।

"वहाँ का काम भी देखना पड़ता है। तुम लोगों को देखने का मन था। छोटू के पिता ने भेजा है। दो दिन रहकर चले जाएँगे। तुम लोगों को लड़का-बच्चा हो जाए तो उनका मन काम छोड़कर आने को करे।"

"अम्मा कम-से-कम हफ़्ता भर रुक जाती।" रघुवर प्रसाद ने कहा।

"नहीं तेरे पिता को खाने-पीने की तकलीफ़ हो जाती है। चूल्हा में बनाएँगे-खाएँगे। छोटू की पढ़ाई नहीं हो रही है, स्कूल बंद है।"

"काहे के लिए बंद है?" रघुवर प्रसाद ने पूछा।

"चार-पाँच दिन से रोज़ एक-दो एक-दो साँप निकल रहा था। एक लड़के के बस्ते के अंदर घुसकर बैठ गया था, आख़िर मास्टर ने छुट्टी कर दी।"

सोनसी ने बोरा बिछा दिया था। उसमें लेटते-लेटते अम्मा ने पूछा, "हाथी आता है? कल-परसों छोटू को उसपर ज़रूर बैठा देना। इसी लालच में साथ आया है।"

"कभी-कभी आता है। साधु की तबियत ख़राब है। दो-चार दिन न आए।" रघुवर प्रसाद ने कहा।

"दोनों पड़ोसी के यहाँ ताला लगा है?"

"हाँ कई दिनों से नहीं हैं।" सोनसी ने कहा।

"आ जाते तो उनसे भी मिलना हो जाता।"

जितना पूछना था अम्मा ने सब पूछ लिया। सोनसी चाय बनाकर ले आई थी। चाय पीकर अम्मा फिर लेट गई। सोनसी अम्मा के पास बैठ गई।

"अम्मा, लँगड़ा क्यों रही थी? पैर दुख रहा है, दबा दूँ?" सोनसी धीरे-धीरे पैर दबाने लगी। पर अम्मा ने मना कर दिया।

"सबेरे-सबेरे पैर दबवाना अच्छा नहीं लगता। घुटने में दर्द है। वहाँ से नहा-धोकर निकली थी। तीन बजे रात को नहा ली थी। पहली बस पकड़नी थी। छोटू भी नहा लिया है। तुम चौका-रसोई का काम करो। मैं थोड़ी देर लेटूँगी। बहू, झोले में दो छोटी लौकी रखी है, साग के लिए निकाल लेना।"

सोनसी को याद आया। वह कपड़े में बँधे सोने के कड़े ले आई। अम्मा के पास बैठ गई।

"अम्मा, सो गई क्या?" सोनसी ने पूछा।

"नहीं, क्या है?"

सोनसी ने अम्मा के हाथ में कड़े पकड़ा दिए।

"क्या है?"

"कड़े हैं। बूढ़ी अम्मा ने दिए हैं।" अम्मा ने कड़े देखे। वह बहुत ख़ुश हो गई।

"अच्छा है। सँभालकर रख दे।"

सोनसी कड़े की पोटली कैलेंडर के खीले में फिर टाँगने जा रही थी पर अम्मा ने सँभालकर रखने को कहा था, तो पेटी में रखने लगी।

"बहू, कड़े पहनकर तो दिखा।" अम्मा ने लेटे-लेटे फिर कहा। सोनसी ने कड़े पहने।

"पहिन लिए?" कुछ देर बाद अम्मा ने पूछा।

"हाँ अम्मा।"

"तो दिखाई क्यों नहीं?" अम्मा ने कहा। वह अम्मा के पास खड़ी हो गई। अम्मा उठकर बैठ गई। सोनसी के दोनों हाथ पकड़कर अम्मा ने कड़े देखे। कड़े के अलावा भी जो कुछ रोज़ की कंघी-चोटी का साज-शृँगार

था, अम्मा ने देखा। सूर्य रोज़ निकलता था। आज भी निकला था। सोनसी नित नई सुबह थी। आज की सुबह भी नित नई सुबह थी।

"अब कड़ा मत उतारना, पहनी रहना।" अम्मा ने कहा।

खिड़की से हवन की सुगंध आ रही थी। जिधर बरगद का पेड़ था उधर से हवा आ रही होगी। तीज-त्यौहार की हवा थी।

"हवन की सुगंध आ रही है।" अम्मा ने कहा। साँस खींचकर सोनसी ने कहा, "हाँ अम्मा।" रघुवर प्रसाद ने भी गहरी साँस ली। छोटू वहाँ आ गया था। देखा-देखी उसने भी गहरी साँस ली।

"आज कोई त्यौहार है क्या बहू ? कैलेंडर देखना।"

"नहीं है, अम्मा।" सोनसी ने कैलेंडर देखकर कहा।

हवन की सुगंध से रघुवर प्रसाद को बड़ का पेड़ याद आया। सोनसी को भी याद आया कि बड़ के पेड़ के पास शिवलिंग की तरह पेड़ था।

छोटू और रघुवर प्रसाद ने खाना खा लिया था। छोटू बाहर चला गया। बीमारी के बाद भी साधु आ गया था। साधु ने छोटू को हाथी पर बैठा लिया था। जब महाविद्यालय जाने के लिए रघुवर प्रसाद निकले तब पीछे सोनसी भी आई। छोटू हाथी से उतरा। रघुवर प्रसाद हाथी पर बैठ गए। उन्होंने साधु से कहा, "नहीं आना था, टैंपो से चला जाता।"

"हाथी को नहलाने-धुलाने निकलना था। रास्ते में तो महाविद्यालय है। मेरी तबियत ठीक है।"

रघुवर प्रसाद और सोनसी ध्यान देने लगे थे कि साधु हाथी को उठने, बैठने, चलने के लिए क्या कहता है। हाथी चला गया। छोटू कुछ देर वहीं खड़ा रहा। सोनसी अंदर आ गई थी।

शाम को जब रघुवर प्रसाद आए। तब सोनसी अम्मा के साथ बाहर बैठी थी।

सोनसी ने चाय की तैयारी पहले से कर ली थी। हाथी को आता देख वह चाय चढ़ा आई। अम्मा ने कहा था कि साधु को बिना चाय पिए जाने मत देना। रघुवर प्रसाद उतरे। छोटू फिर हाथी पर बैठना चाहता था। रघुवर प्रसाद ने मना कर दिया। अम्मा ने साधु से चाय पीकर जाने के लिए कहा। साधु को जल्दी थी, पर सोनसी ने कहा, "चाय बन गई है।" वह थोड़ी देर में चाय ले आई। रघुवर प्रसाद और साधु ने चाय पी। फिर साधु चला गया।

रात को छोटू खा-पीकर खटिया पर पहले से सो गया था। अम्मा ने कहा, "जाओ, तुम लोग कहीं घूम आओ।"

"नहीं अम्मा जाने का मन नहीं है।" सोनसी ने कहा। सोनसी अम्मा के पास ज़मीन पर बैठी थी। रघुवर प्रसाद खटिया पर लेट गए। सोनसी ने सोने के लिए नीचे बिछा दिया था। उसी पर अम्मा आँख मूँदे पड़ी थी। थक गई थी। दो-तीन बजे रात को उठी थी। दोपहर को पाँच मिनट के लिए आँख लगी थी। सोनसी और अम्मा दोपहर भर बात करते रहे थे।

रघुवर प्रसाद और सोनसी चुप थे। कुछ देर की लगातार चुप्पी में सोनसी उठी और खटका दबाकर बत्ती को बुझा दिया। अम्मा के पास सोनसी लेट गई। दोनों चुप थे तब भी सोनसी को लगा कि रघुवर प्रसाद ने कहा है–"तुम्हारा जाने को मन नहीं था, पर मेरा मन था।"

सोनसी ने करवट ली तो पीठ रघुवर प्रसाद की ओर हो गई। सोनसी की चुप में रघुवर प्रसाद को सुनाई दिया–"अम्मा को अकेले छोड़कर जाना ठीक नहीं था।" सोनसी सो गई। तब भी सोते में उसने सुना–'अकेली कहाँ? छोटू तो था।'

रघुवर प्रसाद भी सो गए। फिर भी उन्होंने सोनसी को सुना–'अम्मा के साथ रहेंगे तो अम्मा को अच्छा लगेगा।'

'क्या तुम अभी उठ सकती हो?'

'नहीं, मैं गहरी नींद में सो रही हूँ। तुम जगाओगे तो उठ जाऊँगी।'

‘मैं भी गहरी नींद में सो रहा हूँ। तुम जगाओगी तो उठ जाऊँगा।’

‘तुम जगा दो।’

‘अम्मा उठ गईं तो ? मैं नहीं जगा सकता। तुम ही जगा दो।’

‘मुझे जगाने को क्यों कहते हो ?’

रात को रघुवर प्रसाद पानी पीने जब उठे तो अम्मा की नींद खुली।

“रघुवर प्रसाद है क्या ? मुझको भी पानी दे दे बेटा।” अम्मा ने कहा। रघुवर प्रसाद ने अम्मा को पानी दिया। सोनसी सो रही थी। रघुवर प्रसाद खटिया पर जाकर सो गए। तभी अम्मा के पास सोई सोनसी नींद में बोली, “अम्मा, मेरा बस्ता कहाँ है ?” सोनसी स्कूल जाने का सपना देख रही थी। “सबेरे ले लेना अभी सो जा।”

अम्मा ने देखा कि छोटू का पैर खटिया से नीचे लटक रहा है। छोटू के सोने को बड़बड़ाते हुए अम्मा उठी। छोटू के लिए खटिया में जगह नहीं थी। रघुवर पता नहीं कैसे सोता है।

“रघुवर! रघुवर! उधर सरककर सो।” उन्होंने ताक़त से रघुवर को सरका थोड़ी जगह छोटू के लिए बनाई। छोटू के लटके पैर को खटिया में रखा तो छोटू ने फिर पैर लटका लिया। इससे तो अच्छा था छोटू ज़मीन पर सो जाता। खटिया से गिर न जाए, अम्मा ने सोचा।

“छोटू नीचे ज़मीन पर सो। ज़मीन पर सो जा बेटा।” अम्मा ने दो-तीन बार सोने के लिए कहा। छोटू नहीं उठा। पर रघुवर प्रसाद को नींद में लगा कि अम्मा उसे नीचे सोने के लिए कह रही हैं। वे उठे और नीचे सोनसी के पास सो गए। अम्मा, ‘अरे! अरे!’ कहती रह गई। अम्मा को समझ में नहीं आया, क्या करे! हारकर वे खटिया पर चली गई। फिर दीवार की तरफ़ करवट लेकर सो गई। सोनसी सिकुड़ी-सिमटी सोई थी कि अम्मा

को कड़ा वाला हाथ न लग जाए। गहरी नींद में जब उसने करवट ली तो कड़ा वाला हाथ रघुवर प्रसाद के मुँह में लगा। वे चौंककर बैठ गए।

"कैसा सोती है?" सोनसी को देखकर उन्होंने कहा। पर सोनसी उनके पास कहाँ आ गई? सोनसी तो अम्मा के पास सोई थी। और अम्मा खटिया पर सो रही हैं। वे बिल्कुल भूल गए कि वे खटिया पर सो रहे थे। उन्हें लगा कि वे ज़मीन पर छोटू के साथ सो रहे थे। सोनसी खटिया से उठकर नीचे आ गई। छोटू को अम्मा के पास जगह दिखी होगी तो वह अम्मा के पास चला गया। उन्होंने सोनसी को फुसफुसाकर उठाया।

"सोनसी, ऐ सोनसी उठो तो।"

"क्या है?" उठकर सोनसी बैठ गई।

"धीरे बोलो। तुम तो अम्मा के पास सो रही थी! यहाँ मेरे पास कैसे आ गई?"

"हाँ, मैं अम्मा के पास सो रही थी। छोटू कहाँ गया?" सोनसी चकित थी।

"छोटू अम्मा के पास चला गया।"

"अब क्या करें?" सोनसी ने कहा।

"तुम्हारा कड़ा मुँह में लगा था, इसलिए नींद खुल गई। नहीं तो सुबह तक सोते रहते।

"पानी पियोगे?" धीरे-से सोनसी ने पूछा।

"हाँ, पी लूँगा।" रघुवर प्रसाद बैठे हुए थे। वह गुंडी से पानी निकालकर लाई। कड़े चूड़ियों के साथ न बजें इसलिए उसने ऊपर सरका लिया कि हाथ में कसे रहेंगे। पानी पीकर रघुवर प्रसाद लेट गए। "तुम भी लेट जाओ।"

"मैं नहीं लेटती। अम्मा देखेंगी तो क्या सोचेंगी! कहाँ लगी?"

"माथे में।" सोनसी ने रघुवर प्रसाद के माथे को छुआ जैसे स्पर्श का लेप लगाया हो। रघुवर प्रसाद ने हाथ हटा दिया।

"दूर-दूर लेट जाते हैं।" सोनसी ने कहा। वह रघुवर प्रसाद से दूर खिसककर लेट गई। रघुवर प्रसाद भी उससे कुछ दूर सरक गए। रघुवर प्रसाद लंबे थे। सोनसी के पैर से उन्होंने अपना पैर जानबूझकर छुआया तो सोनसी ने अपना पैर हटा लिया। रघुवर प्रसाद को हल्का-सा ख़याल आ रहा था कि वे ही खटिया पर सो रहे थे। ऐसा होता तो सोनसी कहती। अम्मा बेसुध सो रही थी। रघुवर प्रसाद सोच रहे थे कि लंबी-चौड़ी धरती हो और दोनों धरती पर सोए हों तब भी यही लगेगा कि दोनों साथ-साथ सो रहे हैं। चाहे वे उत्तरी ध्रुव की धरती पर हों और सोनसी दक्षिणी ध्रुव की धरती पर। क्या उत्तरी ध्रुव और दक्षिणी ध्रुव अलग-अलग खटिया नहीं हो सकते! उत्तरी और दक्षिणी ध्रुव के बीच छोटू को सुला दिया जाए तो ठीक रहेगा। वे उठे। उन्होंने छोटू को दोनों हाथों से उठाया। बीच में छोटू को सुला दिया।

"तुम चाहो तो अम्मा के पास सो जाओ।" धीरे-से उन्होंने कहा। सोनसी अँधेरे में आँख खोले देख रही थी। खिड़की से चंद्रमा का उजाला कमरे में था। छोटू को सोनसी ने चादर उढ़ा दिया था। करवट लेते ही रघुवर प्रसाद का पैर सोनसी से छुआया। सोनसी ने अपना पैर नहीं हटाया। रघुवर प्रसाद को नींद आ गई। दोनों सो गए। सोते में सोनसी ने सुना–'तुमने पैर नहीं हटाया?' सोते हुए रघुवर प्रसाद ने सुना–'हाँ।' दोनों गहरी नींद से और गहरी नींद में सो रहे थे।

सुबह जब अम्मा उठी तो उसने अपने सिवाय सबको ज़मीन पर सोते हुए पाया। उसने सोचा अबकी रात खटिया उठा देंगे और सभी ज़मीन पर फैलकर सो सकेंगे। अम्मा को किसी को उठाने का मन नहीं हुआ। जब तक सोएँ सोने दो। अम्मा ने नहीं उठाया था, पर सुबह के उजाले ने

सोनसी को उठा दिया। सोनसी के उठते ही अम्मा ने कहना शुरू किया, "छोटू खटिया से पैर लटकाकर सोता है। ज़मीन पर सुलाने के लिए उठाने लगी। वो तो नहीं उठा। रघ्घू ने सोचा कि उसको उठाया जा रहा है, वह उठा और ज़मीन पर सो गया।"

सोनसी दोनों हथेलियों से सामने से बालों को समेटते जूड़ा बनाते हुए हँस पड़ी थी।

"छोटू कब ज़मीन पर नीचे आ गया, खटिया से गिरा तो नहीं?"

सोनसी कुछ नहीं बोली।

"बहू, छोटू खटिया से गिरा तो नहीं था?"

"नहीं गिरा था। ये उठकर नीचे सुलाए थे।" सोनसी ने कहा।

"चलो ठीक है। खटिया पर इसको दीवार की तरफ़ सुलाना चाहिए। नीचे गिरने का डर नहीं रहेगा। रघुवर को उठा दो बहू। दोनों जने तालाब से नहा-धोकर आ जाना। छोटू उठेगा तब मैं झाड़ू लगा दूँगी।"

"अच्छा मैं रघुवर को उठा देती हूँ।" अम्मा ने फिर कहा और रघुवर को उठाया।

खिड़की पर बच्चे नहीं आए थे। अभी उनके आने का बेरा नहीं हुआ था। सोनसी रघुवर के कपड़े लिए थी। खिड़की से दोनों कूदे। सोनसी पहले कूदी थी। रघुवर पगडंडी में सोनसी के पीछे चल रहे थे। सोनसी के पीछे चलना उन्हें अच्छा लग रहा था। सोनसी किसी दिशा में नहीं जा रही थी इसलिए लगता था दिशाएँ सोनसी के पीछे चली आई थीं। केवल एक दिशा रघुवर प्रसाद के लिए आगे जाते हुए स्वयं सोनसी थी। सामने और आजू-बाज़ू का दृश्य सोनसी के पीछे आने के लिए अपनी बारी में खड़ा था। सोनसी के आगे निकलते ही उधर की धरती, पेड़-पत्ती सोनसी के पीछे आ जाते। जब एक तालाब जो सफ़ेद कमल से भरा था पीछे छूट गया तो रघुवर प्रसाद ने पूछा, "किस तालाब में नहाएँगे?"

"इसी तालाब में।" सोनसी ने कहा। तालाब वहाँ था। जैसे हो गया था कि सोनसी वहाँ नहाएगी। यह तालाब की इच्छा थी ऐसा भी समझना चाहिए।

रघुवर प्रसाद और सोनसी तालाब के किनारे पत्थर पर खड़े रहे। तालाब उनके पैरों के पास रास्ता देखता हुआ था। पानी में लकीरों जैसा कंपन था। वे कूदने वाले होंगे की आशा में तालाब सिहरा हुआ था या उनकी छाया पड़ने की छपाक से लकीरों जैसी लहर उठी होगी। तभी पलक झपकते ही साड़ी उतार सोनसी तालाब में लेटी हुई-सी कूदी और पानी में लेटी हुई छपाक हुई कि पानी का बिस्तर था। सोनसी के पीछे तालाब में रघुवर प्रसाद गिरे-से कूदे कि सोनसी के साथ किसी अदृश्य रस्सी से बँधे थे, सोनसी कूदी तो वे खिंचा गए।

"अरे कपड़े नहीं उतारे?" तैरते-तैरते सोनसी ने पूछा।

"कपड़ा उतारने का समय नहीं मिला, तुम कूद गई थीं।" दोनों पास-पास आराम से तर रहे थे। अधिक गहरे में नहीं थे। स्वच्छ गहरे पानी का लंबा-चौड़ा बिछा हुआ तालाब था। साँस रोककर दोनों डुबकियाँ लगाते। डुबकी से बाहर निकलकर हवन की सुगंध से भरी हवा में गहरी साँस लेते। हवा की सुगंध का एहसास उनको पानी के अंदर साँस रुके होने के बाद भी होता था।

नहा-धोकर दोनों बड़ के पेड़ की ओर चले। वहाँ शिवलिंग की तरह पेड़ था। पेड़ के शिखर से लताओं की डाल निकली थी। इन लताओं में अनेक रंगों के फूल थे। हो सकता है वृक्ष में जब फूल चढ़ाए जाते हों तो वे पेड़ में उग जाते हों। यह भी हो सकता था कि अलग-अलग समय में फूल के रंग बदल जाते हों। इस समय सफ़ेद रंग के फूल थे। फूल पेड़ से मुरझाने के पहले गिरकर बिखर जाता था। जिसके पास यह फूल होता उसी के लिए अर्पित लगता था। सोनसी के पास बहुत फूल पड़े थे। सोनसी ने फूल चुने, और आँचल में लपेटकर कमर में खोंस लिए।

रास्ते में, बैठे-बैठे बोहराते हुए बूढ़ी अम्मा मिली। बूढ़ी अम्मा को देखकर रघुवर प्रसाद को याद आया कि सोनसी के हाथ में कड़े नहीं हैं। "कड़े कहाँ हैं?"

"तुम्हारे कपड़े निकालते समय मैंने पेटी में रख दिए थे।"

"बूढ़ी अम्मा सुस्ता लो।" सोनसी ने कहा। बूढ़ी अम्मा से झाड़ू लेकर सोनसी वहाँ झाड़ू लगाने लगी। जल्दी-जल्दी उसने आसपास पूरा बोहार दिया था।

"बस-बस इतनी जगह पर बची थी।" बूढ़ी अम्मा ने कहा।

"नहा-धो लिए?" बूढ़ी अम्मा ने फिर पूछा।

"जी अम्मा।" दोनों ने कहा। बूढ़ी अम्मा के पास एक छोटी टोकनी मकोई से भरी थी। मुट्ठी भर मकोई उन्होंने लिया।

"छोटू भी तो आया है?" बूढ़ी अम्मा ने पूछा। सोनसी ने कुछ और मकोई लेकर आँचल में बाँध लिए। धुले हुए कपड़े सोनसी के कंधे पर थे। उसी पर सोनसी ने ये फल और मकोई की पोटली को लटका लिया था। एक जगह पेड़ों से बँधे दो झूले थे। झूलों में छोटे-छोटे बच्चे कानों के पास मुट्ठी बाँधे सो रहे थे। एक छोटी लड़की बच्चों को ताकने के लिए वहाँ थी। पास ही एक सूखा नाला था। उस नाले में पेड़ से झड़े हुए सूखे पत्ते थे। नाले में भूरे रंग की कई चिड़ियाँ पत्तों को चोंच से पलटाकर कीड़ों को ढूँढ़ रही थीं। लड़की का ध्यान चिड़ियों की तरफ़ था। हवा से झूले धीरे-धीरे हिल रहे थे। दो फैली तनी रस्सी पर पुरानी साड़ी को तहाकर बनाया गया झूला था।

"तोर दाई कहाँ है?" सोनसी ने पूछा।

"मकोई बीनने गई है।" लड़की ने शरमाकर कहा। पेड़ के नीचे टोकनी पर मकोई रखी थी। एक फटे कपड़े से टोकनी ढँकी थी। सोनसी का मन हुआ कि वहाँ दोनों बच्चों को उठाकर अपनी गोद में बैठा ले।

पगडंडी पर रघुवर प्रसाद सोनसी के फिर पीछे हो गए। जैसे पैर के चित्र छूटते हैं उसी तरह आगे चल रही सोनसी के पीछे सोनसी की चाल की लय के छूटे हुए चिह्न की तरह सबकुछ सब तरफ़ था। लय का दृश्य था। तालाब लय का तालाब था। पेड़ लय का था। पेड़ में खिले फूल लय थे। लय की पगडंडी थी। रघुवर प्रसाद के पैरों में चलते हुए थिरकन थी। आकाश से लेकर धरती तक सोनसी और रघुवर प्रसाद का घराना था। जो स्थिर था उसका झूमना स्थिर झूमना था। एक बड़ी चट्टान झूमते हुए स्थिर दिख रही थी। रघुवर प्रसाद सोनसी की चाल देखते हुए चल रहे थे।

"तुम मेरे पीछे-पीछे क्यों चल रहे हो?" सोनसी ने मन-ही-मन सब जानकर पूछा।

"तुम्हारा चलना देखते हुए चल रहा हूँ।" रघुवर प्रसाद ने चुप रहकर मन-ही-मन उत्तर दिया।

झाड़ियों में कपड़े सुखाने के बाद सोनसी कमरे में कूदी। रघुवर प्रसाद पहले कूद गए थे।

"अम्मा कहाँ गई?"

"छोटू भी नहीं है। बाहर बैठे होंगे। देर हो गई।"

"हाँ, देर हो गई।" झाड़ू लगी थी अम्मा ने बोहार दिया था।

दोनों बाहर आए। छोटू अम्मा के पास बैठा था। छोटू रुकने की ज़िद कर रहा था। और अम्मा कल सुबह की बस से जाने को कह रही थी। छोटू कह रहा था कि अम्मा बस से अकेली चली जाए।

"स्कूल खुल गया होगा।" अम्मा छोटू से कह रही थी।

"अम्मा, एक-दो दिन रुक जाओ।" तब सोनसी ने कहा।

"जाना पड़ेगा। रघुवर के पिता को अकेले दिक़्क़त होगी। दो दिन का कहकर आई थी।" अम्मा जानती थी कि छोटू अभी रुकने को तैयार है,

कल जाने के समय रिक्शे में सबसे पहले बैठ जाएगा। अम्मा मान गई कि छोटू रुक जाएगा। छोटू ने कहा कि वह अम्मा को छोड़ने बस स्टैंड तक जाएगा।

"तू किसके साथ गाँव जाएगा?" रघुवर प्रसाद ने पूछा।

"अकेले चला जाऊँगा।" छोटू ने कहा।

छोटू ने रघुवर प्रसाद से पूछा, "आज हाथी आएगा?"

"आज नहीं आएगा, आज इतवार है। साधु की तबियत भी ठीक नहीं है।"

"वह रहता कहाँ है?" छोटू ने पूछा।

"खैरागढ़ बाड़ा में, कल मैंने उससे पूछा था। वहाँ राजा का खंडहर मकान है। मकान की दालान में वह रहता है और हाथी पेड़ से बँधा रहता है।"

"उधर घूमने चलेंगे?" छोटू ने पूछा।

"तुम तो रुक रहे हो। फिर कब चलेंगे?"

छोटू ने कुछ नहीं कहा। अम्मा अंदर चली गई तो सोनसी ने रघुवर से कहा, "अम्मा रुक जाती तो अच्छा था। छोटू का भी मन है।"

पेड़ पर छुपने वाले लड़के का पिता सड़क पर डंडा लिए सोनसी को दिखा। सोनसी ने रघुवर को बताया, "वह आदमी बीड़ी पीने वाले लड़के का पिता है।"

"जो डंडा लिए है? उसे तो कई बार देखा है।"

डंडे वाला आदमी इधर-उधर देखते हुए जा रहा था। "अपने लड़के को ढूँढ़ रहा है ताकि पकड़कर घर ले जाए।"

"पकड़कर ले जाने के लिए नहीं, लड़के को दिख जाने के लिए ढूँढ़ रहा है। लड़का उसे न दिखे पर छुपा हुआ लड़का उसे देख ले जिससे उसे

मालूम हो जाए कि उसका ददा घर पर नहीं है। लड़का बता रहा था कि जब तक ददा घर पर रहता है, वह घर नहीं जाता।"

"अपने घर से दूर जा रहा है कि लड़का समझ ले कि वह बहुत देर तक नहीं लौटेगा।" रघुवर प्रसाद ने कहा।

डंडे वाला सतर्कता से इधर-उधर देख रहा था। लड़के को यदि यह धोखे से देख ले तो लड़के को पता न चले कि उसने देखा है। रात में जब रघुवर प्रसाद लड़कों को पढ़ाते थे तब वह डंडा लिए सड़क पर घूमता हुआ दिखाई दे जाता था। बिजली के नीचे पढ़ने वाले लड़कों के पास यूँ ही खड़ा हो जाता था। रघुवर प्रसाद सड़क पर पढ़ाते थे इसलिए उसे कुछ कह नहीं सकते थे। सड़क सबके आने-जाने के लिए थी। यहाँ लड़कों के चारों तरफ़ कुछ लोग भीड़ लगा लें तो क्या कर सकते थे। मना तो नहीं कर सकते थे। कक्षा में पढ़ाते होते तो मना करते। सड़क पर गाय आकर खड़ी हो जाती थी। पगुराते हुए वहीं बैठ जाती थी। लड़कों के पास गोबर या पेशाब करने लगती थी। तब वहाँ से हटना पड़ता था। बिजली के खंबे के नीचे पर्याप्त उजाला रहता था। बिना कंडील के पढ़ाई हो जाती थी और मिट्टी-तेल की बचत हो जाती। बिजली के खंबे को टेबल लैंप की तरह इधर-उधर ले जा सकते तो उसको किसी एकांत जगह ले जाते। इतने सारे खंबों में एक-दो खंबे कम हो जाते तो फ़र्क़ नहीं पड़ता। सड़क पर अँधेरा होते ही सन्नाटा हो जाता। आदमियों का हल्ला बिल्कुल नहीं था। सड़क के कुत्तों के भौंकने का कभी-कभी बहुत हल्ला होता था। रात को आती-जाती बैलगाड़ी का ध्यान रखना पड़ता था। गाड़ी चलाने वाले जब ऊँघते तब बैल यद्यपि सड़क पर अपनी मर्ज़ी से ठीक-ठीक चल रहे होते, पर कभी एकदम किनारे हो जाते। फिर उस किनारे से हटते-हटते सड़क के दूसरे किनारे की ओर बढ़ने लगते। ऐसे में सँभलना पड़ता था। बिजली के खंबे के पास पेड़ थे। पेड़ पर उजाले में कीड़े खाने घुघ्घू, उल्लू आदि पक्षी बैठे होते। घुघ्घू या उल्लू सुन न लें इसलिए लड़के आपस की बातचीत

में किसी का नाम न लेते थे। लड़कों का कहना था कि यदि उल्लू नाम सुन ले तो उस नाम को वह याद करता था। जिसका नाम याद करता वह धीरे-धीरे दुबला होकर मर जाता था। धोखे-से नाम निकल जाने पर राम का नाम लेते थे, और बच जाते थे।

डंडे वाला आदमी रघुवर प्रसाद को पहचानने लगा था। और रघुवर प्रसाद को हाथ जोड़कर जुहार करता था।

रघुवर प्रसाद और सोनसी ने देखा कि गूलर के पेड़ से लड़का कूदा और भाग गया। वह घर गया होगा। उसने ददा को देख लिया था।

रघुवर प्रसाद ने कहा, "लड़के के ददा को बुलाकर बात करता हूँ।"

"बात करना पर गूलर के पेड़ के बारे में मत बताना।"

"हाँ।" रघुवर प्रसाद ने कहा। परंतु रघुवर प्रसाद के बुलाने के पहले छोटू ने उसे आवाज़ दे दी।

"डंडा वाले भैया! ओ! डंडा वाले भैया!" आदमी ने पलटकर देखा। छोटू हाथ हिलाकर बुला रहा था। पास आकर उसने रघुवर प्रसाद और सोनसी को राम-राम कहा।

"अपने लड़के को ढूँढ़ रहे हो?" सोनसी ने पूछा।

"हाँ बाई, घर नहीं आता। मेरे को बाहर घूमते देख लेगा तो घर चला जाएगा।"

"उसको मारना मत, प्यार से समझा देना।"

"बस एक बार मारा था बाई, बीड़ी पीता है। इसके बाद वह भागता रहता है। मिले तो समझाऊँ। घर नहीं आता। छुपकर दूर से देखता रहता है। घर पर रहता हूँ तो डंडा दरवाज़े पर छोड़ देता हूँ। डंडा देख लेगा तो जान जाएगा कि मैं घर पर हूँ।"

"तुम्हारा लड़का खाकी पैंट पहनता है न? दस-बारह साल का? उसको जानता हूँ। वह कभी कंघी नहीं करता।"

"वही है महाराज। दस साल का है।" छोटू की तरफ़ देखकर बोला, "इसके समान।"

"तुम कल सुबह छुपकर मेरे घर आ जाना। तुम्हारे लड़के को मैं समझा दूँगा। समझ जाएगा तो अपने साथ घर ले जाना।"

"घर से निकलना तो डंडा मत लाना। दरवाज़े पर छोड़ देना। लड़का घर नहीं जाएगा। लड़के ने भी बताया था कि ददा का डंडा देखकर वह घर आता-जाता है।"

सोनसी जब उसको पेड़ पर चढ़ा देखती तो कभी-कभी उससे बात कर लेती थी। सोनसी से आँख मिलाकर वह बात नहीं कर पाता था। सोनसी पेड़ के नीचे खड़ी हो जाती और खोद-खोदकर उससे पूछती, तब बताता था। पेड़ के ऊपर देखते हुए सोनसी को बात करते कोई देखता तो वह यही सोचता कि सोनसी या तो पेड़ से बात कर रही है या चिड़िया से। गिलहरी से भी सोच सकता था। किसी लड़के से बात कर रही है यह कभी ध्यान में नहीं आता। दोपहर को जब खाने बैठती तब पेड़ को देख लेती थी। लड़का दिख जाता तो उसे खाने के लिए बुला लेती, कभी वह ख़ुद आ जाता। सोनसी को खाने में देर होती तो उसे पहले परोस देती, नहीं तो वह कोने में खाने के लिए सिर झुकाए बैठा रहता।

रात को सबके ज़मीन पर सोने के लिए अम्मा ने खटिया दीवार से सटाकर खड़ी कर दी थी। ज़मीन पर बिस्तर बिछा दिया गया था। अम्मा को सुबह पाँच बजे की पहली बस से जाना था। अम्मा ने याद कर सोनसी को कड़ा पहनने के लिए फिर कहा था। सोनसी कड़ा पहनी हुई थी। खटिया के पास रघुवर प्रसाद लेटे थे। फिर अम्मा, छोटू और सोनसी। सब

जल्दी लेट गए थे कि सुबह जल्दी उठना होगा। सोनसी ने पूड़ी बना ली थी। सुबह खाने के लिए और रास्ते में छोटू के लिए।

"अम्मा! अभी कड़ा उतार देती हूँ, सोते में छोटू को लग न जाए।" सोनसी ने कहा।

"तू मेरे पास आ जा। छोटू किनारे चला जाएगा।" छोटू सोनसी के बाएँ तरफ़ था। सोनसी अम्मा के पास चली जाती तो छोटू सोनसी के दाहिनी तरफ़ रहता। छोटू को तब भी कड़ा लग सकता था।

"अम्मा! छोटू को अभी भी कड़ा लग जाएगा।" सोनसी ने कहा।

"मैं उधर आ जाती हूँ। तू मेरी जगह आ जाना।" अम्मा ने कहा। ऐसे में सोनसी रघुवर प्रसाद के पास चली जाती। अम्मा को यह ध्यान नहीं था। अम्मा उठकर बैठ गई थी कि सोनसी इधर आ जाए।

"इधर आ जा।" अम्मा ने फिर कहा। सोनसी का मन हुआ चुपचाप चली जाए।

"वहाँ अम्मा?" धीरे-से फिर भी सोनसी ने कहा। अम्मा को तब ध्यान आया।

"अच्छा छोटू को रघुवर के पास कर देते हैं।" अम्मा ने कहा। छोटू को रघुवर के पास सरका दिया गया। अम्मा सोनसी के पास चली गई। अब अम्मा को कड़ा न लग जाए। उससे रहा नहीं गया।

"अम्मा तुमको न लग जाए। कल बस में जाना भी है।" अम्मा सोनसी से कुछ दूर सरकती हुई झल्लाकर बोली, "नहीं लगेगा, इतनी जगह तो है किसी को कड़ा लगा था क्या?" सोनसी ने चुपचाप दूसरी तरफ़ करवट ले ली।

"अच्छा, कड़ा उतार दे। सुबह पहन लेना।" अम्मा ने कहा। सोनसी ने कड़ा उतारकर अपनी तकिया के नीचे रख लिया। रघुवर प्रसाद चुपचाप

आँख मूँदे पड़े सोच रहे थे कि पहले सोनसी सो जाए तब सोएँ। छोटू सो गया था। सोनसी और अम्मा देर रात तक बात करती रहीं। बीच में बात करते-करते चुप हो जातीं तो रघुवर प्रसाद सोचते कि दोनों सो गईं। सोनसी तब पूछती, "अम्मा, सो गईं?"

"सोई नहीं, तेरे को नींद आ रही हो तो सो जा, मेरा बात करने का जी कर रहा है। पर क्या बात करूँ, कुछ पूछो तो बताऊँ!"

"अम्मा, तुम्हारी शादी हुई थी तब तुम कितनी बड़ी थीं?" सोनसी ने पूछा।

"ग्यारह साल की थी। शादी के बाद भी गुड़ियों का खेल अच्छा लगता था। मायके जाती तब अपनी गुड़िया से बहुत खेलती थी। तेरे से बहुत छोटी थी। ससुराल में खेल नहीं पाती थी। माँ-बाप की बहुत याद आती, तब रोने लगती। रघुवर के पिता चौदह साल के थे। चुप कराते-कराते वे भी रोने लगते थे।"

"अम्मा, तुम पाठशाला जाती थीं?" सोनसी ने पूछा। तो अम्मा हँसी। आँख मूँदे हुए रघुवर प्रसाद भी मुस्कुराए। अम्मा की हँसी सुनकर नींद में छोटू भी हँसा होगा।

"दूसरी कक्षा तक पढ़ी। बहू, तेरा और पढ़ने का मन हो तो रघुवर से ज़रूर पढ़ लेना। रघुवर के पिता छुपकर मुझे पढ़ाते थे। मेरे पिता, भाई तपेदिक से जल्दी मर गए। सास कठोर थी। ससुर मेरे ब्याह के चार माह बाद मर गए।"

"कैसे मर गए अम्मा?"

"सबेरे दिशा मैदान से लौट रहे थे। रस्ते में एक पीपल का पेड़ था। पेड़ के नीचे से निकले तो किसी ने नाम लेकर आवाज़ दी। अकड़कर बोले कौन है। तो कहा, रुक जा। नहीं रुकता, कहकर चले आए। बड़ी-बड़ी मूँछ थी। डंडा रखते थे, पगड़ी बाँधते थे। सुबह-सुबह का अँधेरा था,

कंडील ले जाना भूल गए थे। घर आए तो बुख़ार था, फिर उठे नहीं।" अम्मा चुप हो गई। सोनसी भी कुछ नहीं बोली। थोड़ी देर बाद अम्मा ने पूछा, "बहू, सो गई?"

"नहीं, अम्मा।"

"रघुवर से बड़ी एक बेटी और थी, साँवली थी पर रघुवर से रंग साफ़ था, सुंदर थी। बड़ी माता में वह भी मर गई।"

"कितनी बड़ी थी अम्मा?"

"तीन साल की थी, रघुवर तब हो गया था। छोटा था महीने भर का। काला दुबला-पतला। रघुवर हुआ तो सास बहुत ख़ुश हुई। अच्छा नहीं दिखता था। देखकर सास ने कहा था लड्डू गोल नहीं है तो क्या लड्डू तो है। रघुवर को देखकर सास की सारी बीमारी दूर हो गई। परागा के दुख से बीमार पड़ गई थी। परागा उनके साथ सोती थी।"

"परागा कौन अम्मा?"

"मेरी बड़ी लड़की, बेटी।" अम्मा चुप हो गई। सोनसी सोच रही थी कि अम्मा ने परागा को बेटी कहा था कि उसे। सोनसी से रहा नहीं गया। वह पूछ बैठी, "अम्मा, तुमने बेटी किसको कहा था?"

"हाँ बेटी, दोनों को।" अम्मा ने फिर कहा। इस बार भी अम्मा हँसी। सोनसी का मन रघुवर के बारे में पूछने का बहुत था। सोच रही थी कैसे पूछे। बहुत देर तक चुप रही तो अम्मा ने फिर पूछा, "सो गई क्या?"

"नहीं, अम्मा।"

"ऐसे ही बात करो, अच्छा लग रहा है।"

"अम्मा, इनके पैर के घुटने के नीचे चोट का निशान कैसे हुआ?"

"अरे रघुवर को मलाई, खुरचन अच्छी लगती थी। एक बार कड़ाही में दूध औंटा रही थी। उसकी खुरचन थी। रघुवर को मैं बुलाई खुरचन खा

ले। वह दौड़ते आया और चौके के सामने रखे सिल से टकरा गया। माँस छिल गया था। हड्डी दिखने लगी थी। रो रहा था। मुँह में थोड़ी खुरचन डाल दी तो कुछ देर के लिए चुप हो गया। रघुवर के पिता अस्पताल से पट्टी बँधवा लाए थे। औंटाया हुआ दूध जो थोड़ा रघुवर के पिता के लिए था, रघुवर ने पिया था। उसकी जाँघ में भी कटे का निशान है।"

"हाँ अम्मा!" बोलते-बोलते सोनसी रुक गई। बाईं जाँघ में लंबा कटे का निशान था।

"सोई तो नहीं?"

"नहीं, अम्मा।"

"सुन रही है न?"

"हाँ, अम्मा।"

"गाँव में सरकस आया था। लोहे के तार का घेरा बना था। सब लोग सरकस देखने गए। छोटू नहीं हुआ था। रघुवर बहुत ऊधमी था। सीधे तो चलता नहीं था। तार के बीच से निकलने लगा तो फँस गया। लोहे के काँटे से चिरा गया था। बहुत ख़ून बहा। सरकस नहीं गए। सीधे अस्पताल गए। रघुवर रोता, अस्पताल नहीं सरकस चलो की ज़िद करता था।"

अम्मा चुप हो गई। बहुत देर तक चुप रही। सोनसी ने पूछा भी, "अम्मा, सो गई?" तो अम्मा ने कुछ नहीं कहा। इस बीच सोनसी सो गई।

अम्मा सोई नहीं थी। बीते हुए में चली गई थी। थोड़ी देर बाद पूछा, "बहू, सो गई?" सोनसी ने जवाब नहीं दिया।

"अच्छा, सो जा।" कहकर अम्मा सोनसी की तरफ़ करवट लिए सो गई। अम्मा का बायाँ हाथ सोनसी के ऊपर था। रघुवर प्रसाद भी सो गए। सोनसी ने रघुवर प्रसाद को नींद में सुना–'तुम सो गईं?'

'हाँ, तुम नहीं सोए?'

'मैं भी सो गया।'

'कितनी देर हो गई?'

'तुम सोई उसके बाद।'

'सोए रहो, सवेरे जल्दी उठना है।'

'हाँ, रिक्शा लाने पहले मोटर स्टैंड जाना पड़ेगा।'

सब गहरी नींद में सो गए। दूर बिजली कड़कने लगी थी। फिर पास बिजली कड़की। किसी की नींद नहीं खुली। पहले धीरे-धीरे पानी गिरा फिर ज़ोर से। रघुवर प्रसाद ने नींद में सोनसी को सुना–'लगता है, पानी गिर रहा है।'

'हाँ, गिर रहा है।' गहरी नींद में सोनसी ने सुना।

'पेड़ पर लड़का बैठा होगा। भीग रहा होगा।'

'हाँ, भीग रहा होगा।'

'तुम उठो उसको यहाँ बुला लो।' बिजली फिर कड़की। रघुवर प्रसाद उठकर बैठ गए। टटोलकर उन्होंने खटका दबाया। सोनसी भी उठ गई। अम्मा ने पूछा–"तीन बज गए क्या?"

"नहीं अम्मा, दो बजा है। सो जाओ।"

"मैं सोती हूँ, तीन बजे उठा देना।"

"अच्छा।" रघुवर प्रसाद ने कहा।

"बिजली पेड़ पर न गिर जाए।" सोनसी ने कहा। रघुवर प्रसाद रबड़ की चप्पल पहने छत्ता लेकर दरवाज़े का पल्ला सावधानी से खोलकर बाहर निकले। दूसरा पल्ला खोलते तो अम्मा के सिर से टकराता। सोनसी ने दरवाज़ा उड़का दिया था। पानी के छींटे अंदर आ रहे थे। बाहर बिजली के उजाले में गिरती हुई पानी की बूँदें जीवित बूँदों की तरह लग रही थीं।

पतंगों की तरह बूँदें थीं। झुंड-के-झुंड पतंगों की तरह बूँदें बिजली के उजाले में धरती की तरफ़ आतीं या हवा के झोंकों से झुंड-के-झुंड इधर या उधर हो जातीं जो बौछारें थीं।

रातभर अँधेरे का इतना साथ था कि दिन का उजाला बहुत उजाला लग रहा था। लगा कि एक सूर्य से इतना उजाला नहीं हो सकता, दो सूर्य होंगे।

रघुवर प्रसाद छप-छप पानी से डूबी सड़क पर जा रहे थे। डुबकी लगाते क़दम थे। बरसात की सड़क पानी की सड़क हो गई थी। सड़क से उतरकर गूलर के पेड़ के नीचे कीचड़ हो गया था। बिजली के खंबे का उजाला गूलर के पेड़ पर भी था। लड़का भी पेड़ पर था। लड़के ने रघुवर प्रसाद को आते देख लिया था।

"पेड़ में बैठे हो?" रघुवर प्रसाद ने पूछा।

"हौ, बैठा हूँ।"

"घर चलो, भीग जाओगे।"

"पेड़ पर रहूँगा, नहीं जाता।"

"तुम मेरा छत्ता रख लो।"

"खुमरी है, खुमरी पहनकर बैठा हूँ। बोरा ओढ़ा हूँ।"

"घर नहीं आओगे?"

"नहीं, अब सुबह होने वाली है।"

"पेड़ पर बिजली गिर सकती है।" रघुवर प्रसाद ने उसको डराया।

डरकर घर आ जाए।

"पानी कम हो गया। बंद हो रहा है।"

पानी सचमुच कम हो गया था। लड़का कुछ नीचे बैठा होता तो रघुवर प्रसाद हाथ पकड़कर उसको नीचे उतार लेते।

"नहीं उतरोगे?"

"नहीं।" रघुवर प्रसाद लौट आए। रघुवर प्रसाद ने दरवाज़ा बंद किया। छत्ते से पानी टपक रहा था। छत्ता बंद कर रघुवर प्रसाद ने सँभालकर सोनसी को छत्ता और चप्पल पकड़ाया ताकि अम्मा पर पानी की बूँदें न पड़ें।

"मोहरी के पास टिकाकर रख दो।" सोनसी ने मोहरी के पास चप्पल छत्ता रख दिया। अँगोछे से हाथ पोछकर रघुवर प्रसाद लेट गए। बत्ती बुझाकर सोनसी भी लेट गई।

"लड़का पेड़ पर नहीं है क्या?" सोनसी ने पूछा।

"है, खुमरी पहनकर बैठा है। बोरा भी ओढ़ा है। बहुत कहा पर नहीं आया।"

"अब तो पानी बंद हो गया। तुम सो जाओ, मैं उठा दूँगी।" अम्मा की नींद फिर खुली।

"समय हो गया?" अम्मा ने पूछा।

"नहीं अम्मा। थोड़ी देर और सोई रहो।"

रघुवर प्रसाद सो गए थे।

खटपट में रघुवर प्रसाद की नींद खुली। जाने की सब तैयारी हो चुकी थी। चार बजा था। अम्मा, सोनसी ने नहा-धो लिया था।

"हाथ-मुँह धो ले। चाय बन रही है।" अम्मा ने रघुवर प्रसाद से कहा। उठकर रघुवर प्रसाद खिड़की तक गए। खिड़की से बाहर हाथ निकालकर

देखा। पानी नहीं गिर रहा था।

"यह वाली बस ठीक है। छोटू स्कूल भी चला जाएगा।"

"छोटू का रुकने का मन है अम्मा।" सोनसी ने कहा।

"नहीं रुकेगा, उसको उठा दे।" अम्मा ने कहा। अम्मा अपना झोला जमा रही थी।

"मैं उठा देता हूँ।" रघुवर प्रसाद ने कहा।

"छोटू उठ, अम्मा जा रही है।" रघुवर प्रसाद ने छोटू को उठाकर बैठा दिया। छोटू बैठे-बैठे सोया रहा। लुढ़कने को होता तो रघुवर प्रसाद लुढ़कने नहीं देते। सोनसी यह देख रही थी।

"मत सताओ।" सोनसी ने कहा। वह छोटू को उठाने लगी। बड़ी मुश्किल से छोटू उठकर खड़ा हो गया। अम्मा ने उसका हाथ-मुँह धुलाया। तभी सोनसी रघुवर प्रसाद के पास आई। रघुवर प्रसाद को कुछ याद दिलाई। रघुवर प्रसाद उठे और अम्मा को पचहत्तर रुपये दिए। सत्तर रुपये तो अम्मा ने रुमाल में बाँधकर झोला के नीचे तक घुसा दिया। पाँच का नोट अपने पास रखी रही।

रघुवर प्रसाद रिक्शा बुलाने मोटर स्टैंड चले गए। सुबह के सन्नाटे में रिक्शे के हैंडिल में बँधे घुँघरू की आवाज़ दूर से आई। ऊबड़-खाबड़ रस्तों में घुँघरू की आवाज़ तेज़ हो जाती थी। सोनसी ने कहा, "अम्मा, रिक्शा आ रहा है।" अम्मा ने छोटू को इस तरह तैयार कर लिया था कि वह भी जा रहा है। पर छोटू अम्मा के साथ जाएगा या नहीं जाएगा, वह सनक नहीं रहा था। सड़क की बत्ती का उजाला था। अम्मा और सोनसी बाहर निकले। दोनों की आँखें डबडबा आई थीं।

"अच्छे से रहना बहू।" अम्मा ने कहा।

"हाँ, अम्मा।" सोनसी ने पैर छुए। रिक्शे में पहले अम्मा बैठी। अम्मा के बैठते ही छोटू झट रिक्शे में चढ़ गया। यह देख कि रघुवर प्रसाद भी चढ़ेंगे, छोटू सामने के पटिए पर बैठ गया। अम्मा का झोला लेकर रघुवर प्रसाद चढ़े। अभी तक चिड़ियों ने चहचहाना शुरू नहीं किया था।

रिक्शा चला गया। जाते समय अम्मा ने सोनसी को सिर घुमाकर पीछे देखने की कोशिश की। वे इतना सिर घुमा नहीं सकीं कि सोनसी को देख पातीं। उन्होंने रघुवर से कहा, "देख तो बेटा सोनसी बाहर खड़ी है या चली गई।" रघुवर प्रसाद ने सिर घुमाकर देखा, सोनसी खड़ी थी।

"खड़ी है अम्मा।"

"अंदर चली जाती तो अच्छा था।" अम्मा ने कहा।

रिक्शा थोड़ा और चला होगा कि अम्मा ने फिर पूछा।

"देख तो है कि चली गई।" रघुवर प्रसाद ने देखा तो सोनसी अब तक खड़ी थी। बिजली के खंबे का उजाला पड़ रहा था। वे कहने वाले थे कि शायद चली गई, पर तभी छोटू ने कह दिया, "नहीं गईं अम्मा।"

छोटू ने फिर कहा, "अभी खड़ी हैं।"

छोट ने फिर कहा, "अभी भी खड़ी हैं।" ठीक से देखने के लिए छोटू रिक्शे पर खड़ा हो गया। छोटू को ठीक दिख नहीं रहा था, पर उसने कहा, "अम्मा, नहीं जा रही हैं। रघुवर प्रसाद ने मुड़कर कहा, "चली तो गई।"

छोटू ने कहा, "नहीं गईं अम्मा।" इतने में रिक्शा मुड़ गया। जब रिक्शा मुड़ा तभी चिड़ियों ने चहचहाना शुरू किया था।

चिड़ियों की चहचहाहट तक सोनसी वहाँ खड़ी रही। सड़क की बत्ती बुझ गई थी। सड़क की बत्ती जब तक जलती रही सुबह का उजाला बत्ती के उजाले की आड़ में रहा। सड़क की बत्ती के बुझते ही आड़ चली गई थी। सुबह का उजाला दिखने लगा था। सुबह के सन्नाटे में मोटर जाने की

आवाज़ थी। उसे लगा अम्मा बस स्टैंड तक नहीं पहुँची होंगी और बस छूट गई। वह कुछ देर और खड़ी रह गई कि रिक्शा लौट रहा होगा। उसमें छोटू, अम्मा भी होंगी। सुबह के उजाले में सब धुला हुआ दिख रहा था। गीले धुले कपड़े से पानी की गंध आती है। धुली हुई गंध पेड़ों, सड़कों, हवा, मकान और आकाश से आ रही थी। वह घर आ गई। बस में अम्मा को सामने अच्छी जगह मिल गई थी। छोटू खिड़की के पास बैठा था। अम्मा के साथ घर जाने की ख़ुशी में वह बड़े भाई-भाभी के पैर छूना भूल गया था। रघुवर प्रसाद ने अम्मा के पैर छुए। यह देख छोटू को रघुवर प्रसाद के पैर छूने की याद आई। अम्मा ने रघुवर को मुट्ठी में दबा पाँच रुपए का नोट दिया।

"रस्ते में गरम जलेबी बन रही थी, लौटते समय ज़रूर ले लेना।" छोटू को रघुवर प्रसाद ने एक रुपए का सिक्का दिया। छोटू ने सिक्का अम्मा को रखा दिया। अम्मा ने कहा, "बड़ा हो गया है, अपने पास रख।" फिर झोले के अंदर नीचे सिक्के को डाल दिया।

"अच्छी जगह मिल गई थी?" सोनसी ने पूछा।

"हाँ, खिड़की के पास छोटू बैठ गया। अम्मा ने पाँच रुपए दिए, ये कहा था जलेबी ले लेना।" जलेबी का पूड़ा पकड़ाते हुए रघुवर प्रसाद ने कहा। सोनसी नहा चुकी थी। एक गरम जलेबी उसने खाई। रघुवर प्रसाद भी एक जलेबी खाए। सोनसी चौके के काम में लग गई। इतने में रघुवर प्रसाद को दरवाज़े के पास आहट आई। उन्होंने दरवाज़ा खोला तो दरवाज़े के पास टायर के गमलों की थोड़ी आड़ में सिर झुकाए लड़के का ददा बैठा था। सुबह-सुबह आ गया था।

"अंदर आ जाओ।" धीरे-से रघुवर प्रसाद ने कहा।

"हौ महाराज।" कहकर झुके हुए वह अंदर आया। रघुवर प्रसाद ने दरवाज़ा उड़का दिया।

"डंडा कहाँ है? घर छोड़ आए हो न?"

"यहाँ है।"

"कहाँ?"

"दरवाज़े पर रखा है।" सोनसी दरवाज़ा खोलकर डंडा अंदर ले आई और एक कोने में ज़मीन पर डाल दी। सोनसी ने खटिया की आड़ बनाई। लड़के के ददा को उसने आड़ में बैठा दिया।

"तुम यहीं रहो। तुम्हारे लड़के को बुलाते हैं।" सोनसी ने कहा।

"मैं बुला लाता हूँ।" रघुवर प्रसाद ने कहा। वे सीधे गूलर के पेड़ के नीचे गए। पेड़ पर लड़का था।

"घर नहीं गया?"

"नहीं।"

"चल कुछ खा ले।"

"रोटी है?"

"रोटी है कि नहीं यह नहीं मालूम, पर जलेबी है।" जलेबी का नाम सुनकर वह धप्प से पेड़ से कूदे जैसा नहीं कूदा, गिर गए जैसे कूदा। जलेबी ठीक निशाने में उसे लगी गोली थी। रोटी न होने से उसका मन डाँवाडोल था। रात भर के बाद अपने घर भी जाना चाहता था। यह अपने ददा को कैसे देख नहीं पाया मालूम नहीं।

"गिर जाता तो!"

"कैसे गिरता!" रघुवर प्रसाद उसका हाथ पकड़े हुए थे कि भाग नहीं जाए।

"चल।" रघुवर प्रसाद ने कहा।

"सोनसी!" रघुवर प्रसाद ने आवाज़ दी। दरवाज़ा बस उड़काया हुआ था।

अंदर सावधान करने के लिए उन्होंने आवाज़ दी थी। सोनसी ने दरवाज़ा खोला। लड़के से कहा, "अंदर आ जा।" रात भर का जागा हुआ लग रहा था। बालों में फिर भी बहुत तेल था, कनपटी पर मैल के साथ जमा दिख रहा था।

"नहा-धोकर कंघी कर लिया कर। तेल कम लगाया कर।" सोनसी ने कहा। खटिया की आड़ में उसका बाप चुपचाप बैठा सब सुन रहा था। अपने लड़के को वह देखना चाहता था। कई दिनों से अपने लड़के को अच्छे से देख नहीं पाया था। खटिया से झाँकने की इच्छा हो रही थी।

"बीड़ी पिया था?" सोनसी ने पूछा।

"नहीं।"

"रात को पिए था?"

"रात को भी नहीं पिया। जलेबी दो न।" धीरे-से उसने कहा।

"रोटी भी है, खाएगा?"

"जलेबी खाऊँगा।" उसने झिझककर कहा।

"अच्छा दोनों खा लेना। सुन! तेरा ददा भी यहीं है। भागना मत। वह नहीं मारेगा। उसके साथ घर चले जाना। खटिया की आड़ में है। समझ गया!"

ददा के नाम से वह चौंक गया। कहाँ है कि दृष्टि से उसने इधर-उधर देखा।

"नहीं है।" उसने कहा।

"कहा न खटिया के पीछे है।" सोनसी ने कहा। ददा खटिया के पीछे से झाँका। वह बहुत प्यार से अपने लड़के को देख रहा था। "जा चले

जा।" रघुवर प्रसाद लड़के को खटिया तक लिवा ले गए। वह अपने बेटे को झाँक रहा था, "आ जा।" उसने कहा। फिर हाथ पकड़कर खटिया की आड़ में अपने पास में बैठाया। उसके सिर पर हाथ फेरते हुए उसके हाथों में तेल लग गया था। हाथ के तेल को उसने अपने पैर में रगड़कर पोछा। फिर दोनों हाथ से बाल के तेल को पोछकर कभी अपने हाथ पर कभी लड़के के हाथ पर चिपड़ देता। सिर से अँगोछा निकालकर लड़के के मुँह को पोछा।

"बाई कंघी होगी?" झाँककर उसने सोनसी से पूछा।

"है।" सोनसी ने कहा। रघुवर प्रसाद ने अपनी एक छोटी कंघी पोछ-पाँछकर उसे पकड़ा दी। जब वो खटिया की आड़ में अपने लड़के की कंघी कर रहा था तब सोनसी ने आवाज़ दी, "आ जा, रोटी खा ले।" लड़का जाने को हुआ तो ददा ने रोककर जल्दी-जल्दी उसकी कंघी की।

दो थाली में परोसा हुआ था। थाली में दो रोटी और थोड़ा भात था। दो जलेबी थी। जलेबी दोने में थी। रात की बची रोटी थी। अम्मा ने कहा भी था कि खाना अधिक बन गया है। बासी बचेगा।

लड़के का ददा संकोच कर रहा था। खटिया की आड़ से बाहर नहीं आ रहा था। सोनसी ने लड़के से कहा, "ददा को बुला ले।"

"चल ददा, खा ले।" लड़के ने कहा। उसका ददा आया, दोनों खाने लगे। ददा ने अपने हिस्से की एक जलेबी लड़के के दोने में डाल दी। लड़के ने दो जलेबी बचा ली थी। रघुवर प्रसाद खटिया के पास बैठे-बैठे दोनों को खाता देख रहे थे। सोनसी ने और रोटी दी। खा-पीकर जलेबी का दोना लेकर लड़का घर जाने के लिए निकल गया। गूलर के पेड़ के पास आते ही उसने ददा को दोना पकड़ाया और पेड़ पर चढ़ गया। लड़के ने पेड़ के खोखल से प्लास्टिक की थैली में रखी माचिस और बीड़ी का बंडल ऊपर से डाला। "ऐ ले ददा।" लड़के ने कहा। डाल में खुमरी बँधी

थी। उसने खुमरी निकाली। खुमरी की आड़ में एक गिलहरी बैठी थी जो चौंककर पेड़ की डालियों की गलियों में भाग गई। ऊपर से उसने खुमरी छोड़ी तो ददा ने उसे हवा में झोंक लिया। पेड़ के खोखल में एक खाकी पैंट थी जो रात के पानी से गीली हो गई थी, उसे लेकर वह नीचे उतरा। पेड़ से अपनी गृहस्थी उसने समेट ली थी। खोखल में एक अठन्नी थी। घर से निकलकर वह यहाँ रहता था। अब वह अपने घर जा रहा है। रस्ते में उसने अठन्नी ददा को दे दी। लड़के ने खुमरी को सिर पर पहन लिया था। उस वक़्त वह बहुत ख़ुश था। उस वक़्त न तो ऐसी धूप थी और न पानी गिर रहा था। ददा से उसने जलेबी का अपना दोना माँग लिया।

घर का दरवाज़ा बंद था। "दाई?" लड़के ने कहा।

"का है रे?" दाई ने कहा।

"दरवाज़ा खोल दाई।"

"ददा के आने का बेरा है रे।" दाई ने कहा।

दाई ने दरवाज़ा खोला। दाई ने दोनों को देखा। आज के दिन जैसा नहीं देखा। बहुत पहले का कोई दिन, या आने वाला कोई दिन। रोज़-रोज़ का दिन नहीं। लड़के ने दाई को दोना पकड़ाया, "दाई, जलेबी ले ले।" दाई ने कहा, "अंदर चल।" फिर दाई ने लड़के के ददा की तरफ़ देखा कि एक दिन ऐसा ही होना था। एक दिन आज का दिन हो जाएगा उसे मालूम नहीं था। लड़के को चिपटाकर वह अंदर ले गई।

महाविद्यालय जाने का समय हो गया था। साधु नहीं आया था। रघुवर प्रसाद टैंपो से महाविद्यालय जाने के लिए निकले। उन्होंने गूलर के पेड़ को देखा कि लड़का वहाँ नहीं होगा। और लड़का उनको वहाँ दिखा। अब क्यों आ गया? बीड़ी की आदत छूटी नहीं।

"यहाँ क्यों आ गए? बीड़ी पी रहे हो? ददा के साथ घर गए थे न?"

"घर से आ गया। बीड़ी नहीं पी रहा हूँ।" भोलेपन से लड़के ने कहा।

"नीचे उतरो।" लड़का उतरा। रघुवर प्रसाद ने कहा, "जेब दिखाओ।" उन्होंने जेब की तलाशी ली। जेब में कुछ नहीं था। जेब की तलाशी ले ली थी। पेड़ की तलाशी नहीं ली थी। वे भूल गए कि महाविद्यालय जाना है। मोटी डालियों वाला पेड़ चढ़ने में आसान था। वे चढ़ गए। नीचे झाँककर देखा कि लड़का भाग तो नहीं गया। लड़का खड़ा था। पेड़ का एक खोखल रघुवर प्रसाद को दिखा कि यही होगा। वे लंबे तो थे। पेड़ के खोखल के अंदर हाथ डालकर उन्होंने टटोला। खोखल गीला था। गीली बीड़ी का और एक गीले काग़ज़ का टुकड़ा भी था। और कुछ नहीं था। यह सब करने में उन्हें मज़ा आ रहा था। वे एक खेल की तरह यह खेल रहे थे। एक डाली पर बैठकर उन्होंने इधर-उधर देखा। एक चिड़िया का घोंसला था। घोंसले में वे अपनी कोई चीज़ रख देना चाहते थे। क्या रखें उन्हें समझ में नहीं आ रहा था। टैंपो में जाने के लिए कुछ चिल्लर थी। एक चवन्नी डाल दें? चिड़िया चवन्नी देखकर क्या सोचेगी। ग़ुस्सा होकर अपना घोंसला ही न छोड़ दे। उनसे रहा नहीं गया, गूलर की एक पत्ती उन्होंने तोड़ी और घोंसले के अंदर धीरे-से रख दी। उसमें चिड़िया नहीं थी। अंडे-बच्चे भी नहीं थे। पेड़ के खोखल में उन्होंने एक चवन्नी डाल दी। दुबारा चवन्नी उन्होंने टटोली तो उन्हें नहीं मिली। वे नीचे उतर आए। रघुवर प्रसाद ने बीड़ी का टुकड़ा लड़के को दिखाया और कहा, "यह खोखल में था।" लड़के ने कहा कि पहले की बीड़ी है। रघुवर प्रसाद ने सावधानी से गीले काग़ज़ की तह को खोला कि फट न जाए। श्रीकृष्ण की तस्वीर थी। कृष्ण जी गाय के पास खड़े थे। तस्वीर को लड़के ने ले लिया। रघुवर प्रसाद कुछ कहते कि लड़का पेड़ पर चढ़ गया। लड़के ने चिल्लाकर कहा, "हाथी आ रहा है।" रघुवर प्रसाद ने लड़के से कहा, "खोखल में मैंने एक चवन्नी डाल दी है, ढूँढ़कर ले लेना।" ढूँढ़कर ले लेना इसलिए कहा था कि रघुवर प्रसाद ने ढूँढ़ा था और उन्हें नहीं मिली

थी। "हौ" लड़के ने चिल्लाकर कहा।

रघुवर प्रसाद ने हाथी को देखा और एक गहरी साँस लेकर वहीं रुक गए कि हाथी उनकी तरफ़ आ रहा है। हाथी इस तरह आ रहा था जैसे बीमार था। साधु के बीमार होने के कारण हाथी सावधानी से चल रहा हो इसलिए बीमार लगा।

लड़का पेड़ से उतरकर यह बताने चला गया कि रघुवर प्रसाद हाथी से गए। लौटकर वह फिर पेड़ पर बैठ गया। वह पेड़ पर छुपने के लिए नहीं बैठा था। उन्मुक्त था। एक बंद पेड़ से बाहर निकलकर उन्मुक्त पेड़ पर। हवा से डालियाँ झूम रही थीं। वह भी झूम रहा था। उसे दूर ददा गाय चराते हुए दिखा तो वह फिर पेड़ से उतरा। और अपने ददा के पास चला गया।

"सुनो" रात को रघुवर प्रसाद ने सोनसी से कहा।

"क्या है?"

"साधु हाथी को बैठाने के लिए बईठ बोलता है और खड़ा होने के लिए लि।"

"हाँ, मुझको मालूम है चलने के लिए भी मलि बोलता है।"

"चलने के लिए कुछ और बोलता होगा।"

"साधु ने मलि कहा था।"

"तो क्या खड़े होने के लिए कुछ और बोलता होगा?"

"मलि ठीक है। बैठा हुआ हाथी मलि कहने से खड़ा हो जाएगा। फिर मलि कहने से खड़ा हुआ हाथी चलने लगेगा।"

"मैं ध्यान दूँगा।"

"कल तुम साधु से पूछकर मलि कहना। हाथी तुम्हारा कहना मानने

लगे तो हमको आगे दिक़्क़त नहीं होगी।"

"हो सकता है वह केवल साधु की बात माने!"

"बोलकर देखना। कहना मान ले तो अच्छा है।"

"मुझे नहीं लगता कि हाथी मेरा कहना मानेगा। मैं उसे खड़े होने के लिए कहूँ, राह चलता कोई आदमी तब शरारत से उसे बैठने के लिए कह दे तब तो वह बैठ जाएगा। कोई दूसरा खड़ा होने के लिए कह दे तो भी खड़ा हो जाएगा। हाथी इस तरह उठक-बैठक करता रहेगा। कितनी कठिनाई होगी!"

"फिर भी तुम कोशिश करना। हम लोग इतनी आसानी से कहाँ जान पाए कि मलि कहने से हाथी चलता है। साधु साफ़ नहीं बोलता था।"

"कई बार तो बुदबुदाता था।"

साधु कमज़ोर और दुबला हो गया था। वह हाथी से आना-जाना कर रहा था। उसे अपनी शक्ति से हाथी की शक्ति पर भरोसा था। उसे विश्वास था कि कुछ नहीं होगा।

महाविद्यालय जाते समय साधु टैंपो स्टैंड पर रुका। हाथी से उतरकर वह पान की दुकान चला गया। हाथी पर बैठे रघुवर प्रसाद ने सोचा कि यह मौक़ा है, वे हाथी को बईठ बोल दें तो हाथी बैठ जाएगा। हाथी के बैठ जाने से उन्हें ख़तरा नहीं था। हाथी की गद्‌दी पर बैठे हुए उन्होंने अपने को तैयार किया कि जब हाथी बैठे तो वे गिरें नहीं। उन्हें विश्वास था कि बईठ कहने से वह बैठ जाएगा और बईठ बैठने से मिलता-जुलता भी था। बईठ का मतलब आक्रमण करना तो होगा नहीं। आगे झुककर कि हाथी के कान के पास कह सकें और आसपास खड़े लोग न सुनें उन्होंने धीरे-से 'बईठ' कहा। ज़ोर से दुबारा कहा, हाथी ने सुना नहीं। अगर सुना होता तो भी उसने रघुवर प्रसाद का कहना नहीं माना। रघुवर प्रसाद आगे खिसकर

हाथी की गरदन पर आ गए जहाँ साधु बैठता था। झुककर उन्होंने हाथी के कान में बईठ कहा। हाथी नहीं बैठा। वे निराश हो गए। साधु के आने के पहले पीछे खिसककर गद्दी पर आ गए।

उन्होंने सोनसी से कहा, "साधु जिस तरह बईठ कहता है उसी तरह मैंने कहा था। मेरा उच्चारण ठीक था। हाथी ने मेरा कहना नहीं माना।"

साधु से वे यह सब सीखना नहीं चाहते थे। यदि सीख लेते तो यह निश्चित था कि साधु हाथी उनके सुपुर्द कर लंबे समय के लिए बनारस चला जाता।

"अबकी बार साधु जब तंबाकू खाने उतरे तब मलि कहकर देखना कि हाथी चलता है या नहीं।" सोनसी ने कहा।

"चलने लगेगा तो रोकने के लिए उसे क्या कहूँगा? रोकने के लिए साधु क्या कहता है मुझे नहीं मालूम!"

"तुम बईठ बोल देना। बैठ जाएगा तो रुक जाएगा।" सोनसी ने मुस्कुराते हुए कहा।

"चलते-चलते बैठेगा तो गिर जाएगा।"

"रुककर बैठेगा। हम चलते-चलते रुककर बैठते हैं वैसे ही।"

"हाथी जितना समझदार है उतना आज्ञाकारी भी है। वह आज्ञा मानने की समझदारी करता है। रुकेगा नहीं चलते-चलते बैठ जाएगा।"

"सुनो, हाथी जब बैठा होता है तो मलि कहकर उसे खड़ा करते हैं। उसी तरह यदि हाथी चल रहा हो तो मलि कहकर खड़ा नहीं कर सकते?"

"हाँ, यह हो सकता है। तो क्या मलि के तीन अर्थ होंगे; मलि यानी उठकर खड़ा होना। मलि यानी चलने लगना और मलि यानी रुक जाना।"

"मुझे भी लगता है कि मलि के तीन अर्थ होंगे। यदि न भी हुए तो तुम्हारे कहने से जब हाथी चल पड़ेगा तो साधु दौड़ेगा और चिल्लाकर

रुकने की आज्ञा देगा। इस तरह हाथी रुक जाएगा।"

"साधु बीमार है वह दौड़ नहीं सकेगा।"

"हाँ, मैं भूल गई थी।"

"साधु को जब यह मालूम होगा कि उसे बिना बताए हम हाथी को आज्ञा दे रहे हैं तो साधु को बुरा लगेगा। मैं तो चाहता हूँ किसी कारणवश हाथी हमारी ज़िम्मेदारी हो जाए तो हम निर्वाह कर सकें।" महाविद्यालय से लौटते समय साधु टैंपो स्टैंड में एक दिन रुका। रघुवर प्रसाद की इच्छा हुई कि वे अबकी बार हाथी से चलने के लिए मलि कहें। साधु तंबाकू लेने गया तो वे हाथी की गरदन पर खिसक गए। "मलि!" उन्होंने कहा। कई बार कहा फिर निराश हो गए।

पड़ोसी अभी तक नहीं आए थे। रघुवर प्रसाद ने टट्टी का ताला निकाल लिया था। ताला लगाने की आवश्यकता नहीं थी। मकान मालिक को उन्होंने बताया, "टट्टी का ताला मैंने निकाल लिया है।"

"ठीक है।" मकान मालिक ने कहा।

"टट्टी का किराया तो नहीं देना होगा?"

"क्यों देना होगा?"

"पड़ोसी इतने दिनों से नहीं आए, कब आएँगे?"

"मालूम नहीं।" मकान मालिक ने कहा। आठ रुपए महीने की बचत हो जाने से सोनसी ख़ुश थी। टट्टी के ताले और चाबी को रघुवर प्रसाद ने साबुन से धोकर धूप में बाहर रख दिया था कि जंग न खाए।

"ताला-चाबी पिताजी को दे देंगे। पहले याद आती तो अम्मा के हाथ से भिजवा देते। हर बार ताला देना भूल जाते हैं।" रघुवर प्रसाद ने कहा।

सोनसी गृहस्थी में रम गई थी। रघुवर प्रसाद पढ़ाई कर रहे थे। सोनसी बर्तन माँज रही थी। रघुवर प्रसाद ने उसे कहते हुए सुना-'अभी जरी की

भाजी बना लेती हूँ, शाम को डंठल काटकर बना लूँगी।' थोड़ी देर बाद उसका मन बदल गया। "अभी डंठल बना लूँगी।" तब रघुवर प्रसाद ने सोनसी से पूछा–"तुम क्या कह रही थी?"

"कुछ तो नहीं।" सोनसी ने कहा।

"सोनसी, अभी तुम जरी की डंठल बना रही हो न?"

"हाँ।" उसने कहा।

"तुमको कैसे मालूम?"

थोड़ी देर बाद रघुवर प्रसाद ने सुना–'देखो झाड़ू लग गई पर पोछा लगाना भूल गई।'

"तुम झाड़ू लगा ली हो और पोछा लगाना भूल गई। अब तो तुम पोछा लगाओगी तो तुम दुबारा नहाओगी यही सोच रही थीं न? ऐसा करो, तुम पोछा मत लगाओ।"

"हाँ, मैं तो यही सोच रही थी, पर तुगको कैसे पता चला?"

"ऐसे ही।" जादूगर की तरह रघुवर प्रसाद ने कहा।

"अब मैं जो सोचूँगी तो मुझको बता दोगे?"

"हाँ, बता दूँगा। पर अभी नहीं। जब बताना होगा तब।"

"चूड़ी वाली निकलेगी तो उससे आज चूड़ी लूँगी।" सोनसी ने काम करते-करते कहा। रघुवर प्रसाद को लगा कि उनसे कहा गया।

"क्या बोली?" रघुवर प्रसाद ने पूछा।

"कुछ तो नहीं।" व्यस्त सोनसी ने कहा।

"सुनो, आज दोपहर चूड़ी वाली से तुम चूड़ी ख़रीद लेना।" रघुवर प्रसाद ने कहा।

"मैं यही सोच रही थी।" एक बच्ची के आश्चर्य से वह चकित खड़ी थी। "तुमको कहती हूँ तो तुम लाते नहीं।" उसने कहा।

"तुम्हारा एक आना, दो आना वाला चूड़ी का नाप मुझे समझ में नहीं आता, तुम साथ रहोगी तब लेंगे।"

कुछ देर बाद काम करते-करते सोनसी ने कहा, "मैं आज चूड़ी ले लूँगी।"

रघुवर प्रसाद ने इसे सुना। वे समझ गए कि सोनसी ने उनसे नहीं कहा था, अपने से कहा था।

"चूड़ी वाले से आज चूड़ी ले लोगी तो ठीक रहेगा।" रघुवर प्रसाद ने सोनसी के मन की बात कही।

"तुम मेरे मन की बात मत सुनो। मन की बात पर ध्यान दोगे तो अपनी पढ़ाई नहीं कर पाओगे।" सोनसी आटा सान रही थी और सोच रही थी, रघुवर प्रसाद पढ़ रहे थे इसलिए वह रघुवर प्रसाद से बात नहीं कर पा रही थी। उसने सोचा कि यह रघुवर प्रसाद से पूछे कि बिजली के खंबे के नीचे लड़कों को पढ़ाते-पढ़ाते बहुत थक जाते होंगे। आज सड़क की बत्ती चली जाए तो? देर रात तक लड़कों को पढ़ाते हैं इसलिए बिस्तर पर लेटते ही नींद आ जाती है। रघुवर प्रसाद ठुड्डी पर हाथ धरे सोनसी को आटा सानते हुए और सोचते हुए देख रहे थे। उन्होंने भी सोचा कि आज रात लड़कों को छुट्टी दे देंगे। उन्होंने सोनसी से कहना शुरू किया, "मैं आज की रात..." इसके आगे का जो कहना चाहते थे वह सोनसी के मुँह से निकला, "छुट्टी दे दूँगा।"

इसके आगे का रघुवर प्रसाद ने कहा जो सोनसी कहना चाहती थी, "आज रात..." रघुवर प्रसाद पूरा कह पाते कि सोनसी ने जल्दी से कह दिया, "जागेंगे।" "यही कहना चाहते थे न?"

"हाँ, यही कह रहा था पर कुछ और भी कहता।"

इसके बाद सोनसी ने चुपके से सोचा, चूड़ी अभी नहीं ख़रीदते बाद में ख़रीद लेंगे। उसने चुपके से सोचा था इसलिए रघुवर प्रसाद ने नहीं सुना। कैलेंडर जो हवा में फड़फड़ा रहा था इससे अगले महीने की तारीख़ दिख जाती थी। आने वाले दिन दिख जाते थे। वर्तमान का सुख इतना था कि भविष्य आगे उपेक्षित-सा रस्ते में पड़ा रहता, जब तक वहाँ पहुँचो तो लगता ख़ुद बेचारा रस्ते से हटकर और आगे चला गया।

रघुवर प्रसाद ने किताब बंद कर दी। ऐसे उठे कि स्वप्न में उठे हों। सोनसी को रघुवर प्रसाद के स्वप्न में जाने की आहट हुई हो या आभास हुआ हो। वह आटे का हाथ धो चुकी थी। चौके के कपड़े से उसने हाथ पोछ लिया था। और वह भी स्वप्न में चली गई। दो क़दम रघुवर प्रसाद की तरफ़ ख़ुद चली दो क़दम रघुवर प्रसाद के सहारे चली। उसका मन हुआ रघुवर प्रसाद उसे लेकर चलें।

"सुनो, तुम चूड़ी वाली से ज़रूर चूड़ी ख़रीद लेना।" रघुवर प्रसाद ने कहा।

"कितना भी सँभालो टूट जाती है।" अपने हाथों को देखते हुए उसने कहा। हो सकता है चूड़ियों का रिवाज एक प्रेमी से बना हो कि प्रेमिका को कुछ काम न करना पड़े और चूड़ियाँ टूट जाने से बचें।

"जाते-जाते पेड़ वाले लड़के से कह देना कि दोपहर को चूड़ीवाली निकले तो रोक ले। मैं अंदर रहती हूँ, पता नहीं चलता।"

"पेड़ पर लड़का होगा तो कह दूँगा।"

रघुवर प्रसाद ने देखा कि लड़का पेड़ पर था।

"क्या कर रहे हो?" रघुवर प्रसाद ने पूछा।

"कुछ नहीं।"

“दोपहर को चूड़ी वाली निकलेगी तो उसे रोक लेना और सोनसी को बता देना।”

“हौ, रोक दूँगा।”

“चवन्नी निकाले थे?”

“हौ, निकाला था।”

“खोखल में रखने के लिए एक स्लेट पट्टी और कलम ला दूँ? तुम ऊपर बैठे-बैठे पढ़ना नीचे बैठे सोनसी तुमको पढ़ा देगी। तुम्हारे साथ पेड़ की गिलहरी और कौवा भी पढ़ लेगा।”

“मैं नहीं पढ़ूँगा।” लड़के ने कहा।

“बीड़ी पिए थे?”

“नहीं पिया था।”

रघुवर प्रसाद चले गए।

पिताजी की चिट्ठी आई, सोनसी को गाँव बुलाया था। दो दिन गाँव में रहकर फिर वह मायके चली जाएगी। पिताजी का कहना था कि रघुवर प्रसाद उसे मायके तक छोड़ आएँ। सोनसी बहुत ख़ुश थी।

रात को रघुवर प्रसाद ने सोनसी का हाथ देखकर पूछा, “चूड़ी वाली नहीं आई?”

“हाँ, नहीं आई। ख़ाली हाथ देखकर अम्मा ग़ुस्सा होंगी। कल पहन लूँगी।”

“अभी इतनी जल्दी नहीं जाएँगे। परीक्षा सिर पर है।”

“ऐसा करो, इस इतवार को गाँव छोड़ दो, फिर दुबारा आकर मायके छोड़ देना।”

"बार-बार आने-जाने से बहुत पैसे ख़र्च होंगे।"

"अच्छा, गाँव छोड़कर आ जाना, वहाँ से कोई लिवा ले जाएगा।"

"तुम मुझको चिट्ठी लिखोगी?"

"हाँ, लिखूँगी। पहले कभी नहीं लिखी, क्या लिखूँगी?"

"राज़ी-ख़ुशी।"

"मैं तुमको क्या कहकर लिखूँगी?"

"जो अच्छा लगे।"

"अम्मा पिताजी को क्या कहती थीं मालूम है?"

"नहीं।"

"मालिक।"

"तुम मुझको मालिक मत लिखना।"

"मेरी सहेली अपने पति को श्रीमान जी लिखती थी।"

"नहीं श्रीमान जी मत लिखना।"

"तुम पहले लिखना।"

"तुम पहले लिखना।"

दोनों चुप हो गए। सोनसी सोच रही थी कि रघुवर प्रसाद यदि दोनों हाथ से चिट्ठी लिखेंगे तो पहचान जाएगी कि बाएँ हाथ से इतना लिखा है और दाहिने से इतना। वह बाएँ और दाहिने हाथ की लिपि को पढ़ते हुए जैसे रघुवर प्रसाद के आलिंगन में पढ़ रही होगी।

"चिट्ठी का कोई ठिकाना है। पाँच-छह दिन में चिट्ठी पहुँचती है।" रघुवर प्रसाद ने कहा।

"जब भी समय मिलेगा मैं कसौटी के पत्थर पर जाकर लेट जाऊँगा। और आकाश को देखता रहूँगा।"

"मैं भी खिड़की से तुम्हारे देखे हुए आकाश को देख लूँगी।" रघुवर प्रसाद का आकाश देखना रघुवर प्रसाद का चिट्ठी लिखना होगा। चंद्रमा सोनसी के लिए लिखा हुआ संबोधन होगा। तारों की लिपि होगी जिसे तत्काल सोनसी पढ़ लेगी। रघुवर प्रसाद कसौटी के पत्थर पर लेटकर एक बड़ा आकाश देखेंगे। बड़ा आकाश लंबी चिट्ठी होगी। सोनसी खिड़की से छोटा आकाश देखेगी तो छोटी चिट्ठी होगी। आकाश एक-दूसरे को लिखी चिट्ठी होगी।

कुछेक दिन से साधु नहीं आ रहा था। रघुवर प्रसाद टैंपो से आना-जाना कर रहे थे। महाविद्यालय से वे जल्दी लौटे थे। घर नहीं गए, सीधे खेरागढ़ बाड़ा चले गए। खेरागढ़ बाड़ा उजाड़ जगह थी, एक उजाड़ मकान था। उसके दालान में घुटने पर सिर रखे साधु बैठा था। मकान के आसपास छप्पर के बैंगलोरी खपरे टूटे बिखरे पड़े थे। खिड़की-दरवाज़े के पल्लों को उखाड़कर चुरा लिया गया था। मकान के चारों तरफ़ इधर-उधर घनी झाड़ियाँ थीं। पहले इन झाड़ियों का तरतीबवार घेरा होगा।

रघुवर प्रसाद को देख साधु बहुत ख़ुश हुआ। उठकर उसने रघुवर प्रसाद को बोरे पर बैठाया।

"तबियत ठीक नहीं है ?" रघुवर प्रसाद ने पूछा।

"अब ठीक है। वैद्य की दवाई से फ़ायदा हुआ। उनका लड़का दवाई दे जाता है। मैं स्वस्थ हूँ। कहीं भी जा सकता हूँ। हाथी के पैर में भी घाव हो गया था। वह भी ठीक है। घाव को मैंने लोहे की छड़ से दाग दिया था।"

रघुवर प्रसाद हाथी के पास गए तो साधु भी आ गया। पैर के नाख़ून के पास घाव था। कैसे लगा होगा ? रघुवर प्रसाद ने सोचा।

"ज़ंजीर से कैसे बाँधते हो ?" रघुवर प्रसाद ने सब समझने के लिए पूछा था।

"ज़ंजीर में अकोड़ा है। फँसा देता हूँ।" साधु ने कहा।

"मैं जाता हूँ।"

"हाथी से छोड़ देता हूँ। अब ठीक है। हाथी उस पैर में ज़ोर कम देता है।"

"मैं चला जाता हूँ।"

रघुवर प्रसाद हाथी के और पास गए। वे उसे थपथपाना चाहते थे। पर नहीं थपथपाया। कहा, "ज़ंजीर से बँधा होने से बेफ़िकरी होती है?"

"हाँ, ज़ंजीर से बँधा होने से बेफ़िकरी होती है।" साधु ने कहा।

रात नहीं थी। कमरे में थोड़ा अँधेरा हुए थोड़ी देर हुई थी। खिड़की से बाहर अभी उजाला था। खिड़की की चौखट पर गौरय्या का एक जोड़ा आकर बैठ गया था। कुछ और गौरय्या चौखट पर लाइन से बैठ गईं। दोनों खिड़की से उस पार जाने को थे, रुक गए। कुछ चिड़ियों का मुँह कमरे की तरफ़ था। कुछ का बाहर था। खिड़की से जाने को करते तो चिड़िया उड़ जाती।

"थोड़ी देर रुक जाते हैं।" सोनसी ने रघुवर प्रसाद ने कहा।

"हाँ, रुक जाते हैं।"

"कमरे की बत्ती जला दूँ?"

"शायद दिन का थोड़ा उजाला कमरे में अभी तक है। जब तक रहता है तब तक बत्ती नहीं जलाते।"

"अब जला दूँ?" थोड़ी देर बाद सोनसी ने पूछा। खिड़की से बाहर देखते हुए दोनों चुपचाप सटकर खड़े थे कि उनके हिलने-डुलने से चिड़िया न उड़ जाएँ। आकाश में अभी दिन का उजाला था। कमरे से दिन

का पूरा उजाला सचमुच चला गया है, इसका अंदाज़ा रघुवर प्रसाद नहीं कर पा रहे थे।

"शायद दिन का उजाला चला गया।"

"हाँ मुझे भी लगता है।" सोनसी ने खटका दबाया तो चिड़िया फुर्र से उड़ गई जैसे बत्ती के उजाले ने उड़ा दिया हो। जिन चिड़ियों का मुँह अंदर की तरफ़ था पहले वे कमरे के अंदर उड़ आईं, फिर खिड़की से बाहर चली गईं।

कोई दरवाज़ा खटखटा रहा है। रघुवर प्रसाद ने दरवाज़ा खोला। वैद्य का लड़का था जो साधु का साथी आदमी था।

"साधु बनारस चला गया है।" उसने कहा।

"कब?"

"दोपहर को।"

"और हाथी?"

"वहीं बँधा हुआ है।"

"साधु को उठा ले गए।"

"और हाथी को? हाथी को भी उठा ले जाते।" रघुवर प्रसाद कहना चाहते होंगे।

"हाथी छोड़ गए। आपको बताना चाहिए इसलिए बताने आ गया। मैं साधु को दवाई देने गया था। अब दवाई बेकार हो गई।" वह चला गया।

रघुवर प्रसाद और सोनसी दरवाज़ा खोले खड़े रहे। पता नहीं पेड़ पर लड़का बैठा है या नहीं!

"मैं हाथी को देख आऊँ?" कुछ देर बाद रघुवर प्रसाद ने कहा।

"अभी रात को? कल सुबह चले जाना।"

"अभी देख लेता हूँ।"

"मैं भी चलूँ?"

"तुम क्या करोगी जाकर, यहीं रहो।"

"हाथी हमारे घर के सामने छोड़ जाता।" सोनसी ने कहा।

"उसे अचानक जाना पड़ा होगा। हाथी उसने छोड़ा नहीं, छूट गया। नहीं तो घर के सामने छोड़ जाता। जा रहा हूँ।"

"पेड़ पर लड़के को देख लेना। जाग रहा हो तो साथ ले जाना। हाथी भूखा होगा तो पेड़ की डाली काट देगा। हँसिया दूँ?"

"नहीं, पहले देख तो लें। अगर होगा तो हँसिया ले जाएगा।"

पेड़ पर लड़का नहीं था। पेड़ के नीचे जाकर उन्होंने आवाज़ दी। एक पक्षी फड़फड़ाकर उनकी आवाज़ से उड़कर भाग गया। शायद घुघ्घू था। घुघ्घू न भी हो। घुघ्घू के शिकार का यह समय है। जिस पक्षी के घोंसले में उन्होंने एक पत्ती रखी थी, क्या वह घुघ्घू का घोंसला था! उस घोंसले में चवन्नी डालते-डालते रह गए थे। अबकी बार चवन्नी डाल देंगे। देखेंगे कितने दिनों तक वहाँ चवन्नी रखी है। जैसे गुल्लक में जमा करते हैं वैसे घोंसले में जमा कर लेंगे। ज़रूरत पड़ने पर लक्ष्मी के वाहन के घोंसले से अपनी चवन्नी ले आएँगे।

वहीं से उन्होंने सोनसी से कहा, "नहीं है।" उन्होंने धीरे-से चिल्लाया था। फिर रात के सन्नाटे में 'नहीं है' दूर तक चला गया। सोनसी से भी बहुत आगे गया। सोनसी तो यह जान गई कि पेड़ पर लड़का नहीं है। एक आदमी जो अपने घर के सामने बैठा था 'नहीं है' को उसने भी सुना। सुनकर वह स्वाभाविक तौर पर बोल पड़ा था–"कौन नहीं है?"

रघुवर प्रसाद खैरागढ़ बाड़ा की तरफ़ चल पड़े थे। सोनसी घर के अंदर चली गई थी। 'कौन नहीं है?' यह रघुवर प्रसाद ने सुना था। पर

उन्होंने जवाब नहीं दिया था। रघुवर प्रसाद समझ गए थे कि किसी और ने यह सुना है कि शायद उसे कहा गया है! इसलिए उसने पूछा। उस आदमी को 'कौन नहीं है' का जवाब नहीं मिला था। उसे उत्सुकता हुई कि जो नहीं है उसे वह जान जाता। उस आदमी को नींद नहीं आ रही होगी। रात के सन्नाटे में वह अकेलापन महसूस कर रहा होगा। उससे रहा नहीं गया। उसने ज़ोर से पूछा, "कौन नहीं है भाई?" वह नहीं जानता था कि कौन नहीं है। और उसने किसके लिए कहा था। उसने सुना या नहीं। पर यह तो था जिसने 'नहीं है' कहा था उसी से पूछा था। अगर वह जान जाता तो क्या होता! वह यह जानना छोड़ सकता था। वह इधर-उधर देखता लंबे सन्नाटे में सिकुड़ा बैठा हुआ था। वह उठा और दबे पाँव घर के अंदर चला गया था। वह युवा, अधेड़ या बूढ़ा हो सकता था। उसकी तबियत ठीक भी हो सकती थी।

रघुवर प्रसाद को जगह-जगह इस रात के अंदर, मकानों, पेड़ों के इर्द-गिर्द गहरे अँधेरे के विशालकाय धब्बे दिखे थे। पेड़ के नीचे एक झोंपड़ी के ऊपर एक बड़ा गहरे अँधेरे का धब्बा दिखा। खपरे के छप्पर पर हाथी जैसा धब्बा था। अँधेरे धब्बे का भार नहीं था नहीं तो छप्पर टूट जाता। और झोंपड़ी धसक जाती। अच्छा था कि उजाले का भी भार नहीं था। अँधेरे के बाद कुछ उजाले में जो जहाँ दिखता था वह उजाले के द्वारा स्थापित दिखाई देता था। अगर उजाले में टूटी-फूटी झोंपड़ी दिखती तो वह भी उजाले के द्वारा स्थापित टूटी-फूटी झोंपड़ी दिखाई देती। उजाले में अचल की तरह।

खैरागढ़ बाड़े में और अँधेरा लग रहा था। बहुत अधिक अँधेरे की तरह दिखते हुए खंडहर, पेड़, झाड़ी और हाथी को रघुवर प्रसाद देख रहे थे। वे हाथी की ओर बढ़े। हाथी रघुवर प्रसाद की आहट को पहचान गया होगा। ज़ंजीर से बँधा था। आसपास बरगद की डाली बिखरी थी। रघुवर प्रसाद हाथी सामने थे। हाथी रघुवर प्रसाद के पास बढ़ना चाहता था। ज़ंजीर पीछे

के पैर में थी। रघुवर प्रसाद पीछे गए। हाथी के ज़ंजीर वाले पैर के पास। वे हिम्मत कर फँसे हुए अकोड़े को निकालने की कोशिश करने लगे। हाथी का पैर तना हुआ था, इसलिए अकोड़ा कड़ा था। निकल नहीं पा रहा था। सामने के पैर में ज़ंजीर बँधी होती तो खोलने में डर लगता कि सूँड़ से पकड़ न ले। पैर थोड़ा ढीला हुआ। हाथी पीछे घूमना चाहता होगा। रघुवर प्रसाद ने ज़ोर लगाकर अकोड़े को निकाल दिया। वे पीछे हट गए। हाथी अब बँधा हुआ नहीं था। रघुवर प्रसाद पीछे और हटे। वे हाथी के सामने आए। फिर लौट पड़े कि हाथी उनके पीछे आ जाएगा।

उस एक हाथी को खोल देने की उन्हें इतनी ख़ुशी हो रही थी कि अँधेरे में इधर-उधर उनके आगे-पीछे अँधेरे का स्वतंत्र हाथियों का जुलूस निकला हुआ लग रहा था। तब भी वे पीछे मुड़कर देख लेते थे कि हाथी उनके पीछे आ रहा है या नहीं। थोड़ी देर तक तो उनको लगा कि हाथी उनके पीछे आ रहा है। वे तेज़ी से घर की ओर बढ़ गए।

सोनसी ने तुरंत दरवाज़ा खोल दिया था। अंदर आकर उन्होंने दरवाज़ा बंद करते हुए कहा कि उन्होंने हाथी को खोल दिया है। वे ख़ुश थे।

"क्यों खोल दिया?"

"बँधा था इसलिए। कब तक बँधा रहता?"

"वहाँ जाकर उसकी देखभाल कर लेते।"

"वहाँ जाकर देखभाल करते नहीं बनता। हो सकता है हाथी यहाँ आ जाए। यहाँ देखभाल कर सकेंगे।"

सोनसी दरवाज़ा खोलकर कुछ देर खड़ी रही। हाथी नहीं था। आते भी नहीं दिख रहा था। सड़क की बत्तियों के उजाले में वह दूर से दिख सकता था, अगर सड़क से आता।

"हाथी नहीं आ रहा है।" सोनसी ने कहा। रघुवर प्रसाद भी देखने लगे। कुछ देर बाद दोनों अंदर आ गए।

"आने का मन होगा तो आ जाएगा।" दोनों रात भर सोए नहीं। बीच-बीच में उठकर कभी सोनसी कभी रघुवर प्रसाद दरवाज़ा खोलकर देख लेते। हाथी घर नहीं आया था।

सुबह होते ही रघुवर प्रसाद खैरागढ़ बाड़ा भी गए। वहाँ आसपास हाथी नहीं था। सड़क के किनारे चाय की दुकान थी। दुकान अभी खुली नहीं थी। दुकानदार वहाँ रहता था। वह उठ गया था। उससे पूछा। दुकानदार ने भी हाथी को नहीं देखा था। दूर खेत में किसान था। उससे पूछने दूर जाना पड़ता। आसपास कोई नहीं दिख रहा था। ज़ंजीर पेड़ के नीचे पड़ी थी। साधु का एक भी सामान वरामदे पर छूटा नहीं था। ज़ंजीर भारी थी। कुछ देर बाद एक रिक्शा मिल गया। ज़ंजीर रिक्शे में रख वे घर आए।

रघुवर प्रसाद और सोनसी शाम के समय प्रायः दूर तक यूँ ही इधर-उधर घूमते कि हाथी दिख जाए। पड़ोसियों के न होने से अब सोनसी को ख़ालीपन मालूम होने लगा। रघुवर प्रसाद के आने के समय वह सोचती कि रघुवर प्रसाद शायद हाथी पर बैठे हुए आते दिखें। पर रघुवर प्रसाद धीरे-धीरे पैदल आते हुए दिखाई देते।

पिता की चिट्ठी फिर आई थी कि बहू को पहुँचा जाओ। यह भी लिखा था कि रघुवर प्रसाद को छुट्टी न मिल रही हो तो बहू को बस में बैठा दो। अकेली चली आएगी। सोनसी अकेले जाने को तैयार थी। सोनसी ने ख़ुशी-ख़ुशी तैयारी की। एक छोटी टिन की पेटी और एक झोला इतना सामान था। सोनसी अकेली जा रही थी।

रघुवर प्रसाद रिक्शा बुला लाए। रघुवर प्रसाद ने सोनसी के ख़र्च के लिए बीस रुपये दिया था। अम्मा को देने के लिए पचास रुपये दिया। रिक्शे में बैठने के पहले सोनसी ने रघुवर प्रसाद का हाथ पकड़कर पूछा, "ग़ुस्सा हो?"

"नहीं तो।" रघुवर प्रसाद ने कहा। सोनसी सोने का कड़ा पहने थी। चूड़ियों से हाथ भरा था। पैर की उँगलियों में बिछिया थी।

बस छूटने को थी। रिक्शा में बैठे रघुवर प्रसाद ने हाथ के इशारे से ड्राइवर को रुकने के लिए कहा। सोनसी को चढ़ाकर वे जैसे ही उतरे बस रवाना हो गई। उतरते समय सोनसी ने उतावली से कहा था, "तुम लिवाने आओगे?"

"नहीं आ पाऊँगा। छोटू के साथ आ जाना।" रघुवर प्रसाद ने कहा। बस इस तरह रवाना हुई जैसे सोनसी को छीनकर ले गई।

लौटते समय घर जाने के पहले वे गूलर के पेड़ की ओर चले गए। पेड़ पर लड़का नहीं था। घर के अंदर जाने का मन नहीं हो रहा था। बैठ जाने की इच्छा हो रही थी। कुछ देर बाद जब घर गए तो खटिया के पाए पर धुली बनियान, चड्ढी टँगी उन्हें दिखी। सोनसी ने नहाकर बदल लेने को कहा था। वे तालाब नहीं गए। बाल्टी में पानी भरा था। वहीं नहाने लगे। नहा-धोकर जब कंघी कर रहे थे तब खिड़की से आती हवन की सुगंध थी। खाने का समय नहीं हुआ था। भूख भी उन्हें नहीं लग रही थी। तब भी वे खाने की तैयारी करने लगे। पूड़ी-तरकारी थी। थाली-कटोरी सोनसी अलग निकालकर रख गई थी।

आज का दिन था। महाविद्यालय जाने के लिए वे पहले ही निकल गए। रात भर अँधेरे का इतना साथ था कि दिन का उजाला उन्हें बहुत उजाला लग रहा था।

लगा एक सूर्य से इतना उजाला नहीं हो सकता। दो सूर्य होंगे। सूर्य के डूबने के बाद जितना अँधेरा होता है, वह एक सूर्य के डूबने से नहीं हो सकता था। कम-से-कम दो सूर्य डूबते होंगे। वे टैंपो के लिए डेढ़ घंटा पहले आ गए। ताड़ के पेड़ों की पत्तियों की तरफ़ उनकी दृष्टि गई थी।

उसपर दृष्टि पड़ने पर ताड़ के चारों पेड़ों को उन्होंने एक साथ पेड़ जैसा देखा। पेड़ों को अलग वे नहीं देखे। हाथी आता हुआ दिख सकता था। हाथी पर साधु भी बैठा हुआ दिख सकता था। परंतु यह सब हो सकने के पहले बीच में ख़ाली टैंपो आ गया था और वे बैठ गए थे।

महाविद्यालय में विभागाध्यक्ष भी पहले आ गए थे। रघुवर प्रसाद विभागाध्यक्ष से बात करना चाहते थे। काम में व्यस्त विभागाध्यक्ष ने उनकी तरफ़ ध्यान नहीं दिया।

रघुवर प्रसाद से कक्षा में तख़्ते पर बाएँ हाथ से लिखते नहीं बन रहा था। चॉक बार-बार टूट जाती थी। वे दाहिनी हाथ से लिखकर पढ़ाते रहे।

रात को रघुवर प्रसाद की नींद खुली। कुछ देर बिस्तर पर पड़े रहे फिर उठे। दरवाज़ा खोलकर बाहर आए। सड़क के किनारे नीम के पेड़ के नीचे खड़े रहे। सड़क की बत्ती का उजाला उन तक नहीं पहुँच रहा था। उनका मन हुआ रात के सन्नाटे में बोलें–'नहीं है।' इस समय अपने घर के बाहर दूर वही आदमी भी देर से बैठा होगा जिसने पहले रघुवर प्रसाद के 'नहीं है' को सुना था। तब उसने कहा था–'कौन नहीं है भाई?' रात का वैसा ही वातावरण था। गूलर के पेड़ से एक पक्षी यूँ ही फिर उड़ा था। अबकी बार रघुवर प्रसाद को देखकर उड़ गया हो। पेड़ पर लड़का नहीं होगा। नहीं है जैसा वातावरण गहराया हुआ था। घर के सामने बैठे हुए आदमी को दूर से लगा होगा कि दूर दरवाज़ा खोलकर कोई बाहर आया है। उससे रहा नहीं गया उसने सोचा पूछा जाए–'कौन नहीं है?' उसने ज़ोर से कहा होगा। 'कौन नहीं है?' रघुवर प्रसाद ने सुना होगा। जवाब में उनके मुँह से निकला–'सोनसी नहीं है।' कातर मन से निकला हुआ कि सोनसी नहीं है। जो भी हो उसने सुना। वह आदमी ठंडी साँस लेकर सिर हिलाकर थोड़ी देर बैठा रहा होगा। संतुष्ट हुआ-सा कि उसे उत्तर मिल गया। वह घर के अंदर चला गया होगा। उस रात उसे नींद नहीं आई होगी। वह जानना चाह

रहा था कि कौन नहीं है। अब मालूम हो गया। वह सोनसी को नहीं जानता था। जो भी हो फिर भी वह रात को सो सकेगा।

रघुवर प्रसाद का खिड़की से कूदकर उस तरफ़ जाने का मन नहीं हो रहा था। बूढ़ी अम्मा को अभी तक मालूम नहीं था कि सोनसी नहीं है। रात को सोनसी का जाना तय हुआ था और वह सुबह चली गई थी। कमरे के अंदर कोने में हाथी की मोटी-लंबी ज़ंजीर पड़ी थी। हाथी भी नहीं आ रहा था। सोनसी क्या हाथी पर बैठकर आ सकती थी!

दरवाज़ा खोलकर वे आकाश को देख लेते थे, सोनसी की चिट्ठी है। सोनसी भी देख लेती होगी कि रघुवर प्रसाद की चिट्ठी है। कभी आकाश में बहुत तारे होते कभी इक्के-दुक्के दिखाई देते। इक्के-दुक्के तारों का आकाश लिखने का समय नहीं मिला जैसा या थोड़ी-थोड़ी लिखी जा रही चिट्ठी जैसा था।

महाविद्यालय जाते समय वे गूलर के पेड़ के पास से होते हुए निकले। उन्होंने सिर उठाकर पेड़ को झाँक लिया कि लड़का नहीं है। कोई पक्षी भी नहीं था। पेड़ों, लोगों के बीच केवल वही हैं और कोई नहीं जैसे अस्तित्व से वे सड़क पर चले जा रहे थे। लोग नहीं हैं जैसे लोग उनके पास से आ-जा रहे थे। टैंपो नहीं है जैसे एक-दो ख़ाली टैंपो गुज़र गए। टैंपो रघुवर प्रसाद के लिए भी रुकने-रुकने को हुआ था। एक टैंपो में वे बैठ गए और उन्हें मालूम नहीं हुआ कि वे टैंपो में बैठ गए। महाविद्यालय वे आते थे और उन्हें मालूम नहीं होता था कि वे महाविद्यालय आ जाते हैं। लड़कों को वे पहले जैसा अच्छा पढ़ा देते थे, और उनको पता नहीं चलता था। सब काम पहले जैसा चल रहा था जैसे कुछ भी नहीं चल रहा था।

सोनसी के सकुशल पहुँचने की चिट्ठी आ गई थी। छोटू ने चिट्ठी लिखी थी। शायद अम्मा ने लिखवाई हो या सोनसी ने। सोनसी लिख देती! रात के आठ बजे भात बना, खाकर वे खिड़की से कूदे। बूढ़ी अम्मा की

झोंपड़ी की ओर से चूल्हे के धुएँ की गंध आ रही थी। कुछ ठंडी हवा चल रही थी। आसपास कहीं पानी गिरा होगा। आकाश में बिजली चुपचाप चमक जाती थी। कड़कने की आवाज़ नहीं आती थी इतना सन्नाटा था। बिजली के चमकने से अँधेरे में जो दिख जाता था वह दिखने के भ्रम जैसा सचमुच का दिखता था। फिर अँधेरे में उसी समय नहीं दिखा जैसा हो जाता था। शायद उन्होंने अपने लिए ही कहा हुआ था कि सोनसी नहीं है। इसके उत्तर में सिर हिलाकर उन्होंने धीरे-से कहा– "हाँ सोनसी नहीं है।"

उन्हें मालूम नहीं था कि उन्हें पगडंडी पर चलना था। पर पगडंडी को मालूम था इसलिए वह रघुवर प्रसाद के चलने के रास्ते पर थी। रघुवर प्रसाद को टीले पर आना था। यह रघुवर प्रसाद को नहीं मालूम था। टीले को मालूम था। इसलिए जहाँ रघुवर प्रसाद आए थे वह टीले पर था। तालाब रघुवर प्रसाद के निहार में था। तालाब में तारों, चंद्रमा की परछाई पड़ी कि रघुवर प्रसाद के निहार में हो। जुगनू रघुवर प्रसाद के सामने से होकर गए। कमल के फूल रघुवर प्रसाद को दिखने के लिए चंद्रमा के उजाले में थे। रघुवर प्रसाद एक किसी भी चट्टान पर लेट गए। चट्टान पर बैठ गए थे जो कसौटी की चट्टान थी। वे कसौटी की चट्टान पर लेट गए। चट्टान ठंडी थी। चट्टान चिकनी थी इसलिए गड़ नहीं रही थी। रघुवर प्रसाद की नींद सुबह खुली। वे कथरी ओढ़े हुए थे। बूढ़ी अम्मा रात को निकली होगी। रघुवर प्रसाद को सोया देख घर से कथरी लाई होगी। सुबह हो जाने के बाद बादलों से सूर्य निकला था। और पक्षी देर से चहचहाए थे। इसलिए रघुवर प्रसाद देर तक सोए। इधर-उधर की जगह अभी-अभी गोबर से लीपी गई थी। अल्पना और रंगोली थी। यहाँ की सब जगह सोनसी का रास्ता देख रही थी। सुबह उठकर रघुवर प्रसाद को लगा देर हो गई। वे दतौन-कुल्ला करने लगे। कुल्ला करके उठे थे कि बूढ़ी अम्मा चाय लेकर आ गई। रघुवर प्रसाद ने इस तरह चाय ली कि बूढ़ी अम्मा ने तब प्यार से रघुवर प्रसाद के सिर पर हाथ रखा था।

चाय पीकर रघुवर प्रसाद ने बूढ़ी अम्मा को सोनसी कब आएगी की तरह देखा। दो-एक दिन में आ जाएगी की तरह जवाब में बूढ़ी अम्मा ने रघुवर प्रसाद की तरफ़ देखा। बूढ़ी अम्मा ने कहा, "भात खाकर जाना।" रघुवर प्रसाद ने 'हाँ' कहा।

महाविद्यालय के बरामदे में एक साइकिल दो-चार दिन से लावारिस पड़ी थी। गणित विभाग के दरवाज़े के सामने ही बरामदे से टिकी थी। विभागाध्यक्ष का ध्यान एक दिन गया था। साइकिल से आने की आदत न होने के कारण वे ही भूल गए होंगे।

"आपकी है?" बरामदे की साइकिल को दिखाते हुए विभागाध्यक्ष ने रघुवर प्रसाद से पूछा। रघुवर प्रसाद ने सिर हिलाकर नहीं कहा।

"ऐसा तो नहीं दो-एक दिन पहले साइकिल लाए हों और भूल गए?" विभागाध्यक्ष ने फिर पूछा।

"नहीं सर, मैं तो रोज़ टैंपो से आता हूँ।"

"चपरासी से पूछते हैं।" चपरासी को बुलाकर उन्होंने पूछा, "यह किसकी साइकिल है? दो दिन से पड़ी है।"

"चार दिन से तो मैं देख रहा हूँ महाराज।" चपरासी ने कहा।

"तो बताना नहीं था!" विभागाध्यक्ष ने इधर-उधर और लाइन में खड़ी कुछ साइकिलों को देखा कि इनमें भी एकाध भूली हुई साइकिल हो।

"रघुवर प्रसाद, याद करो क्या चार दिन पहले तुम साइकिल से आए थे?"

"नही।"

"याद करिए?"

"याद है।"

"इस साइकिल का ताला खुला है।" रघुवर प्रसाद ने फिर कहा।

"ऐसे में इसकी चोरी हो सकती है।"

"चोरी की साइकिल की चोरी!"

"साइकिल में ताला लगाकर यहाँ भूल जाता।" विभागाध्यक्ष ने कहा।

"पता नहीं किसकी साइकिल है!" रघुवर प्रसाद बड़बड़ाए।

"किसी की भी हो। अब चोरी नहीं जानी चाहिए। रघुवर प्रसाद, तुम साइकिल में ताला लगाओ और चाबी अपने पास रखो।"

"नहीं!"

"मैं साइकिल रखने को थोड़े ही कह रहा हूँ। चाबी रखने को कह रहा हूँ।"

रघुवर प्रसाद को बार-बार लग रहा था कि विभागाध्यक्ष उनसे साइकिल रखने को कह रहे हैं ताकि वे साइकिल से आना-जाना करते रहें। इसलिए उन्होंने कहा–"मैं दूसरे की भूली हुई साइकिल नहीं चलाऊँगा।"

"रघुवर प्रसाद, भूली हुई साइकिल चलाते-चलाते याद आ जाएगी कि तुम्हारी साइकिल है, तब तुम याद की हुई साइकिल चलाते रहना।"

चपरासी देख रहा था कि गाय-भैंसों का झुंड जहाँ साइकिल खड़ी है वहाँ पहुँच रहा है। भैंस के धक्के से एक भी साइकिल गिरेगी तो सब साइकिलें गिर जाएँगी। चपरासी सोच रहा था कि विभागाध्यक्ष को बता दे कि गाय-गोरू से साइकिल गिर जाएगी। वह हँकालने भी जा सकता था। पर जान-बूझकर नहीं गया। उसे लग रहा था कि गाय-भैंस साइकिल को बचाकर चरती रहें। ऐसा हुआ भी। ग़लत तो बरामदे के आख़िर में बैठी हुई गाय थी। बरामदे पर बैठी हुई गाय कोई गाय भूल गया जैसी बैठी थी। जिसकी गाय है उसे याद आएगी तब हँकालकर ले जाएगा। याद किया हुआ जो दुनिया में है उससे अधिक भूला हुआ दुनिया में था।

आज का दिन था। महाविद्यालय जाने के लिए रघुवर प्रसाद खड़े हुए। ताड़ के पेड़ों को उन्होंने देखा, पर उन्हें यह मालूम नहीं था कि उन्होंने ताड़ के पेड़ों को देखा है। हाथी के आने की दिशा से उन्होंने उसी तरह एक साधु को साइकिल पर आते देखा। वह हाथी वाले साधु जैसा दिखा कि हाथी के चले जाने के बाद अब साइकिल पर आ रहा हो। दाढ़ी होने के कारण चेहरे में समानता थी। नाक-नक्श, जिसमें अंतर होता था वह एक जैसी दाढ़ी में छुपे होते। समीप आने पर मालूम हुआ कि दूसरा साधु है।

साधु ने साइकिल खड़ी की। रघुवर प्रसाद की तरफ़ उसने मुस्कुराकर देखा। वह तंबाकू खाने रुका था। उसके मुस्कुराने से रघुवर प्रसाद का मन खटका था कि साधु उसे साइकिल पर बैठने के लिए न कह दे। हाथी तो तब भी ठीक था, साइकिल पर डबल सवारी महाविद्यालय जाने में मेहनत लगती। हवा विपरीत दिशा की थी। साधु जब गया तब ऐसा नहीं लगा कि एक साइकिल की जगह साइकिल के जाने से निकल आई है। जब वह था तब भी आसपास बहुत साइकिलों की जगह थी। टैंपो कुछ देर से आया था। रघुवर प्रसाद टैंपो से साइकिल वाले साधु से बहुत आगे निकल गए थे।

महाविद्यालय पहुँचकर उन्होंने ध्यान दिया कि बरामदे वाली साइकिल वहाँ नहीं थी। रघुवर प्रसाद ने चपरासी से पूछा। चपरासी को भी मालूम नहीं था। उनसे रहा नहीं गया, उन्होंने विभागाध्यक्ष से पूछा, "साइकिल दिख नहीं रही है, क्या आपने उसे सुरक्षित रखवा दी है?"

"नहीं तो! वहाँ नहीं है क्या?"

"नहीं।" गंभीर होकर रघुवर प्रसाद ने कहा।

"तब तो चोरी चली गई। साइकिल में ताला लगाकर रख देना था, मैं भूल गया।"

"मैं भी भूल गया।"

"अब क्या करें?"

"जिसकी साइकिल थी वही ले गया हो! अगर ताला लगा देते वह अपनी साइकिल नहीं ले जा पाता।"

"हो सकता है।"

रघुवर प्रसाद सोच रहे थे कि साइकिल साधु की होगी जिसे उन्होंने आज साइकिल पर जाते हुए देखा था। चार दिन के लिए अपनी साइकिल छोड़कर चला गया और कल उठा ले गया।

"मैंने आज एक साधु को साइकिल चलाते हुए देखा था। हाथी वाला नहीं दूसरा साधु। शायद वह साइकिल वाला साधु हो महाविद्यालय की तरफ़ जा रहा था।"

"अच्छा!" विभागाध्यक्ष ने कहा।

"तंबाकू खाने पान की दुकान में रुका था।"

"आपसे साइकिल पर बैठने के लिए तो नहीं कहा?"

"नहीं! वह हाथी वाले साधु का भाई लग रहा था। साइकिल पर बैठकर हाथी को ढूँढ़ने आया हो।"

"आपसे साइकिल पर बैठने के लिए कहता तो क्या आप बैठ जाते?"

"नहीं! यह ज़्यादती होती, डबल सवारी में मेहनत लगती है। यदि समय कम होता तो शायद बैठ जाता, आधी दूर मैं भी डबल चलाता।"

"उसके कैरियर में बरगद की डाल तो नहीं लदी थी?"

क्यों की दृष्टि से रघुवर ने विभागाध्यक्ष की तरफ़ देखा।

"साधु की साइकिल बरगद की डाल खाती हो।"

"महाविद्यालय के आगे तालाब में जहाँ साधु हाथी नहलाता था वहाँ साइकिल वाला साधु साइकिल नहलाने जा रहा होगा।" रघुवर प्रसाद साइकिल को नहलाने के बदले 'धोने' भी कह सकते थे। शायद इसी के

जवाब में विभागाध्यक्ष ने कहा– "नहलाने जा रहा होगा नहीं, नहलाने ले जा रहा होगा।"

"जी।" रघुवर प्रसाद कुछ समझे नहीं।

"रघुवर प्रसाद देखना, आजकल में तुम्हारे घर के सामने कोई अपनी साइकिल लावारिस छोड़कर चला जाएगा।"

"क्यों?"

"ऐसे ही। उसे रेलगाड़ी से इलाहाबाद या काशी जाना हो तब क्या करेगा?"

"साइकिल में ताला लगाकर वह अपने घर में नहीं रख लेगा!"

"घर कहाँ, डेरा होगा—पेड़ के नीचे खंडहर के बरामदे में। यहाँ से साइकिल चोरी चली जाएगी।"

"साइकिल से परेशानी नहीं होगी, घर के बाहर चाहे एक या दो साइकिल छोड़ दे।"

"साइकिल धूप-पानी खाते बाहर खड़ी रहेगी। तुमको यह अच्छा नहीं लगेगा। और तुम उसे घर के अंदर रख लोगे।"

"नहीं मैं पुलिस में रिपोर्ट लिखा दूँगा, घर के अंदर नहीं रखूँगा।"

रघुवर प्रसाद सोच रहे थे कि साइकिल वाला साधु और हाथी वाला साधु दोनों एक-दूसरे को जानते होंगे। वे किसी साइकिल से महाविद्यालय गए तो रस्ते में अचानक साइकिल वाला साधु उनके साथ हो जाएगा। और महाविद्यालय तक उनके साथ रहेगा। लौटते समय भी यही हो सकता है। रोज़-रोज़ न हो। टैंपो पर आना-जाना ठीक है। पर जाने के नाम पर अनिश्चित खड़े रहना अच्छा नहीं लगता।

आज के दिन भी सोनसी की याद आ रही थी। आते-जाते लोगों, पेड़ों मकानों, सड़क, आवाज़ों को देखते-सुनते थे पर सोनसी की याद आती

थी। सड़क पर किसी से बात करते तो याद आती। आकाश में उन्हें एक जगह काले बादल का छोटा टुकड़ा दिखा जो धीरे-धीरे सरक रहा था। उन्हें कसौटी वाली चट्टान की याद आई। काले बादल पर उन्हें चाँदी और सुनहली सूर्य किरणों के जैसे चिह्न दिखे। इस याद आने में कुछ तारतम्य हो सकता था पर दिन की सड़क पर चलते हुए उन्हें रात की पगडंडी पर जाने की याद आ रही थी। पगडंडी में गोबर लिपी थी और आगे कुछ देर हुए सोनसी के जाने का आभास हुआ था कि वे सोनसी के पीछे-पीछे थे। इसमें भी थोड़ा तारतम्य हो सकता था। घर के सामने आकर वे थोड़ी देर ठिठककर खड़े हुए। वे पैदल नहीं हाथी पर बैठकर आने को याद कर रहे थे। साथ में सोनसी थी कि हाथी नीचे बैठे तो वे उतरें फिर सोनसी उतरे। हाथी बैठ नहीं रहा था। और वे रुके रहे।

याद आने में किसी वस्तु, दृश्य, समय इत्यादि का बहुत आधार, या तारतम्य नहीं हो पा रहा था। ख़ाली कमरे के अंदर घुसे ही थे कि पड़ोसन ने पुकारा, "रघुवर प्रसाद!" वे बाहर आए।

"आज जल्दी छुट्टी हो गई?" पड़ोसन ने पूछा।

"हाँ।" उन्होंने कहा।

"चाय पियोगे?"

"नहीं।" कहकर वे अंदर चले गए। थोड़ी देर चारपाई पर लेटे रहे। फ़र्श पर हाथी की मोटी ज़ंजीर बिखरी-फैली थी। उठकर उन्होंने उसे समेटा। बाहर आए। तब दूसरी पड़ोसन अपने दरवाज़े के सामने खड़ी थी। जैसे रघुवर प्रसाद का रास्ता देख रही थी।

"बहू कब आएगी?" उसने पूछा।

"आजकल में आ जाएगी।"

"उसकी चिट्ठी आई थी?"

"नहीं, छोटू की आई थी।"

"खाना खाए थे?"

"हाँ।"

"क्या बनाए थे?"

"कल का रखा था।"

"शाम को घर आकर खा लेना।"

"बाद में खा लूँगा।"

कहकर अंदर चले गए। खटिया पर लेटे और सो गए।

सोनसी की बस शाम को आई। रास्ते में ख़राब हो गई थी। तीन घंटे बनने में लगे। बस आम के ऊँचे पेड़ के पास रुकी थी। बस के रुकते ही पेड़ से एक बंदर बस की छत पर कूद गया था। सामान उतारने के लिए कुली जब बस में चढ़ने लगा तब उसे बंदर दिखा। एक झुकी आम की डाल पर कूदकर बंदर भाग गया। बस के ऊपर सामान लदा था। बोरों में भटे, गोभी, मिर्च भरी थी। सोनसी ने रस्ते भर जगह-जगह बंदर के झुंड देखे थे। एक बार चलती बस के सामने से दो बंदरों ने एक के पीछे एक सड़क पार की थी।

बस स्टैंड एक छोटा ख़ाली मैदान था। जिसके चारों तरफ़ ज़्यादातर आम के पेड़ थे। पेड़ों में तोते बैठे हुए थे। झुंड-के-झुंड तोते आते और झुंड-के-झुंड उड़ जाते थे। दो-एक तोते रह जाते थे। पेड़ के नीचे एक टोकनी में ताज़े जाम लेकर जाम वाली बैठी थी। एक तोता जाम की टोकरी में आकर बैठ गया था और जाम को कुतरने लगा था। कुतरा हुआ जाम अंदर से लाल दिखने लगा था। तभी तोता अचानक उड़ गया। जाम वाली ने भगाया नहीं था। बल्कि तोता चौंककर उड़ न जाए इसलिए हिल-डुल भी नहीं रही थी और मूर्तिवत बैठी थी। जब तोता उड़ गया तो जाम वाली

तोते के अधखाए जाम को खाने लगी।

सोनसी बस से उतर पिछौरी ओढ़े खड़ी थी कि एक रिक्शे वाला रिक्शा लेकर आया।

"भइया, बस से साइकिल उतरवा देना।" रिक्शे वाले से उसने कहा। बस के ऊपर चढ़े कुली ने रिक्शे वाले को साइकिल पकड़ाई। रिक्शे वाले से साइकिल गिरते-गिरते बची थी। तब सोनसी ने भी साइकिल सँभालने की कोशिश की थी।

सोनसी पेटी-झोला लेकर रिक्शे में बैठ गई थी। तब रिक्शे वाले ने साइकिल रखी। साइकिल पकड़े सोनसी बैठी थी। रिक्शा के चलते ही तोते का एक झुंड रिक्शे के ऊपर से उड़ा था। तोते का झुंड सोनसी के घर की तरफ़ उड़ा था।

सोनसी ने दूर से घर को देखा तो उसने गहरी साँस ली। साँस लेने से उसे किसी फूल की सुगंध आई थी। पर पहुँचते-पहुँचते और शाम हो गई थी। आते-जाते कहीं रास्ते में रघुवर प्रसाद को देख लेती, ऐंसा वह कर रही थी। रिक्शे वाले को वह रास्ता बताते जा रही थी।

घर का दरवाज़ा बंद था। साइकिल नीचे उतारकर हैंडल में झोला टाँगकर रिक्शा वाला चला गया। पेटी को सोनसी ने उतारा था। पेटी लेकर वह दरवाज़े के पास आई तो एक के बाद एक पड़ोस के दोनों दरवाज़े खुल गए। सोनसी बहुत ख़ुश थी।

"बड़ी देर लगा दी।" मुस्कुराकर पड़ोसन ने कहा।

"बड़ी जल्दी आ गई।" दूसरी पड़ोसन ने हँसते हुए कहा। सोनसी ने दोनों के पैर छुए और चुपचाप खड़ी रही। वह स्वस्थ और अधिक सुंदर लग रही थी। कमरे के अंदर रघुवर प्रसाद की आवाज़ नहीं थी, खिड़की से उस तरफ़ चले गए होंगे। खिड़की से कूदकर दौड़ते हुए रघुवर प्रसाद के पास जाने को उतावली-सी शांत खड़ी थी।

"अंदर जाओ न!" एक पड़ोसन ने कहा। अंदर जाने के लिए उसे तीन क़दम चलना पड़ता। दूसरी पड़ोसन को दया आ गई। उसने कहा, "अच्छा जा।" और अपना दरवाज़ा धीरे-से बंद कर लिया। दूसरी ने भी दरवाज़ा बंद कर लिया। सोनसी ढेर सारी चूड़ी और छुन-छुन वाली पैरपट्टी पहनी थी। दबे पाँव वह तीन क़दम चली। दरवाज़ा खुला था। रघुवर प्रसाद खटिया पर लेटे-लेटे सो गए थे। उसने धीरे-से पेटी को अंदर रखा। दरवाज़ा बंद किया। साइकिल बाहर ही रह गई थी। उसमें ताला नहीं था। साइकिल में पिछौरी और झोला लटका रह गया था।

वह रघुवर प्रसाद के पास गई। धीरे-से वह लेट गई। रघुवर प्रसाद की पीठ जहाँ उघारी थी वहाँ उसने अपना हाथ छुआया और बिना हिले-डुले कई दिनों की थकी उसे नींद आ गई।

आधी रात को रघुवर प्रसाद को सोते में मालूम हुआ कि सोनसी आ गई है और उनके पास सोई है। उन्होंने बहुत गहरी नींद में और भी गहरी नींद में सोई सोनसी से कहा, "मुँह इधर कर लो।" सोनसी करवट लेकर रघुवर प्रसाद की तरफ़ घूम गई। सोए हुए रघुवर प्रसाद ने सोई सोनसी को चूमा तो सोनसी हवा में तैरने लगी। रघुवर प्रसाद को हवा में तैरना नहीं आता था। वे डूब गए। हवा में डूबते हुए गहरी-गहरी साँस ले रहे थे। पानी में तो डूबे नहीं थे, जिसमें साँस रोकना पड़ता। सोनसी ने नींद में ही चूड़ियों को हाथ के ऊपर खिसकाकर कस लिया था कि बजें नहीं।

हवा के किनारे जब सोनसी लगी तो वहाँ एक ठंडी हवा का झोंका रखा हुआ था। उसमें रात-रानी की गंध भरी थी। जैसे ठंडी हवा के झोंके की पोटली रखी हो। ठंडी हवा के झोंके के चारों तरफ़ गंध का जंगल था। इस गंध का स्पर्श जंगली और खुरदुरा था, जैसे खरोंच आ गई।

सोती हुई सोनसी से रघुवर प्रसाद नींद में बड़बड़ाए, "रात रानी।"

इसे सोनसी ने 'पानी' सुना। उसकी उठने की इच्छा नहीं हो रही थी।

वह शायद सपने में थी इसलिए सपने में उठने लगी हो कि रघुवर प्रसाद को पानी पीना है। जिस आकार में सोनसी लेटी हुई थी उससे उसी तरह के सटे आकार में रघुवर प्रसाद थे। और सोनसी का आकार रघुवर प्रसाद के आकार से बँधा हुआ था। रघुवर प्रसाद को खोलते सोनसी से नहीं बन रहा था। रघुवर प्रसाद से बँधे हुए उसने हाथ लटकाकर टटोला कि रघुवर प्रसाद ने पानी का लोटा रखा हो। पानी का लोटा नहीं था। तभी उसने ज़मीन पर पड़े हुए एक कपड़े के पहनावे को टटोला तो उसका पोलका था। वह पोलका उठाकर पहनना चाहती थी पर सो गई और लटके हाथ से पोलका धीरे-धीरे छूट गया।

"चलो उठो।" रघुवर प्रसाद ने कहा। सोनसी ने सुना–'मत उठो।' रघुवर प्रसाद उठना चाहते थे, सोनसी को अपने से खोलने का मन भी नहीं हो रहा था तब सोनसी ने कहा–"तुम मुझसे ग़ुस्सा हो?"

"मैं आज महाविद्यालय नहीं जाऊँगा।"

'महाविद्यालय जल्दी जाऊँगा।' सोनसी ने सुना।

"क्यों?" सोनसी ने पूछा।

"ऐसे ही।" रघुवर प्रसाद ने कहा।

"सुनो! मैं पिता की साइकिल लेकर आई हूँ।"

"कहाँ है?" उत्सुकता से उन्होंने पूछा। वे जल्दी से उठे थे। खटका जलाकर देखा कमरे में साइकिल नहीं थी। "बाहर तो नहीं रह गई। ताला भी नहीं लगाई होगी। चोरी चली गई!" हड़बड़ाकर सोनसी उठी सिटकनी खोलकर बाहर आई। "है।" उसने गहरी साँस लेकर कहा। साइकिल में पिछौरी और झोला उसी तरह टँगे थे। रघुवर प्रसाद साइकिल अंदर लेकर आए। बिजली उजाले में उन्होंने साइकिल को अच्छी तरह से देखा था। कमरे की बत्ती बुझाकर दोनों लेट गए तब सोनसी ने बताना शुरू किया कि पिताजी ने साइकिल ठीक कराई थी। छोटू ने काले रंग से पेंट किया था।

पिताजी इसीलिए नहीं आए कि आने-जाने में और ख़र्च होता। साइकिल में ख़र्चा हो चुका था। छोटू की परीक्षा थी नहीं तो वही आ जाता। दोनों बात करते हुए खिड़की की तरफ़ देख रहे थे। खिड़की के पास, खिड़की से आते हुए उजाले और जाते हुए अँधेरे से ऐसा बन रहा था कि हाथी का सूँड़ प्रश्नचिह्न की तरह उठा हुआ है। सोनसी का सिर रघुवर प्रसाद की बाँह पर था। वह बोली, "हाथ उठा लो दुख रहा होगा।" रघुवर प्रसाद ने सोनसी को उठने नहीं दिया। कहा, "नहीं दुख रहा है।"

सुबह क़रीब आठ बजे विभागाध्यक्ष स्कूटर से रघुवर प्रसाद के घर के सामने से गुज़रे। उन्होंने एक साइकिल रघुवर प्रसाद के घर के सामने खड़ी देखी। उन्होंने सोचा रघुवर प्रसाद के घर के सामने कोई साइकिल लावारिस छोड़कर तो नहीं चला गया! वे जल्दी में थे नहीं तो रुकते। घर के सामने का नीम का पेड़ रघुवर प्रसाद के घर के सामने इस तरह था कि उसे किसी ने छोड़ा नहीं था। विभागाध्यक्ष ने नीम के पेड़ की तरफ़ ध्यान न दिया हो।

***

अनुकथन

विनोद कुमार शुक्ल की प्रारंभिक कहानियों ने ही सचेत पाठकों को चौकन्ना कर दिया था और उसके बाद 'नौकर की कमीज़' ने पिछले कुछ वर्षों में आख़िरकार अपना कालजयी दर्जा स्वीकृत करवा ही लिया। 'खिलेगा तो देखेंगे' ने यह ताक़ीद की कि विनोद कुमार शुक्ल के कवि ने गद्य को निकष सिद्ध करने के लिए ही गल्प में हस्तक्षेप नहीं किया था, लेकिन जहाँ उनका यह तीसरा उपन्यास 'दीवार में एक खिड़की रहती थी' यह साफ़ कर देता है कि अब हिंदी कथा-साहित्य का कोई भी मूल्यांकन उन्हें हिसाब में लिए बिना विकलांग तथा अविश्वसनीय रहेगा, वहीं उससे गुज़रना यह भी बतलाता है कि यह उनके पिछले दोनों उपन्यासों से अलग तो है ही, कोई जगह यदि उनसे श्रेष्ठ नहीं है तो उनकी संपूर्णता के लिए अनिवार्य है, बल्कि फ़िलहाल हम इन तीनों को एक मुक्त कथात्रयी मान सकते हैं जो कभी भी चतुष्टय पंचक आदि में बदल सकती है। जब उनके अधिकतर समवयस्क तथा कई कनिष्ठ गल्पकार भी शिथिल और व्यतीत हो गए लगते हैं, ऐसे वक़्त में विनोद कुमार शुक्ल की काव्येतर सृजनशीलता का यह विस्फोट व्यक्तिगत स्तर पर चमत्कारिक और हिंदी उपन्यास के लिए पुनर्यौवन तथा नवसीमांतों का संदेशवाहक है।

उपन्यास के केंद्र में एक निम्न मध्यवर्गीय, क़स्बाई नवदंपती है। रघुवर प्रसाद क़स्बे से लगे हुए महाविद्यालय में गणित के सव्यसाची व्याख्याता हैं, जिनके जीवन में कोई गणित नहीं है, और नवोढ़ा सोनसी सिर्फ़ गिरस्ती सँभालती है। दोनों के पितृ परिवार हैं, रघुवर प्रसाद का परिवार ज़्यादा मौजूद है। महाविद्यालय जाने के दो विकल्प हैं; टैंपो या साइकिल, लेकिन अपने हाथी के साथ एक साधु एक अनोखा, नियमित विकल्प पैदा करता है

जो आदमी और आदमी, मानव और पशु के बीच एक अनिर्वचनीय रिश्ते में बदल जाता है। दीवार में जो खिड़की है उसे फाँदकर सिर्फ़ रघुवर प्रसाद और सोनसी नदी, तालाब, चट्टान, तोतों, बंदरों, नीलकंठों, पेड़ों, पहाड़ियों के एक गीतात्मक, स्वप्न-जैसे संसार में प्रवेश कर सकते हैं जिसमें कपड़े धोना, नहाना और सो जाना तथा प्रेम कर पाना भी संभव है, जिसमें एक चायवाली बुढ़िया है जो बेख़बर निद्रामग्नों को उढ़ाती भी है और सोनसी को क़ीमती कड़े भी दे सकती है। लेकिन खिड़की के पीछे की यह दुनिया भले विभागाध्यक्ष को कभी दिखाई तक नहीं देती, प्राचार्य चपरासियों और चोरी गई साइकिलों में ही चिंतित हैं, जबकि रघुवर प्रसाद के माता-पिता और बहुत छोटे भाई के लिए अपने क़स्बे से अपने मददगार कमाऊ बेटे-भाई के इस क़स्बे तक की यात्राएँ और एकाध बार हाथी पर सवारी ही इस एक कमरे के सामने वाला संसार है।

विनोद कुमार शुक्ल के इस उपन्यास में कोई महान घटना, कोई विराट संघर्ष, कोई युग-सत्य, कोई उद्देश्य या संदेश नहीं है क्योंकि इसमें वह जीवन, जो इस देश की वह ज़िंदगी है जिसे किसी अन्य उपयुक्त शब्द के अभाव में निम्न-मध्यवर्गीय कहा जाता है, इतने ख़ालिस रूप में मौजूद है कि उन्हें किसी पिष्टकथ्य की ज़रूरत नहीं है। यहाँ खलनायक नहीं हैं किंतु मुख्य पात्रों के अस्तित्व की सादगी, उनकी निरीहता, उनके रहने, आने-जाने, जीवन-यापन के वे विरल ब्यौरे हैं जिनसे अपने-आप उस क्रूर प्रतिसंसार का एहसास हो जाता है जिसके कारण इस देश के बहुसंख्य लोगों का जीवन वैसा है जैसा कि है। विनोद कुमार शुक्ल इस जीवन में बहुत गहरे पैठकर दाम्पत्य, परिवार, आस-पड़ोस, काम करने की जगह, स्नेहिल ग़ैर-संबंधियों के साथ रिश्तों के ज़रिए एक इतनी अदम्य आस्था स्थापित करते हैं कि उसके आगे सारी अनुपस्थित मानव-विरोधी ताक़तें कुरूप ही नहीं, खोखली लगने लगती हैं। एक सुखदतम अचंभा यह है कि इस उपन्यास में अपने जल, चट्टान, पर्वत, वन, वृक्ष, पशुओं, पक्षियों, सूर्योदय, सूर्यास्त, चंद्र, हवा, रंग, गंध और ध्वनियों के साथ प्रकृति इतनी

उपस्थित है जितनी फणीश्वरनाथ रेणु के गल्प के बाद कभी नहीं रही और जो यह समझते थे कि विनोद कुमार शुक्ल में मानव-स्नेहिलता कितनी भी हो, स्त्री-पुरुष प्रेम से वे परहेज़ करते हैं या क्योंकि वह उनके बूते से बाहर है, उनके लिए तो यह उपन्यास एक सदमा साबित होगा—प्रदर्शनवाद से बचते हुए इसमें उन्होंने ऐंद्रिकता, माँसलता, रति और श्रृंगार के ऐसे चित्र दिए हैं जो बग़ैर उत्तेजक हुए आत्मा को इस आदिम संबंध के सौंदर्य से समृद्ध कर देते हैं, और वे चस्पाँ किए हुए नहीं हैं बल्कि नितांत स्वाभाविक हैं—उनके बिना यह उपन्यास अधूरा, अविश्वसनीय, वंध्य होता। बल्कि आश्चर्य यह है कि उनकी कविता में यह शारीरिकता नहीं है।

भाषा पर तो विनोद कुमार शुक्ल का अपने ढंग का अधिकार है ही, प्रेमचंद और जैनेंद्र के बाद इतनी सादा, रोज़मर्रा भाषा में शायद ही किसी और में अभिव्यक्ति की ऐसी क्षमता हो—लेकिन इस उपन्यास में उन्होंने संभाषण की कई भाषाएँ और शैलियाँ ईजाद की हैं—एक वह जिसमें रघुवर प्रसाद लोगों से बोलते हैं, दूसरी वह जिसमें वे ख़ुद से बोलते हैं, तीसरी वह जिसमें रघुवर प्रसाद और सोनसी अपने एकांत में बोलते हैं और चौथी वह जिसमें रघुवर प्रसाद परिवार आपस में बात करता है जिसमें हल्की-सी आंचलिकता मिली हुई है, और पाँचवीं वह जिसमें विभागाध्यक्ष और पाचार्य बोलते हैं—सबसे 'ठेठ' वही है। एक और अद्‌भुत भाषा वह है जिसमें बोलने वाला और सुननेवाला बारी-बारी कहते कुछ हैं और सुनते कुछ और हैं और यह एक और ही अर्थबाहुल्य स्निग्धता को जन्म देता है।

विनोद कुमार शुक्ल में पारंपरीणता और प्रयोगधर्मिता, ठोसपन और गीतात्मकता, गद्यता और पद्यता का अद्वितीय सामंजस्य है। उपन्यास के जिस भारतीय रूप को लेकर जो हास्यास्पद बहस चलती है उससे दूर रेणु के बाद और उनसे अलग हिंदी में विनोद कुमार शुक्ल ने उसे एक अनूठी संभावना तक बढ़ाया है। निम्न-मध्यवर्गीय भारतीय जीवन में एक ऐसा 'जादू' है जो अन्यत्र कहीं नहीं है, हालाँकि उसके आधारभूत मानव-मूल्य सब जगह वही हैं, और उसका यथार्थवाद विनोद कुमार शुक्ल के यहाँ

है और उसमें एक अदम्य देसी आस्था है। सत्यजित राय की श्रेष्ठतम फ़िल्में ही उनके समीप आ पाती हैं। उनमें मर्मस्पर्शिता और परिहास का निराला संतुलन है—हिंदी के कुछ उपन्यास आपको विचलित तो करते हैं लेकिन जीवन की विसंगतियों को लेकर चार्ली चैप्लिन और बस्टर कीहन के मिश्रणों में आपको हँसा भी सकें, यह माद्दा प्रेमचंद और रेणु के बाद सिर्फ़ विनोद कुमार शुक्ल में है और उन दोनों से कहीं अधिक है।

सबसे बड़ी बात शायद यह है कि उनके पात्रों और घटनाओं में हम अपने को, अपने परिवारों-परिचितों को, अपने आसपास को बार-बार देखते और पहचानते हैं और अपने पर रोते, हँसते और सोचते हैं। भारतीय निम्न-मध्यवर्ग को लेकर जितनी गहरी निगाह, समझ और सहानुभूति विनोद कुमार शुक्ल के पास है उतनी और किसी उपन्यासकार में दिखाई नहीं देती। मेरे मन में इसे लेकर ज़रा भी संदेह नहीं है कि फणीश्वरनाथ रेणु के बाद वे स्वातंत्र्योत्तर हिंदी साहित्य के सबसे बड़े उपन्यासकार हैं, भारतीय गल्प-लेखन में भी उन जैसी प्रतिभाएँ कम ही हैं, और जब कोई उत्सुक विदेशी पूछता है तो मैं निस्संकोच कहता हूँ कि समसामयिक हिंदी उपन्यासकारों में से मैं विनोद कुमार शुक्ल को विश्व कथा-साहित्य में पांक्तेय मानता हूँ। यूँ भी कविता और उपन्यास जैसी दो लगभग विपरीतधर्मा विधाओं में एक साथ ऐसी विलक्षण उपलब्धियों वाला दूसरा जीनियस भारत या उससे बाहर कम-से-कम मेरी (सीमित) जानकारी और समझ में तो नहीं ही है।

– विष्णु खरे